古典文獻研究輯刊

十 二 編

曾 永 義 主編

第 16 冊

中國古典戲劇敘事技巧研究
——以西方古典戲劇爲參照(下)

胡 健 生 著

國家圖書館出版品預行編目資料

中國古典戲劇敘事技巧研究——以西方古典戲劇為參照（下）
／胡健生 著—初版—新北市：花木蘭文化出版社，2015〔
民104〕
目 2+152 面；19×26 公分
（古典文學研究輯刊 十二編；第 16 冊）
ISBN 978-986-404-414-6（精裝）
1. 中國戲劇 2. 劇評
820.8 104014986

ISBN- 978-986-404-414-6

古典文學研究輯刊
十二編 第十六冊 ISBN：978-986-404-414-6

中國古典戲劇敘事技巧研究
——以西方古典戲劇爲參照（下）

作　　者　胡健生
主　　編　曾永義
總 編 輯　杜潔祥
副總編輯　楊嘉樂
編　　輯　許郁翎
出　　版　花木蘭文化出版社
社　　長　高小娟
聯絡地址　235 新北市中和區中安街七二號十三樓
　　　　　電話：02-2923-1455／傳眞：02-2923-1452
網　　址　http://www.huamulan.tw 信箱 hml810518@gmail.com
印　　刷　普羅文化出版廣告事業
初　　版　2015 年 9 月
全書字數　291825 字
定　　價　十二編 26 冊（精裝）新台幣 48,000 元

中國古典戲劇敘事技巧研究
——以西方古典戲劇爲參照（下）

胡健生　著

目次

第五章　中國古典戲劇中的「發現」與「突轉」

　　「發現」與「突轉」，是源自西方戲劇美學範疇的兩個重要概念術語。中西古典戲劇藝術儘管特色紛呈、各有千秋，然其在戲劇創作的基本理念與敘事技巧諸方面，卻又每每存在著頗多相似、相通、相同之處。如果瀏覽一番中西古典戲劇作品，我們將不難見出，「發現」與「突轉」確乎是普遍存在於中西古典戲劇創作實踐中的，為大多數劇作家慣常用以安排情節、結構佈局的客觀事實。有鑒於此，筆者嘗試以亞里士多德《詩學》中有關「發現」與「突轉」的理論為依據，以西方古典戲劇（側重於古希臘戲劇）為參照，以中國古典戲曲（側重於元雜劇）為審察對象，從比較研究的視角就中國古典戲劇中的「發現」與「突轉」問題，予以一番深入探究。

一、「發現」與「突轉」界說

（一）何謂「發現」？

　　《詩學》是希臘先哲亞里士多德針對業已高度繁盛的古希臘戲劇（主要是悲劇）藝術成就與創作經驗，給予系統化梳理總結的一部理論巨著。它所總結和概括出的許多理論原則，對後世西方戲劇創作產生重要指導、借鑒作用與深遠影響力。其中「發現」與「突轉」，便是亞氏對古希臘戲劇家在結構佈局、安排情節方面成功使用的獨特敘事技巧的準確把握與精闢闡釋。作為深入探究有關問題的前提與基礎，在此有必要先對「發現」與「突轉」這兩個關鍵詞語，進行一番追根溯源的詮釋、梳理、廓清與闡發。

何謂「發現」？亞里士多德以索福克勒斯的《俄狄浦斯王》和歐里庇得斯的《伊菲革涅亞在陶里克人中》兩部悲劇爲例證，在《詩學》第十一章裏指出：「『發現』，如字義所表示，指從不知到知的轉變，使那些處於順境或逆境的人物發現他們和對方有親屬關係或仇敵關係。」〔註1〕

《俄狄浦斯王》講述忒拜國王夫婦拉伊俄斯與伊俄卡斯忒懾於「殺父娶母」之神諭，將襁褓中的兒子交由牧羊人甲扔到山裏喂狼。出於憐憫，牧羊人違令將嬰兒託付給鄰國科林斯國王的牧羊人乙。尚無子嗣的科林斯國王玻呂玻斯夫婦將「棄嬰」立爲王子收養，取名俄狄浦斯。成年後的俄狄浦斯得知了「殺父娶母」的神諭，爲躲避這一可怕厄運而倉皇出走。他在邊境先是失手打死周遊巡視的拉伊俄斯，隨後因消除禍害忒拜的妖怪司芬克斯而被擁戴爲新國王，按慣例娶了寡后伊俄卡斯忒爲新王后。至此俄狄浦斯的厄運，在不知不覺中早已應驗。上述「殺父娶母」這一核心事件被劇作家隱藏於幕後作了「暗場」處理，悲劇故事開始於俄狄浦斯登基十六年後，中心情節是俄狄浦斯調查先王兇殺案。劇情中至爲關鍵的環節在於報信人——科林斯國王的牧羊人乙，他是前來向俄狄浦斯通告科林斯國王玻呂玻斯駕崩噩耗、請求俄狄浦斯回國繼位的信使。爲打消俄狄浦斯對「娶母」（自己返回科林斯必須娶寡后爲新王后）的擔憂，向他坦言科林斯國王夫婦並非其生身父母。這番無意之中說出的勸慰話可謂石破天驚，經由當年「棄嬰」事件的另一位當事人忒拜前國王牧羊人甲的舉證，恰恰披露出俄狄浦斯的身世，導致「忒拜老王被殺」血案真相大白：俄狄浦斯與忒拜國王拉伊俄斯夫婦之間的父（母）子血緣關係及其「殺父娶母」內幕昭然若揭，無情地將悲劇主人公——那位萬民擁戴的賢明國君俄狄浦斯推至毀滅的絕境。《伊菲革涅亞在陶里克人中》則講述邁錫尼國王阿伽門農兒女俄瑞斯特斯與伊菲革涅亞的故事。當年爲平息海神之怒而使希臘戰船順利出海，聯軍統帥阿伽門農被迫將女兒伊菲革涅亞作爲祭品宰殺。行刑之際，狩獵女神阿爾忒彌斯用一隻母鹿偷偷替換下伊菲革涅亞，並將她送到黑海北邊的異域他鄉陶里克安身。阿伽門農遠征特洛亞凱旋歸來的當日，妻子克呂泰墨涅斯特拉夥同姦夫埃吉斯托斯，以「爲無

〔註1〕亞里士多德著，羅念生譯••，詩學〔M〕北京：人民文學出版社，1962，34，陳中梅譯本將這段話譯爲：「發現，如該詞本身所示，指從不知到知的轉變，即使置身於順達之境或敗逆之境中的人物認識到對方原來是自己的親人或仇敵。」參見：亞里士多德著，陳中梅譯，詩學，〔M〕，北京：商務印書館，1996，89。

辜的女兒伊菲革涅亞報仇」爲由，將丈夫殘忍地謀殺於浴缸內。該劇主要情節是俄瑞斯特斯爲父復仇而殺死母親，爲躲避復仇女神的迫害而逃到陶里克海邊的阿耳忒彌斯神廟前棲身。身爲神廟祭司的伊菲革涅亞不知他的底細，籌劃將這個「外鄉人」當作供奉神廟的祭品殺掉。後來經過正面接觸與詢問對證，方得悉其眞實身份——原來竟是自己的親弟弟。「姐姐與弟弟」這一特定人物關係的「發現」，遂使一場流血悲劇得以及時避免。

　　亞里士多德著意強調「發現」的實質，在於某種特定人物關係（此人物關係往往又與人物具有某種特殊身世、身份密不可分）：「『發現』乃人物的被『發現』，有時只是一個人物被另一個人物『發現』，如果前者已經識破後者；有時雙方須相互『發現』，例如送信一事使俄瑞斯特斯『發現』伊菲革涅亞是他姐姐，而俄瑞斯特斯之被伊菲革涅亞承認，則須靠另一個『發現』。」〔註2〕也就是說特定人物關係的發現，存在著「單向性」與「雙向性」兩種類型。前者屬於一方對另一方的發現，即人物甲知曉人物乙與自身所具有的或親屬或仇敵等關係，反之亦然。它以某一單方知曉對方與自身具有親屬或仇敵之特定人物關係爲前提；後者屬於雙方事先互不知曉各自底細，而以一定的機緣爲條件，最終得以彼此間知曉親屬或仇敵的特定人物關係。

　　埃斯庫羅斯的《奠酒人》、索福克勒斯的《厄勒克特拉》、歐里庇得斯的《厄勒克特拉》等劇，均以俄瑞斯特斯爲了給父親阿伽門農復仇而殺死母親的故事爲題材。三部劇作中俄瑞斯特斯復仇目標明確——躲在暗處的他知道克呂泰墨斯特及其姦夫埃吉斯托斯的底細，但由於他的巧妙僞裝和故意隱瞞，對方根本無法知曉他的底細。等到「發現」俄瑞斯特斯眞實身份之際，她（他）們隨即倒在死亡的血泊中了。大概由於上述三部悲劇中，這種「單向性的發現」在古希臘悲劇中較爲常見，所以亞里士多德索性沒有潑墨論及。但針對「雙向性的發現」，亞里士多德則例舉歐里庇得斯的悲劇《伊菲革涅亞在陶里克人中》予以說明。該劇女主人公伊菲革涅亞生活於黑海北邊的陶里

〔註 2〕亞里士多德著，羅念生譯，詩學〔M〕北京：人民文學出版社，1962，35，陳中梅譯本將這段話譯爲：「既然發現是對人的發現，這裏就有兩種情況。有時，一方的身份是明確的，因此發現實際上只是另一方的事；有時，雙方則需互相發現。例如，通過伊菲革涅婭託人送信一事，俄瑞斯忒斯認出了她，而伊菲革涅婭則需另一次發現才能認出俄瑞斯忒斯。」參見：亞里士多德著，陳中梅譯，詩學，〔M〕，北京：商務印書館，1996，89，筆者認爲兩種《詩學》譯本，因譯者不同，譯文大同之中又存在某些差異，因此特地一併列舉，以供讀者對照參考。本論題其他涉及《詩學》引文大多如此，不另標注說明。

克，其身份是當地狩獵女神阿耳忒彌斯寺廟的女祭司。陶里克國王抓住兩個來自異鄉的希臘人，按照以異邦人爲祭品的宗教習俗交由她殺獻祭神。伊菲革涅亞決定殺掉其中一位俘虜（即俄瑞斯特斯），釋放另一個俘虜回希臘替她送信，告知弟弟俄瑞斯特斯設法速來救她回歸故土。由於擔心送信人可能會將信遺失，她特地將信的內容念給他聽。在一旁等候被宰殺的俄瑞斯特斯因此偶然機緣，恍然得知女祭司正是自己尚在人世的姐姐伊菲革涅亞。不過隨後劇情裏伊菲革涅亞認出俄瑞斯特斯，頗費了一番周折：俄瑞斯特斯依次說出許多確鑿的物證，諸如伊菲革涅亞當年織布上的圖案特徵、放在閨房中的古矛等等，伊菲革涅亞據此得以確認：對方正是自己朝思慕盼的弟弟俄瑞斯特斯。

人物行動與人物關係之間存在怎樣的關聯？這種關聯又會產生怎樣的戲劇效果呢？亞里士多德在《詩學》第十四章裏分析指出，「現在讓我們研究一下，哪些行動是可怕的或可憐的。這樣的行動一定發生在親屬之間、仇敵之間或非親屬非仇敵的人們之間（即戲劇行動的發生不外乎三種人物關係）。如果是仇敵殺害仇敵，這個行動和企圖，都不能引起我們的憐憫之情，只是被殺者的痛苦有些使人難受罷了；如果雙方是非親屬非仇敵的人，也不行；只有當親屬之間發生苦難事件時才行，例如弟兄對弟兄、兒子對父親、母親對兒子或兒子對母親施行殺害或企圖殺害，或做這類的事——這些事件才是詩人所應追求的。」〔註3〕

遵循上述原則，亞里士多德深入細緻地辨析了戲劇家取材流傳故事或者自行虛構故事時，可能出現的人物行動三種方式的適宜度與優劣性：

「最糟的是知道對方是誰，企圖殺他而又沒有殺——這樣只能使人厭惡（即明知對方是自己的親屬而企圖殺他，會讓人起反感——筆者注），而且因爲沒有苦難事件發生，不能產生悲劇的效果；因此沒有什麼人這樣寫作，只是偶而有人採用，例如《安提戈涅》劇中海蒙之企圖殺克瑞翁。次糟的是事情終於做了出來（即明知對方是親屬而把他殺了——筆者注）。較好的是不知對方是誰而把他殺了，事後方才「發現」——這樣既不使人厭惡，而這種「發現」又很驚人。……最好的是最後一種（即不知對方是誰而把他殺了的所謂「較好」的第三種），例如在《克瑞斯豐忒斯》（已經失傳——筆者注）劇中，墨洛珀企圖殺她的兒子，及時『發現』是自己兒子而沒有殺；又如在《伊菲

〔註3〕亞里士多德著，羅念生譯，，詩學〔M〕北京：人民文學出版社，1962，44。

革涅亞在陶里克人中》劇中,姐姐及時『發現』她的弟弟(而終止欲將弟弟殺死祭神的行動);又如在《赫勒》(已經失傳——筆者注)劇中,兒子企圖把母親交給仇人,卻及時『發現』是他的母親。」〔註4〕

那麼,「發現」有哪些種類呢?亞里士多德在《詩學》第十六章中,對此做出了具體劃分:

「第一種是由標記引起的『發現』,這種方式最缺乏藝術性,無才的詩人常使用。標記有生來就有的,……也有後來才有的,包括身體上的標記(例如傷痕)和身外之物(例如項圈,又如《堤洛》劇中的搖籃,劇中的『發現』便依靠這搖籃)。

第二種是詩人拼湊的『發現』,由於是拼湊的,因此也缺乏藝術性。例如在《伊菲革涅亞在陶里克人中》劇中,俄瑞斯特斯透露自己是誰;至於伊菲革涅亞是誰,是由一封信而暴露的;而俄瑞斯特斯是誰則由他自己講出來,他所講的話是詩人要他講的,不是佈局要他講的。

第三種是由回憶引起的『發現』,由一個人看見什麼,或聽見什麼時有所領悟而引起的,例如狄開俄革涅斯的悲劇《庫普里俄人》劇中的透克洛斯看見那幅畫而哭泣,在阿爾喀諾俄斯故事中,俄底修斯聽見豎琴師唱歌,因此回憶往事而流淚;他們兩人因此被『發現』。

第四種是由推斷而來的『發現』,例如《奠酒人》劇中的推斷:『一個像我的人來了,除俄瑞斯特斯而外,沒有人像我,所以是他來了。』

此外還有一種複雜的『發現』,由觀眾的似是而非的推斷造成的,例如在《俄底修斯僞裝報信人》(已經失傳——筆者注)劇中,俄底修斯說,他能認出那把弓——實際上他並沒有見過那把弓;觀眾以爲俄底修斯會這樣暴露他是誰,但這是錯誤的推斷。

一切『發現』中最好的是從情節本身產生的、通過合乎可然律的事件而引起觀眾的驚奇的『發現』,例如索福克勒斯的悲劇《俄狄浦斯王》和《伊菲革涅亞在陶里克人中》中的『發現』:伊菲革涅亞想送信回家,是一椿合乎可然律的事。惟有這種『發現』不需要預先拼湊的標記或項圈。次好的是由推斷而來的『發現』。」〔註5〕

概言之,亞里士多德認爲上述各種「發現」中,最好的「發現」乃是「從

〔註4〕亞里士多德著,羅念生譯,詩學〔M〕北京:人民文學出版社,1962,45~46。
〔註5〕亞里士多德著,羅念生譯,詩學〔M〕北京:人民文學出版社,1962,51~54。

情節本身產生的」（即第五種），極其讚賞這種儘量摒棄純粹偶然性（如第一種發現）或主觀隨意性（如第二種發現）等因素，在情節的發展進程中依循可然律而自然產生出來的「發現」，就像《俄狄浦斯王》中「殺父娶母」內幕的「發現」那樣，「通過合乎可然律的情節引起觀眾的驚奇」；同時他又從有機聯繫的視角出發，強調這種最好的「發現」應當與「突轉」緊密契合：「『發現』如與『突轉』同時出現〔例如《俄狄浦斯王》劇中的「發現」〕，爲最好的『發現』。……（它屬於）與情節，亦即行動最密切相關的「發現」，……因爲那種「發現」與「突轉」同時出現的時候，能引起憐憫或恐懼之情，按照我們的定義，悲劇所摹仿的正是能產生這種效果的行動，而人物的幸福與不幸也是由於這種行動。次好的「發現」則屬於那種由推斷而來（即第四種）的「發現」。〔註6〕

依據亞里士多德的上述論述，我們可以力求完整準確地來界定「發現」的涵義及其特徵：「發現」係指戲劇中尚未被人們（劇中人物或觀眾；相對而言主要針對劇中人物而言）知曉的某些特定人物關係，以及某些事件內幕的披露與挑明。人物關係與事件內幕比較之下側重於前者，換言之，「發現」主要針對某些特定、特殊人物關係而言。正如《俄狄浦斯王》中「殺父娶母」內幕的披露，須首先依賴於俄狄浦斯真實身份（即身世）的暴露；若無俄狄浦斯與先王及王后血緣親情之人物關係的彰顯，其「殺父娶母」內幕仍將潛形匿影，可能永遠不會爲人知曉。

（二）何謂「突轉」？

談完「發現」的問題，再來談談何謂「突轉」？

亞里士多德仍以《俄狄浦斯王》爲例，在《詩學》第十一章中將它解釋爲：「『突轉』指行動按照我們所說的原則轉向相反的方面，這種『突轉』，並且如我們所說，是按照我們剛才說的方式，即按照可然律或必然律而發生的。例如在《俄狄浦斯王》劇中，那前來的報信人在他道破俄狄浦斯的身世，以安慰俄狄浦斯，解除他害怕娶母爲妻的恐懼心理的時候，造成相反的結果；又如在《林叩斯》劇中，林叩斯被人帶去處死，達那俄斯跟在他後面去執行死刑，但後者被殺，前者反而得救——這都是前事的結果」。〔註7〕這裏僅對亞里士多德引以爲證的《俄狄浦斯王》稍予解讀。劇中報信人——前來傳達

〔註6〕亞里士多德著，羅念生譯，詩學〔M〕北京：人民文學出版社，1962，51～54。
〔註7〕亞里士多德著，羅念生譯，詩學〔M〕北京：人民文學出版社，1962，33～34。

科林斯國王駕崩消息的牧羊人乙，正是當初直接從忒拜國王牧羊人甲手中收養「棄嬰」的那位好心者。原本出於消除俄狄浦斯擔憂犯下「殺父娶母」罪孽的恐懼心理而加以勸慰，孰料「事與願違」：他無意之中所說的一番勸慰話，經由當年違令未將「棄嬰」處死的知情者——拉忒拜國王拉伊俄斯牧羊人甲的出面佐證，恰恰披露出俄狄浦斯的真實身份：科林斯國王夫婦不過是他的養父母，忒拜國王夫婦才是其生身父母！戲劇情勢由此發生一百八十度的驚天大逆轉：俄狄浦斯從處於主動追查殺害先王兇手的順境，陡然跌入被動尷尬且無可逃遁的逆（絕）境中，不得不去承受因「殺父娶母」罪責而招致的嚴厲懲罰！

　　亞里士多德將悲劇中主人公從順境到逆境或者由逆境至順境的境遇轉換，具體劃分為「漸變」式與「突發」式兩種：

　　其一，「在簡單的情節中，由順境到逆境或者由逆境到順境的轉變是逐漸進行的，觀眾很早就感覺到這種轉變。」〔註8〕對此筆者試以埃斯庫羅斯悲劇《阿伽門農》中阿伽門農命運的轉變為例。該劇從開幕時守望烽火喜哨兵憂鬱心態的渲染，到長老們對不祥之兆的預感，再到王后克呂泰墨斯特拉表面奉承背後磨刀霍霍的計謀，再到身為女俘、具有未卜先知能力的特洛亞公主卡桑德拉，對自身及其主人阿伽門農即將遭遇卑鄙謀殺的悲慘命運的預言……可以說，凱旋歸來的希臘英雄邁錫尼國王阿伽門農從踏上故土的那一刻起，便一步步向著死亡的陷阱滑行，對此觀眾早已心知肚明。於是隨後阿伽門農被謀殺而死於浴缸的結局，在如此一種循序漸進的「漸變」式劇情發展進程中水到渠成。顯而易見，這種「漸變」不屬於「突轉」的情形。

　　值得我們格外關注的是下面另一種情形：「有一些轉變是突然發生的：由順境到逆境或者由逆境到順境的轉變的一種形式是「突轉」，在複雜的情節中，主人公一直處於順境或者逆境中，但到某一「場」裏情勢突然轉變，這種「突轉」須合乎可然律或者必然律，即事件的發生須意外但彼此間又有因果關係。」〔註9〕即如索福克勒斯的悲劇《俄狄浦斯王》中那樣，導致俄狄浦斯從追查兇手的順境陡然墜入淪落為兇手的逆境的「突轉」，始於報信人科林

〔註8〕參見：亞里士多德著，羅念生譯，詩學〔M〕北京：人民文學出版社，1962，33，注釋①。

〔註9〕參見：亞里士多德著，羅念生譯，詩學〔M〕北京：人民文學出版社，1962，33，注釋①。

斯國王牧羊人乙的一番勸慰話。這種「突轉」非常出人意料，卻又因符合因果律而合乎情理之中：出於消除俄狄浦斯「娶母」之不必要顧慮的好心，牧羊人乙才會披露剛剛駕崩的科林斯國王玻呂玻斯只是俄狄浦斯養父的隱情；同時又由於這位牧羊人乙正是當年從忒拜老王拉伊俄斯牧羊人甲手中收養棄嬰的當事人兼知情者。爲了驗證自己所說勸慰話的眞實性，這位來自科林斯的報信人提出，甘願與另一位當事人兼知情者——忒拜國王牧羊人甲當面對質。這一舉動，自然而然地牽引出後者（即「牧羊人甲」）無法迴避的出面佐證。而兩位當事人兼知情者的聚會，遂使得俄狄浦斯的身世之謎不可避免地曝光了。

根據亞里士多德有關「突轉」的的上述闡釋，我們同樣可以力求完整準確地來界定「突轉」：「突轉」係指戲劇情節在其發展進程中依循可然律或必然律的因果邏輯，而產生的「由順境至逆境」或者「由逆境到順境」的突然變化與重大轉折。因其著意於情節發展的那種突發性逆向變異，故主要限於情節範疇。〔註10〕

筆者以爲，如果從審察近代以來中西方戲劇藝術的創作實踐的當下眼光而言，當年亞里士多德關於「突轉」運行軌迹的描述——「從順境到逆境」（一般指悲劇）或者「從逆境到順境」（一般指喜劇），顯然是不夠完備的。當然主要原因在於客觀歷史的局限性，因爲當時還沒有悲喜劇、正劇等悲劇、喜劇之外其他類型戲劇正式出現。所以，作爲後人的我們是不應對亞里士多德求全責備的。筆者以爲，「突轉」至少應當包含三種運行軌迹：一是「從順境到逆境」的悲劇性突轉，多見於悲劇；二是「從逆境到順境」的喜劇性突轉，多見於喜劇；三是「從順境到逆境」與「從逆境到順境」交互發生的「悲喜交錯性」突轉，多見於悲喜劇、正劇等。同時，「突轉」無論是「從逆境到順境」或「從順境到逆境」，其運行軌迹在亞里士多德那裏，僅僅屬於總體模式的泛泛而談，而尙未能就「突轉」的具體運行過程展開更詳盡的論述。換言之，「突轉」的實際運行過程無疑應是相當複雜而微妙的，其間會融含著許多大小不等的更趨細微具體的環節。尤其在那種根本性的逆轉即「突轉」發生

〔註10〕有的學者將清代評點家金聖歎總結的僅限於由「逆境到順境」而缺少「從順境到逆境」之轉換的敘事技法，概括爲「羯鼓解穢法」或者「抑揚頓挫法」，並認爲「羯鼓解穢法」與亞里士多德之「突轉」理論頗有不謀而合之處。參見劉奇玉著，《古代戲曲創作理論與批評》，中國社會科學出版社2010年第472～476頁。

之前，一定還存在著某些份量不等、起到鋪墊過渡、推波助瀾作用的轉變。相對於一百八十度轉折、突變的「大逆轉」或「大順轉」而言，我們不妨可稱其爲「小逆轉」或「小順轉」。由此我們對「突轉」的運行軌迹作如下描繪，也許更完善齊備：

其一，「順境──小逆境……──大逆境（即突轉性的逆境）」

第二，「逆境 ──小順境……──大順境（即突轉性的順境）」

另外，關於「突轉」一詞的譯名，筆者亦深感尙有規範化的必要性。鑒於「突轉」造成的情節發展往往與觀眾的預料猜測相反，所以稱「逆轉」未嘗不可。還有些學者採用「轉變」、「突變」之類的名稱，因不違背亞里士多德原文中的基本涵義，自然亦不無道理。但推敲之下，筆者以爲仍以「突轉」一詞最爲準確妥當。因爲它既能彰顯「突發性、突然性」的那層含義（「逆轉」或「轉變」一詞明顯缺乏此層含義），又強調突出了某種「變化」：「轉」中必然有「變」，而「變」中未必一定有「轉」（尤其是「大轉」），就像某些無礙大局的細微變化那樣；因此較之「突變」一詞更勝一籌。

二、「發現」與「突轉」在古希臘戲劇中的運用

由於「發現」與「突轉」淵源於古希臘時代的戲劇創作實踐及其理論昇華，所以筆者在此，不妨先針對古希臘戲劇如何成功運用這兩種重要敘述技巧，展開一番探討。

在視「情節」爲戲劇核心要素的亞里士多德那裏，「發現」與「突轉」的問題與「情節」須臾不能脫離。由此他能夠敏銳地從對「情節」之簡單或複雜的分類中，深入探討「情節」與「發現」或「突轉」的關係。即如其在《詩學》第十章中所指出的：「情節有簡單的，有複雜的；因爲情節所摹仿的行動顯然有簡單與複雜之分。所謂『簡單的行動』，指按照我們所規定的限度連續進行，整一不變，不通過『突轉』與『發現』而到達結局（指由逆境轉入順境，或者由順境轉入逆境的結局）的行動；所謂『複雜的行動』，指通過『發現』或『突轉』，或通過此二者而到達結局的行動。但『發現』與『突轉』必須由情節的結構中產生出來，成爲前事的必然的或可然的結果。兩樁事是此先彼後，還是互爲因果，這是大有區別的。」〔註11〕筆者以爲，亞里士多德在這裏其實已經道出了「發現」或「突轉」與「情節」之間的三種構建模式：

〔註11〕亞里士多德著，羅念生譯，詩學〔M〕北京：人民文學出版社，1962，32。

其一是只有「發現」而無「突轉」，亦即沒有引起「突轉」；其二是只有「突轉」而無「發現」，亦即引起「突轉」的原因並不在於「發現」。其三則爲既有「發現」又有「突轉」。

　　亞里士多德在《詩學》第十八章中，將悲劇劃分爲複雜劇、苦難劇、性格劇和穿插劇四種類型時，亦同樣關注到「發現」與「突轉」的問題。他強調指出：複雜劇完全靠「突轉」與「發現」構成（筆者對此理解爲「突轉」與「發現」構成「複雜劇」），但「複雜劇」中可能還有其他「成分」。比如最重要的成分即爲「發現與突轉」（亞里士多德在此將二者合爲一個成分），其次是「苦難」，再次是「性格」，最後是「穿插」。「穿插」最不重要，但「穿插」若挑選、安排得當，也可以構成一齣不錯的戲劇。例如歐里庇得斯悲劇《特洛亞婦女》中的「穿插」，均與王后赫卡柏的「苦難」有密切關係。一部戲劇裏可能運用上述四個成分，或者只利用四個成分中的兩三個。例如《伊菲革涅亞在陶里克人中》中便運用了四種成分：它屬於一齣「複雜劇」，其中有「發現」與「突轉」，但劇中也有「苦難」（指俄瑞斯特斯面臨被殺獻祭之危險），也有「性格」（俄瑞斯特斯選擇死，即甘願被殺獻祭），還有「與主人公相結合」的「穿插」。〔註12〕

　　根據亞里士多德上述關於「簡單情節」或「複雜情節」與「發現」或「突轉」之間存在多樣化關係的論述，我們可以通過考察大量古希臘戲劇（尤其悲劇），從中梳理歸納出運用「發現」或「突轉」的幾種主要類型：

　　其一，既沒有「發現」也沒有「突轉」。

　　例如埃斯庫羅斯的悲劇《普羅米修斯》。該劇主要劇情爲宙斯當初依賴普羅米修斯的幫助，推翻父親克洛諾斯而獲得王權。掌權後的他變得專橫暴虐，仇視並意欲毀滅人類。同情人類的普羅米修斯盜取天火給人類，並偷偷傳授人類各種生產與生活技能。其行爲觸怒了宙斯，宙斯派遣暴力神、強力神與匠神赫淮斯托斯，將其縛於高加索山崖，讓嗜血的蒼鷹每天啄食其肝臟以示懲戒。匠神雖於心不忍，但懾於宙斯淫威而無奈從命。暴力神、強力神和匠神離去後，普羅米修斯不禁爲自身招致宙斯的殘酷迫害而長歎。河神的女兒們（她們組成該劇的歌隊）聞聲前來關切詢問，普羅米修斯向她們講述了遭受宙斯懲罰的緣由。懦弱的河神前來勸說普羅米修斯屈服，甚至表示甘願替

〔註12〕亞里士多德著，羅念生譯，詩學〔M〕北京：人民文學出版社，1962，59～60；60～61（注釋④），

他向宙斯求情，但被普羅米修斯堅決拒絕。瘋癲的少女伊俄飄泊至此，應河神女兒們請求講述了自己的不幸遭遇。宙斯愛上她並時常在她夢中顯現，伊俄父親按照神示將女兒變成一頭母牛並驅逐出門。伊俄為躲避嫉妒成性的天后赫拉的迫害而四處漂泊。普羅米修斯告知伊俄未來的命運：她將忍受無數苦難地繼續飄泊，到達並定居尼羅河邊，屆時宙斯會使她恢復理智並生下一子，那個兒子將會重返希臘並成為一代賢明國王。普羅米修斯隨即也道出了自身的命運：暫時不能擺脫苦難，除非宙斯結婚，那樁婚姻將會使宙斯得到一個遠比自己強大的兒子而將他推翻；伊俄的第十三代子孫赫拉克勒斯將會解救普羅米修斯。伊俄為躲避牛虻的蜇刺又匆匆離去。神使赫耳墨斯奉命前來逼迫普羅米修斯講出牽繫宙斯未來命運的那個秘密：宙斯與哪位女神結合，將會被女神所生兒子推翻？普羅米修斯寧願忍受巨大痛苦而決不向宙斯低頭屈服，於是被打入地獄。劇情中既沒有什麼「發現」（普羅米修斯沒有向宙斯泄露危及其王權的那個「秘密」），也沒有出現悲劇主人公普羅米修斯，從備受磨難的逆境（困境）轉入自由解放的順境的一次「突轉」。

其二，只有「發現」而沒有「突轉」。

例如埃斯庫羅斯的悲劇《奠酒人》（《俄瑞斯特斯》三部曲之二）。主要劇情是受太陽神阿波羅神示，當年因父親阿伽門農被母親克呂泰墨斯特拉謀殺而避禍逃亡在外，如今長大成人重返家鄉阿耳戈斯的俄瑞斯特斯，在父親墳頭獻祭自己的一綹頭髮。姐姐厄勒克特拉由父親墳前的頭髮及腳印，猜測可能是弟弟俄瑞斯特斯來了。但並未憑此「標識」而斷定弟弟還活著。她與俄瑞斯特斯相認的理由在於：俄瑞斯特斯自己先表明了身份；提示「那綹頭髮」與厄勒克特拉頭髮完全吻合、自己身穿厄勒克特拉親手織成的披篷，以及披篷上厄勒克特拉刺繡的動物圖案。這些物件疊合起來可謂證據確鑿，於是姐姐與弟弟的相認順理成章。

其三，只有「突轉」而沒有「發現」。

試以米南德唯一完整流傳的新喜劇《古怪人，或恨世者》為例。該劇劇情為青年索斯特拉托斯對農民克涅蒙女兒一見鍾情，但克涅蒙的怪異性格構成其愛情的最大障礙。作為一位內心憂鬱、性情孤僻的農民老漢，克涅蒙認為世人皆只為自己活著的自私自利者，厭惡所有人而喜歡離群索居。其身上融合多種因素的怪異性格：自視清高、鄙視他人，粗魯暴躁、貪婪吝嗇、固執倔強、喜好猜忌。一個偶然性因素使得劇情發生「山重水複疑無路，柳暗

花明又一村」式的「突轉」：第四幕里克涅蒙不愼落入水井，爲戲劇衝突的化解帶來轉機。繼子戈爾吉阿斯不計前嫌，奮不顧身跳入井中搭救；搭救者還有在井邊負責拉繩的索斯特拉托斯。他們的眞誠搭救令克涅蒙甚爲觸動，眞切感受到人際之間的關愛，克服了古怪偏執、孤僻離群的怪拗脾性。於是他同意將妻子和繼子戈爾吉阿斯接回家中共同生活，同時爽快允諾患難相識的索斯特拉托斯與自己女兒的婚事。

其四，既有「發現」又有「突轉」，且兩者之間構成可然律或必然律的因果性關聯。

試以歐里庇得斯的悲劇《伊昂》爲例。該劇主要劇情是阿開亞國王克蘇托斯娶了雅典女王克瑞烏薩爲妻。克瑞烏薩有一椿不爲人知的秘密：年輕時曾被太陽神阿波羅強暴而生下一個男嬰；遺棄山洞後被阿波羅神廟女祭司收養，成人後擔任看管神廟的僕役。克蘇托斯與克瑞烏薩婚後多年不育而來神廟求嗣。克蘇托斯得到的神示是：「出廟後碰到的第一個人將成爲其子」，克蘇托斯祈禱後遇到的第一個人便是這個僕役，因而認其爲子，並爲其取名「伊昂（意思是『他走出來的時候遇著的』）」。克瑞烏薩所得神示則爲「無法生育」。出於對丈夫的嫉妒她想殺掉伊昂，但其酒內下毒之事敗露，遭到追捕並被判處死刑。克瑞烏薩無奈之下躲避於神廟祭壇，伊昂追來欲殺克瑞烏薩。此時收養伊昂的女祭司手持一只搖籃出現，向伊昂講出當年撿到棄嬰內情，交付搖籃內包裹伊昂的襁褓以作爲尋母線索。一旁的克瑞烏薩意外發現「搖籃」正是自己當年棄嬰時所用的搖籃，在伊昂「搖籃內裝有什麼」的詢問下，講出裝有一件自己親手織成的嬰兒服等分毫不差的實物，證據確鑿，原本處於仇殺矛盾衝突中的兩人捐棄前怨，母子團聚。劇中情節發展的關鍵環節在於伊昂身份的「發現」，即他正是克瑞烏薩所生的那個兒子（棄嬰）。此「發現」遂使劇情陡然間發生相關人物由逆境至順境的「突轉」：從籌劃殺掉對方的冤家變成失散重逢的母子，堪稱由「發現」引致「突轉」的一個成功範例。

二、「發現」與「突轉」在中國古典戲劇中的運用

中國古典戲劇歷史悠久、淵源流長，以其獨具華夏民族特色、自成一派體系的「戲曲」藝術著稱於世。儘管這座博大精深、浩瀚深邃的文化寶庫裏，不乏諸如「生、旦、淨、末、丑」「當行、本色、沖場、弔場、砌末、收煞」等形形色色專用術語，但若要搜尋有關「發現」與「突轉」的闡述，結果未

免不盡人意：我們直接找不出這一專門術語，僅僅能從某些戲劇理論家的散言碎語中，約略窺見「發現」與「突轉」朦朧、模糊的面影。〔註 13〕推究而論，「發現」與「突轉」在中國古典戲曲中的這種無其「名」而有其「實」現象，或許並非僅僅屬於中國古典戲曲藝術所特有的一種現象。現實生活中常見這樣一類饒有趣味的事情：一個孩子呱呱降生，其父母由於望子成龍或望女成鳳之心切，搜腸刮肚地要為他（她）起一個響亮動聽的名字而未得，於是很可能把「命名」事宜暫時擱置一段時間。但人們顯然不能因這個嬰兒暫時無「名」，便斷然否定其作為一個鮮活生命個體的客觀存在。縱觀中外文學史亦不乏此類無「名」而有「實」的典例。比如十九世紀三十至九十年代興盛於歐洲文壇、成就斐然的批判現實主義文學思潮、流派，其時並未有一個正式「名稱」；只是到了二十世紀初才由前蘇聯文學家某人高爾基提出，為人們普遍接受並約定俗成下來。當然，中國古典戲曲中存在著的許多無「名」而有「實」現象，主要又是與戲曲自身發展的歷史，尤其是古典戲曲藝術的發展同作為其昇華的戲劇美學理論的發展之間不合常規的「非協調性」依然相關。眾所週知，中國戲劇的產生較之於歐洲要晚許多：歐洲早在古希臘時代便迎來了一個戲劇藝術高度成熟並空前繁盛的壯觀景象；而中國戲劇的真正成熟是直到元代，以元雜劇為標誌。作為戲劇藝術之昇華的戲劇美學理論的產生及其發展亦然：歐洲在其第一次戲劇藝術高潮之後不久，即誕生了對其創作實踐進行及時總結、精闢概括且富有創新性和體系性，能夠對後世戲劇藝術發展產生持久深遠影響力的戲劇論著──亞里斯多德的《詩學》；而中國戲劇美學理論的初步成熟，已是在元雜劇衰落許久的明清時代。一般說來，在一種成熟的戲劇藝術形態產生之後，通常總會伴隨而來相關的理論性研究，並出現與之相應的較為成熟的戲劇美學理論。但中國古典戲劇藝術與戲劇理論研究之間的發展，卻呈現出一種整體上不合常規的「非協調性」──成熟形態的戲劇藝術在中國，並未能出現與之相應的理論性研究及其戲劇美

〔註13〕 在收錄及闡釋戲曲術語條目較為齊全的一些編著中，諸如陸澹安所著《戲曲詞語彙釋》（上海錦繡文章出版社 2009 年版）、趙建偉主編《中國古典戲曲概念範疇研究》（文化藝術出版社 2010 年版）、劉奇玉著《古代戲曲創作理論與批評》（中國社會科學出版社 2010 年版）等，均無法查詢到「發現」「突轉」的字眼或者與「發現」「突轉」大致能夠對等的詞彙術語。其實，筆者探究的其他敘事技巧，同樣多屬於此類情形，即理論術語可能匱乏，然而卻委實存在於具體的戲曲創作實踐中，見證於中國古典戲劇家的大量作品中。──筆者注。

學理論。作爲成熟形態的中國戲劇所經歷的元代雜劇、明清傳奇、清末地方
戲三個階段，僅僅在其中間階段出現過局部性的接軌貼合，此即明清傳奇時
期戲曲創作同戲曲理論批評得到較爲密切的結合。中國傳統的戲劇理論研
究，多散見於各式各樣的筆記、詩歌、文章、序跋之中，專門性的論著甚少。
即使到了屬於中國戲劇理論較爲繁盛的明清時代，出現了徐渭探討南戲源流
與發展的《南詞敘錄》，王驥德的全面闡述戲曲音律問題的《曲律》等。這些
戲劇理論成果儘管不乏眞知灼見，依舊如散金碎玉般不成體系，仍未擺脫評
點式的稚嫩狀態。眞正改變中國戲劇美學理論稚嫩狀態的，當推李漁的集中
國古代戲劇理論之大成的《閒情偶寄》的問世。作爲一位具有豐富戲劇創作
實踐和舞臺演出經驗的清代戲劇家，李漁廣泛汲取了前人的理論成果，聯繫
當時戲曲藝術的創作現狀，並緊密結合自身的實踐經驗，在「詞曲部」和「演
習部」裏對戲曲理論予以較全面系統的總結和闡述。《閒情偶寄》由此得以成
爲中國古代戲劇理論發展史上最富有概括性、體系性的著作，代表著中國古
典戲劇美學理論的最高成就。儘管李漁探索建樹中國戲曲理論體系的開拓之
功不容低估，但他的相當一部分見解與觀點，仍舊屬於因事而發、就事論事
的隨筆、偶感與心得，因而顯得較爲淩亂、重複；有時難免蜻蜓點水，僅僅
看到外表現象，未及深入到更爲本質性的探究。李漁對「發現」與「突轉」
問題的認識及其闡述便是如此──即使是在《閒情偶寄》這樣一部集中國古
典戲劇理論之大成的論著中，李漁令人遺憾地未能就「發現」與「突轉」問
題，展開比之以往更清晰準確的闡釋。它所能給予人們的，充其量還是「猶
抱琵琶半遮面」式的暗示。具體說來，「發現」一詞可參見李漁《閒情偶寄》
「詞曲部‧小收煞」中的一段論述：「宜作鄭五歇後，令人揣摩下文，不知此
事如何結果。……戲法無眞假，戲文無工拙，只是使人想不到、猜不著，便
是好戲法、好戲文。猜破而後出之，則觀者索然，作者赧然，不如藏拙之爲
妙矣」〔註14〕。雖然李漁主要針對戲劇的「懸念」而論，但這裏提及的對「想
不到、猜不著」的「下文」的「猜破」，在語言形式上與「發現」還是大致存
在著某種對應性──當然其涵義卻大相徑庭：李漁所言涵義乃指觀眾對事件
內幕的預先知曉。此大概是我們在中國古典戲劇理論中所能夠找到的、與亞
里士多德所謂「發現」關係似乎最貼近的一個對應性概念術語了。涉及「突

─────────────

〔註14〕李漁著，閒情偶寄，中國戲曲研究院編，中國古典戲曲論著集成（7），〔M〕，
　　　　北京：中國戲劇出版社，1959，68。

轉」的相關論述，則散見於明清時期祁彪佳、毛綸等某些戲劇理論家的偶感與點評，諸如：「水窮山盡之後，偏宜突起波瀾」、〔註15〕「格局之妙，令人且驚且疑」、〔註16〕「一轉再轉，每於想窮意盡之後見奇」、〔註17〕「邇來詞人（指撰寫曲詞的劇作家），每喜多其轉折，以見頓挫抑揚之趣。不知太多，領觀者再索一解未盡，更索一解，便不得自然之致矣」、〔註18〕「愈轉愈妙，愈出愈奇，斯其才大手敏，誠有不可及者。」〔註19〕一言以蔽之，中國古典戲劇理論的相對滯後，遂造成「發現」與「突轉」以及其他許多戲劇概念術語，在中國古典戲曲中的無「名」而有「實」現象。

　　儘管古典戲曲理論中匱乏「發現」與「突轉」的專門術語，然其作為古典戲曲家慣常運用的結構佈局、安排情節的重要敘事技巧，卻是一種無可辯駁的客觀存在。換言之，「發現」與「突轉」雖然不直接存在於古典戲曲理論中；但倘若就具體創作實踐而論，可以說中國戲曲家們實際上早已經在自覺或者不自覺地運用此敘事技巧，並且業已取得相當良好的藝術效果。這一特點，在隨後我們將列舉出的成功運用「發現」與「突轉」的大量古典戲曲作品便是最好佐證。

　　縱覽以元雜劇為代表的中國古典戲曲寶庫，我們能夠看到並且應當承認，中國古典戲劇中首先也存在著既無「發現」也無「突轉」的一類劇作。

　　僅以關漢卿的歷史劇《單刀會》為例。該劇故事背景為赤壁之戰後魏、蜀、吳三國各據一方，東吳魯肅作保將荊州借與劉備，以圖共拒曹操之大業。劉備以荊州為根據地，佔領西川，形成三國鼎足之勢，委派關羽鎮守荊州。魯肅為討回荊州設下三條計策，以邀請關羽過江赴宴為名，欲採取軟硬兼施手段迫使關羽交還荊州。隱士司馬徽和國公喬玄得知此事後極力反對，但魯肅不聽勸告而依舊按計行事。關羽早已猜出魯肅的醉翁之意，在做好充分的

〔註15〕　李漁著，閒情偶寄，中國戲曲研究院編，中國古典戲曲論著集成（7），〔M〕，北京：中國戲劇出版社，1959，69。

〔註16〕　（明）祁彪佳著，遠山堂曲品・檀扇，中國戲曲研究院編，中國古典戲曲論著集成（6），〔M〕，北京：中國戲劇出版社，1959，43。

〔註17〕　（明）祁彪佳著，遠山堂曲品・軒轅，中國戲曲研究院編，中國古典戲曲論著集成（6），〔M〕，北京：中國戲劇出版社，1959，58。

〔註18〕　（明）祁彪佳著，遠山堂曲品・翡翠鈿，中國戲曲研究院編，中國古典戲曲論著集成（6），〔M〕，北京：中國戲劇出版社，1959，58。

〔註19〕　（清）毛綸，第七才子書《琵琶記》・總論，引自隗芾、吳毓華編，古典戲曲美學資料集，〔M〕，北京：文化藝術出版社，1992，306。

應對之策後，身背青龍偃月刀，率領幾個隨從，駕一葉小舟過江赴會。宴席之上關羽義正詞嚴、據理力爭、英勇果斷、先發制人，挫敗魯肅的陰謀凱旋而歸。從主人公關羽的視角來看，沒有什麼「發現」（雙方對這場宴會的「鴻門宴」性質均心知肚明），亦未發生「突轉」——儘管魯肅的自我構想很好，但其可行性甚微，劇中前兩折通過喬國老與司馬徽之口，已經對其計策給出否定性答案，魯肅自己恐怕也不敢抱有太大希望，更多出於某種僥倖心理罷了；而事件發展的結果更在關羽的預料與掌控之中，沒有且也不可能發生讓關羽由胸有成竹、氣宇軒昂的順境跌入束手就擒、交還荊州的尷尬狼狽之逆境的「突轉」。

以下就讓我們來全面掃描一番，「發現」與「突轉」大量運用於元雜劇中的各種情形。

其一，只有「發現」而沒有「突轉」。

例如關漢卿的《哭存孝》、鄭光祖的《倩女離魂》、石君寶的《秋胡戲妻》、無名氏的《認父歸朝》等等。

《哭存孝》劇情爲後唐君主李克用的養子李存孝遭受姦佞李存信、康君立讒害而蒙冤屈死的一段史實。李存信、康君立趁李克用酒醉時阿諛奉承，將邢州推給李存孝鎮守，而把李存孝攻克的潞州竊爲己有。李存孝攜夫人鄧氏前往邢州後，李存信與康君立爲免除後患設下毒計：先假傳聖旨讓李存孝恢復原名「安敬思」，隨後向李克用告發李存孝恢復原姓乃出於心懷不滿、圖謀叛亂。李存孝爲辨明眞相前來求見父王。李存信趁李克用酒醉說出「我五裂薎疊」（蒙古語「我醉了」）之言時，假傳聖旨將李存孝五馬分屍。李克用酒醒後傳喚存孝，方知其已遭虐殺。於是一面向前來哭訴的兒媳鄧夫人賠禮道歉，一面查明眞相，斬殺李存信、康君立。劇中李存孝處於從順境向逆境（即遭受讒言而一步步走向他人設計下的死亡陷阱）的發展進程中，即使父王酒醒後「發現」其冤情，卻早已無濟於事（父王酒醉之際他已被假聖旨問斬），也沒有發生扭轉其朝著避免屈死成鬼的相反情勢發展的「突轉」。《倩女離魂》劇情爲張倩女與書生王文舉由父母指腹爲婚。張母嫌棄王文舉沒有功名，讓倩女以「兄妹」相稱，待王文舉科舉及第再行完婚。王文舉啓程赴京，倩女魂魄離開軀體而半道追上並一路相伴。留在家中的倩女軀體則懨懨成疾、病入膏肓。一舉及第的王文舉攜倩女魂魄衣錦還鄉後，倩女的魂魄與軀體合而爲一。劇中的「發現」發生於衣錦還鄉後的王文舉意外知曉，赴京途

中與入京以來一直陪伴自己的竟然是一個鬼魂。但此「發現」並未導致劇情發生一次改變他與倩女一世姻緣的「突轉」。《秋胡戲妻》劇情為羅大戶女兒羅梅英嫁給寡婦劉氏之子秋胡為妻。新婚三日秋胡被徵從軍，梅英在家侍奉婆婆·艱難度日。財主李大戶脅迫無力償還糧債的羅大戶同意將女兒改嫁與他，其上門逼婚遭到梅英嚴詞拒絕。從軍十年、因屢立戰功升任中大夫的秋胡「給假還家省親」，途經桑園邂逅正在採桑的梅英。闊別十年的夫妻之間彼此互不相識，秋胡百般調戲遭到梅英橫眉痛斥。回到家中的梅英發現朝思暮盼的丈夫，竟然正是剛才在桑園碰見的無恥之徒，於是堅決要求與之斷絕夫妻關係（一再討要休書而欲離開秋胡）。最終拗不過婆婆以死苦勸而勉強與秋胡相認。劇中無疑有雙方夫妻關係的一次「發現」，但並沒有劇情發展走向夫妻分裂（只能說險些造成）的「突轉」結局。《認父歸朝》劇情為　十年前北番定陽王劉武周手下大將尉遲敬德降唐，撇下三歲兒子尉遲保林由院公宇文慶撫養。劉武周之子劉季真收養保林為子，取名劉無敵，學成十八般武藝。劉季真命無敵領十萬雄兵攻唐，臨行前養父宇文慶告知隱情，交給他其父敬德當年留下的一條水磨鞭以為憑證。老將軍敬德奉旨與無敵對陣廝殺，無敵佯敗至僻靜處講明實情並拿出物證，父子相認，隨後無敵返回敵營擒拿番將劉季真歸順唐朝。劇情中最關鍵的環節在於劉無敵真實身份的「發現」，但此「發現」沒有引起劇情向相反（背離無敵認父意願）的情勢發展的「突轉」。

其二，只有「突轉」而沒有「發現」。

例如白樸的歷史劇《梧桐雨》。該劇主要劇情為安史之亂前後唐明皇與楊貴妃悲歡離合的愛情故事。安祿山因未能完成平叛任務，幽州節度使張守珪本欲將他斬首，惜其驍勇而押至京城問罪。明皇召見並授之漁陽節度使，鎮守邊廷。天寶十四年七月七日貴妃與明皇舉杯歡宴、對天盟誓。此時安祿山叛亂並逼近京城，明皇攜貴妃倉惶入蜀。軍隊駐紮馬嵬坡時發生騷亂，龍武將軍陳玄禮奏請明皇誅殺禍國殃民的楊國忠以泄民憤，明皇依言而行。軍隊仍不肯前行，陳玄禮又奏請誅殺媚惑君王的楊貴妃。明皇在嘩變軍隊重壓之下只能忍痛割愛，令高力士將楊貴妃帶到佛堂自盡。肅宗收復京都後，太上皇（明皇）閒居西宮，懸掛貴妃畫像朝夕追思。一天夜裏明皇夢中與貴妃相見，卻被梧桐雨驚醒。追憶往日與貴妃歡愛的情景而不禁惆悵萬分。劇中「安史之亂」這一意外事件的發生，導致了李楊之間的帝妃之戀發生由廝守恩愛到生離死別的「突轉」，但其中並無「發現」的緣故使然。

其三，既有「發現」又有「突轉」，且兩者之間構成可然律或必然律的因果性關聯。

此類劇作在元雜劇中爲數較多，諸如關漢卿的喜劇《救風塵》、馬致遠的歷史劇《漢宮秋》、白樸的愛情喜劇《牆頭馬上》、鄭廷玉的諷刺喜劇《看錢奴》、孟漢卿的公案劇《魔合羅》等等。以下筆者逐一稍加解讀。

《救風塵》劇情爲汴梁妓女宋引章原本與窮秀才安秀實傾心相愛，來自鄭州官宦門第（其父官居「同知」）的紈絝子弟商人周舍，以虛情假意騙取了宋引章歡心。安秀才求助熱心腸的妓女趙盼兒苦口勸阻，但宋引章仍舊執迷不悟地嫁給周舍。結果一到鄭州周捨家中，便遭周舍百般虐待。宋引章後悔不迭，捎信向母親及趙盼兒求援。出於對同門姊妹的眞切同情和樂於助人的俠義熱腸，趙盼兒決心「以其人之道還治其人之身」，即抓住周舍好色且貪財的致命弱點，定下以風月手段（即賣弄風情）智鬥周舍的錦囊妙計，並捎信告知宋引章配合策應。趕來鄭州的趙盼兒使出風月場上慣用解數，又是醋意大發（指對周舍娶宋而未娶她嫉妒不滿），又是山盟海誓要嫁與周舍，甚至甘願將自行帶來的美酒、熟羊和紅羅（這些通常都是談婚論嫁的新郎準備的定婚禮物）一併獻上。趙盼兒寧可賠本也要嫁給周舍的許婚，誘使頭腦發熱、神魂顚倒的周舍當場寫下丟棄宋引章的一紙休書。脫離虎口的宋引章跟隨趙盼兒火速返回汴梁，但途中被省悟過來的周舍追上。詭計多端的周舍一把撕毀從宋引章手中騙來的休書而企圖抵賴。然而，再狡猾的狐狸也鬥不過好獵手：趙盼兒對此早有防範，交給宋引章的不過是她事先備下的一張假休書。歷經劫難的宋引章與憨厚忠實的安秀實幸福結合。因雞飛蛋打惱羞成怒的周舍，強詞奪理地狀告趙盼兒「設計混賴我媳婦」。安秀才按照趙盼兒事先吩咐，狀告周舍「強奪他人之妻」，趙盼兒則以保親人身份出面作證。鄭州太守李公弼主持公道，判定宋引章與安秀才「夫妻完聚」，周舍則落得杖打服役的懲罰。顯然，該劇中甚爲關鍵的「發現」，在於周舍意識到寫下休書乃中計上當，而騙得休書爲宋引章的脫離虎口提供了最有力的法律保障，宋引章的個人命運由此發生了一次從慘遭蹂躪的絕境（「逆境」）轉爲喜結良緣、開始愛情生活的順境之轉危爲安的「突轉」。《漢宮秋》劇情爲平民出身的絕色女子王昭君被選入宮，因其當初家貧而不肯賄賂中大夫毛延壽，被其故意點破圖形而打入冷宮，不得近幸。漢元帝一天夜晚巡宮，爲昭君幽怨琵琶聲吸引而一見傾心，召入後宮封爲明妃。畏罪潛逃的毛延壽向匈奴呼韓邪單于獻上昭君圖，

單于大兵壓境索要昭君。滿朝文武不能與漢元帝分憂解難,昭君無奈請求和親以息邊患。灞陵橋上漢元帝戀戀不捨為之送行,昭君行至番漢交界處投江而死。單于見昭君既死,不願與漢朝結怨,派人押解毛延壽回漢。元帝於淒清秋夜聽聲聲雁叫,思念明妃,浮想聯翩,情不能已。該劇中關鍵性的「發現」,乃毛延壽隱瞞實情(故意點破美人圖)的內幕之敗露,與此發生關聯的兩次「發現」,則是昭君絕代佳人的廬山面目先後為漢元帝和單于所知曉。這些「發現」引起昭君兩次人生命運的「突轉」:第一次是由逆境轉向順境(冷宮失寵到得寵封妃),第二次則是由順境轉入逆境,即被迫無奈地離開恩愛有加的元帝而和番擬嫁單于,於番漢交界處投江自殺。

　　《牆頭馬上》劇情是唐高宗即位儀鳳三年,頒旨工部尚書裴行儉去洛陽「挑選奇花異卉,科買花栽子(官府向百姓不價購買花苗),趁時栽接」。年事已高的裴尚書奏請由兒子少俊代辦。李千金父親李世傑當年任京兆留守時,曾與裴尚書議結兒女婚姻。後因諷諫皇后武則天謫貶洛陽總管,致使親事擱置下來。二月初八這天,李千金透過自家後花園牆頭觀賞花景之際,碰巧遇見策馬經過的少俊,彼此一見鍾情。借助僕人張千與丫鬟梅香互傳詩簡,約定當夜後花園內幽會。少俊逾牆赴約來至千金閨房時被嬤嬤發現,嬤嬤提出兩人出走、留待日後少俊得官認親的權宜之計,千金遂當夜跟少俊私奔去了長安。少俊瞞著父母讓千金隱居裴府後花園書房,過了七年夫妻生活,生下一雙兒女(兒子端端和女兒重陽)。清明時節少俊與母親祭祖,公差頗多而居家甚少的裴尚書因「心中悶倦」去後花園散心,順便想到書房瞭解一下兒子學業近況。因撞見端端與重陽而發現兒子私自成婚的隱情,儼然以道學家面目斥責千金乃淫奔娼優。他以玉簪磨針和銀瓶汲水相刁難,以瓶墜簪折為由,逼迫兒子將其休棄(少俊瞞著父親偷偷將千金送回洛陽李府),一對兒女被尚書留下,少俊則被父親逼迫當日上朝應舉求官。一個原本和諧美滿、充滿融融親情的恩愛家庭,就這樣被道貌岸然的裴尚書所拆散。狀元及第就任洛陽縣尹的少俊,找到父母雙亡孤寂落寞的千金,千金抱怨其休妻之無情而一時不肯相認。隨後尚書以「得知千金乃李世傑之女,屬於暗合姻緣」為由登門道歉,最後由兒女勸諫,無奈之下的千金才勉強與公婆及少俊相認(但心中滿含酸楚鬱悶,因此破碎家庭雖得團圓,卻「有甚心情笑歡娛?」)。劇中有三次「發現」:其一,裴、李幽會被嬤嬤察覺,但引致的後果卻不是「突轉」性質的,因為嬤嬤起到的反倒是推動這椿自由愛情向前發展的撮合劑作

用。其二，裴尚書意外得知兒子與千金私合的隱情，此一「發現」導致裴、李自由愛情陡然滑向毀滅性打擊的「突轉」式逆境中，自由愛情構築起來的愛巢轟然坍塌，妻離子散兩相隔。其三，尚書得悉千金的身份乃洛陽總管李世傑之女，碰巧兩家當初曾有議親，雖然因世事多變而被擱置，但畢竟有那麼回事，所以屬於合乎情理的一椿「暗合姻緣」。如此說來是名正言順的事情，換言之，尚書最終願意接納千金爲兒媳的理由，恰恰在於契合「父母之命、媒妁之言」的封建婚姻法則。此種「發現」對劇情朝著家庭團圓的向前發展而言，並未起到推動作用──僅僅改變了尚書本人對千金的個人偏見（原來並非「優人娼女」，係出官宦人家），及其對兒子婚姻的評判態度（由拒斥到認可）；因爲最終迫使千金與公婆及丈夫少俊相認的決定性因素，乃源自她對一對兒女日夜牽掛、難以割捨的拳拳母愛。她其實並沒有原諒丈夫的懦弱薄情，從根本上講更不會亦不可能與專橫虛僞、冷酷無情的裴尚書握手言和。正是兒女端端與重陽的一番哭訴，方才撼動了千金那顆倔強不屈之心，改變和扭轉了雙方爭執不下的僵局。循此而論，千金的與公婆相認除卻母愛力量的強大牽引，更有幾分難以言說、徒喚奈何的無奈與酸楚。

諷刺喜劇《看錢奴》主要劇情是，爲上朝應試而舉家外出、窮途潦倒的秀才周榮祖，在酒店避寒時由帳房先生陳德甫作保人，將兒子長壽賣給貪婪吝嗇的暴發戶賈仁。十年後的一天，同在東嶽廟歇息的周榮祖夫妻與長壽之間發生衝突，周妻忽患心口疼而來至藥鋪，巧遇身爲藥鋪老闆的陳德甫。知情人陳德甫挑明眞相，長壽的眞實身份得以彰顯，失散多年的周家父子終得團圓。劇中第四折中長壽眞實身份的「發現」，依據劇情發展的線索與邏輯而言，無疑是周榮祖夫妻於藥鋪巧遇知情人陳德甫。而此「發現」直接引致坎坷多難的周家一次命運的「突轉」：由當年窮途潦倒、賣子分離到如今的父子相認、破鏡重圓。即如劇尾靈派侯強調的：「若不是陳德甫仔細說分明，怎能勾周奉記父子重相會。」

公案劇《魔合羅》主要劇情在於：李德昌爲避禍外出南昌經商，返家途中避雨於城外將軍廟時染風寒病倒，託付同來廟中避雨的高山（兜售泥塑魔合羅的貨郎）捎話給妻子劉玉娘。高山問路時先遇到李德昌堂弟李文道，道出李德昌經商贏利且染病滯留將軍廟的事情。李文道一向行爲不端，屢次調戲嫂子劉玉娘未果。出於霸佔嫂子與貪圖錢財的歹心趕往廟裏，以探望治病爲由讓李德昌服下毒藥。高山找到劉玉娘時，送給孩子一個泥塑魔合羅（泥

塑底座下有「高山塑」三個字）以作爲自己曾來傳信的見證。劉四娘將已昏迷無法言語的丈夫接回家不久，李德昌便七竅流血死去。李文道以劉四娘犯有姦情、與姦夫合謀毒死丈夫爲由，逼迫其私了（即不向官府告發，但劉四娘改嫁於他）。劉四娘堅決不從，被李文道狀告法庭。貪官污吏草菅人命，劉四娘屈打成招，被判死罪而打入死牢。新任河南府尹王大人複審後維持原判，吩咐押送刑場斬首。六案都孔目張鼎遇見不住流淚、帶著枷鎖的劉四娘，隱約感覺其中「必然冤枉」，遂攔住詢問情由。張鼎提出五大疑點：其一，死者經商所帶的十錠銀沒有著落（被誰收了）；其二，寄信人沒有著落（誰是送信者）；其三，姦夫沒有著落（誰與被告劉玉娘私通）；其四，合毒藥人沒有著落（死者所服毒藥是誰下的）；其五，合謀人沒有著落（誰是合謀人）。府尹限張鼎二日內破案，張鼎審問劉四娘時，詢問張千「明日是甚日？」、張千答覆「明日是七月七」，由此提醒了劉四娘，記起「當（去）年正是七月七，有一個賣魔合羅的寄信來；又與了我一個魔合羅。」張鼎發現泥塑底下的「高山塑」，傳信人由此浮出水面。提審高山時，張鼎得知其見劉玉娘前先遇到一個獸醫。劉玉娘道出獸醫乃小叔子李文道且叔嫂不和的內情。至此張鼎對案情眞相已胸有成竹，定下勘案妙計——詐稱「老相公夫人」喝下李文道所開藥方後中毒身亡，抓住李文道急於爲自己開脫罪責的心理，誘使他答應將罪責栽贓到自己父親身上，隨後傳喚李文道父親李彥實，告知其子李文道狀告他犯有殺人罪。氣憤不過的李父無意中泄露了兒子李文道藥殺哥哥李德昌的秘密。案情眞相水落石出，劉四娘得以昭雪平反，李文道死罪處斬。劇中有兩次重要的「發現」，其一爲寄信人高山被查詢到，直接導致眞正兇犯李文道的浮出水面；其二是張鼎以相公夫人服藥身死爲幌子，抓住李文道急於開脫罪責心理，導演了李家父子的一場「窩裏鬥」，誘使李父道出兒子藥殺哥哥的隱情，兇手身份及血案眞相由此大白於天下。這一「發現」使劉四娘發生從屈打成招、險些問斬的絕境（逆境），陡然轉入伸冤昭雪、化險爲夷的順境中的「突轉」。劇作家在此對於「發現」與「突轉」的處理，符合情節發展與人物思想性格的內在邏輯。

關漢卿乃元代最傑出戲曲家，鍾嗣成《錄鬼簿》將其列爲群英之首，賈仲明補作挽詞而進一步首肯其「梨園領袖、編修師首、雜劇班頭」的至尊地位。其《竇娥冤》、《望江亭》等劇作膾炙人口，歷來被公認爲代表元雜劇最高成就的珍品。紀君祥《趙氏孤兒》的顯赫地位亦無須多言：孟稱舜在《古

今名劇合選・酹江集》中，曾慨歎此劇「非大作手，不易辦也」；日本近代學者青木正兒則稱許：「此劇其事既佳，而結構亦緊密不懈，曲詞遒勁，又能適合其內容，總該把它列爲傑作之一。」王國維更是在其《宋元戲曲史》中盛讚道：「元則有悲劇在其中……其最有悲劇性質者，則如關漢卿之《竇娥冤》，紀君祥之《趙氏孤兒》，劇中雖有惡人交構其間，而其蹈湯赴火者，仍出於其主人翁之意志，即列之於世界大悲劇中，亦無愧色也。」〔註20〕而王實甫的《西廂記》，通過鋪敘青年書生張君瑞和相國小姐崔鶯鶯「待月西廂下」所衍生出的一段情事，吟唱出「願天下有情的皆成了眷屬」的偉大愛情主題，成爲「天下奪魁」的不朽愛情喜劇。筆者這裏不厭其煩地精心濾取《趙氏孤兒》、《竇娥冤》、《望江亭》、《西廂記》四部劇作爲例證，其對於元雜劇以及中國古典戲曲的代表性無須贅言。

《趙氏孤兒》故事背景是春秋時期晉國權佞屠岸賈陷害忠良，將老臣趙盾滿門抄斬、唯有褓褓中的孫兒（「趙氏孤兒」）一脈尚存。劇中以意欲斬草除根的屠岸賈爲一方，不惜身家性命保護孤兒的程嬰、公孫杵臼、韓厥等忠臣義士爲另一方，展開了一場曲折驚險、攝魂奪魄的「搜孤」與「救孤」的殊死較量。劇中牽一髮而動全身的關鍵環節聚焦於「孤兒」眞實身份的「保密」——針對屠岸賈及孤兒而言，若屠岸賈早已發現此秘密並殺掉孤兒，也就不會有這齣名揚中外的大悲劇了！該秘密一直拖延到孤兒長大成人的二十年後，才由程嬰以圖卷形式吐露出來。這一人物關係的「發現」敲響了權佞屠岸賈的喪鐘，也爲那場腥風血雨的忠奸鬥爭最終劃上一個完滿的句號：得悉內情的「孤兒」遂奏明主公並奉令擒拿奸賊，報仇雪冤！《望江亭》主要劇情是花花太歲楊衙內覬覦寡婦譚記兒的美色，風聞她與秀才白士中（後中狀元，赴任潭州縣令）締結良緣，便欲加害。皇帝偏聽偏信其誣告而頒下「標取白士中首級」的敕書與勢劍金牌，楊衙內奉旨一路趕來問罪。值此危急關頭，譚記兒於中秋之夜巧扮風流漁婦「張二嫂」，在望江亭上將好色貪杯的楊衙內及其走卒撥弄得神魂顛倒，趁勢智賺（「調包」）勢劍金牌與敕書。次日楊衙內闖入縣衙欲拿白士中治罪，不料發現手中武器——勢劍金牌和敕書早已不翼而飛。此「發現」使威風凜凜、不可一世的欽差陡然間淪爲尷尬狼狽的被告，不得不搖尾乞憐；而白、譚夫婦則轉危爲安、化險爲夷。

〔註20〕王國維，宋元戲曲考，王國維戲曲論文選，〔M〕，北京：中國戲劇出版社1984，85。

　　由上述已經列舉的元雜劇作品中，我們不難見出「發現」的種類及其使用的多樣化特徵。換言之，即使是在同一部戲劇中，劇作家可能會多次使用「發現」。如白樸的愛情喜劇《牆頭馬上》中有三次「發現」：裴、李幽會被嬤嬤察覺；裴尚書意外知曉兒子私自成婚的隱情；尚書得悉千金乃洛陽總管李世傑之女的身份。《望江亭》中前後亦寫了幾次「發現」：楊衙內把假「漁婦」譚記兒的暗送秋波當成自己的「情場得意」，此屬於一種錯誤的「發現」；楊衙內在公堂上意外「發現」手中武器（勢劍金牌和敕書）不翼而飛；垂頭喪氣的「落湯雞」楊衙內，最終「發現」風流「漁婦」正是縣衙夫人譚記兒本人！導致劇情發生「突轉性」效果的「發現」，我們不妨稱為「大發現」，如亞氏所謂「能同時引起『突變』的那種『發現』」；其餘那些「發現」則可稱為「小發現」。如《望江亭》中前後兩次「發現」屬於「小發現」，中間那次「發現」堪稱「大發現」。由此考究劇作家應在戲劇情節發展哪個環節上運用「發現」最為適宜的問題，便簡單明晰多了。一般說來，那些「小發現」大都設置於戲劇開頭、劇情發展中間階段等；「大發現」則更多安排於戲劇高潮階段（往往與結局臨近）。

　　《西廂記》中的「突轉」，無疑應是「賴婚」，即已故相國之妻崔夫人悍然抵賴將女兒許配張生的承諾，突然改變口吻讓鶯鶯對張生「以兄妹相稱」。該場戲發生在第二本第四折，屬於全劇中的第八折。就崔張二人愛情發展而言，「賴婚」之前的七折劇情中儘管屢有波瀾，但總體上屬於上陞階段（即「順境」）。而此「突轉」，給早已彼此互有情意的一對戀人不啻當頭潑了一桶涼水，使之頓然驚慌失措、一籌莫展；也委實令觀眾瞠目結舌、始料不及。

　　《竇娥冤》中竇娥的短暫一生，可謂深陷於痛苦與不幸的無底深淵：三歲喪母，七歲被父親賣給蔡婆婆當童養媳，十五、六歲成婚後沒幾年夫亡守寡；繼而受到流氓無賴張驢兒的無恥糾纏，被其誣陷為毒死張父的殺人犯；公堂之上遇到的偏偏又是貪贓枉法的昏庸法官桃杌，無人為她主持公道，其結果只能是屈打成招、含冤問斬。至此，竇娥的生活遵循著苦上加苦的軌跡（屬於逆境）。而「突轉」發生於她死後的最後一折戲裏：她以超自然的「冤魂顯靈」的特殊告狀模式，提醒了中舉及第而榮任提刑肅政廉訪使，身肩「隨處審囚刷卷，體察濫官污吏」並可「先斬後奏」之職責權利的父親竇天章重審案卷，最終澄清事實，為自己昭雪伸冤（屬於順境）。如果換一位西方古典戲劇家來寫，其套路肯定會止於竇娥赴刑問斬的第三折，不大可能為死後的

竇娥專門安排如此一種鬼魂顯靈、清官重審、冤案昭雪的喜劇式收場。此即普遍存在於中國古典悲劇作品中的所謂「大團圓」式結局。出現這種「大團圓」式結局的原因固然很多，其利弊優劣亦見仁見智，在此不另贅述。但這裏須強調的一點是：如果說這種獨特結局，賦予了包括元雜劇在內的古典戲曲（尤其悲劇）獨具中國特色的一種「突轉」模式，恐怕並非言過其實。

通過觀瞻成功運用「突轉」的元雜劇，我們大致可以總結歸納出劇作家運用「突轉」時應遵循的基本規律與適用性原則。

其一，「突轉」的設置即在劇情中的「位置」問題。「突轉」究竟應該用於情節發展哪一個階段最爲適宜，不能一概而論、強求一律；而應根據每部劇作情節發展的具體情況予以不同設置。如《西廂記》是在中間稍後（第四折「賴婚」），《竇娥冤》則將「突轉」推遲至結尾，即竇娥蒙冤屈死的三年之後。

其二，「突轉」應當既出人意料之外而又合乎情理之中。因爲一方面，「突轉」如不能超出人們的通常意料之外，恐會落入平庸無奇之俗套而難以動人心魄、引人入勝；另一方面，「突轉」若悖逆情理，則可能蹈滑稽荒誕之覆轍而不足以令觀眾信服。這裏要想做到合乎情理，關鍵點在於「突轉」須牢牢地以人物性格爲依託。如果說人物性格的發展邏輯是「土壤」，「突轉」便是生長於這片沃土之上的一株奇花異草。劇作家如果脫離人物性格發展的內在邏輯，僅僅爲求「突轉」而故意兜圈子繞彎子，結果只能是弄巧成拙，背離生活真實與藝術真實，缺乏經得起推敲的藝術生命力。如《秦香蓮》「殺廟」中的「突轉」，既直接關係著劇中人物的生死存亡，並以其如山洪暴發不可遏制的態勢，推波助瀾地促成戲劇高潮——「鍘美」的到來；同時它也決定著全劇結構佈局的成敗得失。惟其居於如此舉足輕重的地位，所以要求這場戲，即要「轉」得忽然新奇，完全出乎人們的意料之外；同時又須以人物性格爲依據，具言之即韓琪不殺秦氏母子反而自戕，乃契合其心地善良、同情弱小、嫉惡如仇、捨身取義的俠義性格，這樣就「轉」得自然天成，讓觀眾感到合乎情理之中。否則，「一節偶疏，全篇破綻出矣！」在此我們不妨由古及今，來審視兩部中西方現代劇作。在享名「歐洲現代戲劇之父」的 19 世紀末挪威戲劇家易卜生的《玩偶之家》中，娜拉與海爾茂由原先的（貌似）恩恩愛愛、和諧美滿之夫妻關係，「逆轉」至水火難容、徹底決裂的境地。這種「突轉」若細忖一下，其實也並不多麼突兀奇怪。因爲圍繞娜拉爲救病重丈夫而僞造

簽名的那張借款單而引發的那一場家庭風波，使娜拉最清醒地意識到資本主義社會中婚姻家庭關係的實質：以婦女喪失自身獨立的人格，降淪為依賴丈夫而苟活的附庸品，處於毫無自由平等可言的玩偶地位為根本特徵。此便與這位「有著自己的性格以及首創的和獨立的精神」的 19 世紀挪威中小資產階級女性，發生了不可調和的根本性衝突：娜拉始終將追求人格的獨立、男女之間的自由平等、人的個性解放，奉為自己的生活理想與奮鬥目標，且秉性剛毅倔強。所以她的憤然離家出走之舉措，便成為一種必然的趨勢，乃是其內在性格使然！而在中國現代話劇史上具有重要里程碑意義的曹禺的不朽之作《雷雨》，劇情中魯侍萍對周萍、四鳳情愛（亂倫）關係的發現：雨夜中前來尋找四鳳的周萍，被剛剛下班回家的魯大海撞見，正欲與之拼命；尾隨跟蹤的繁漪從外面死死封住窗戶，使得周萍難以逾窗逃脫，於是最終被魯侍萍發覺！這一「發現」，並非劇作家曹禺他那裏故弄玄虛和追求所謂驚險離奇的刺激性場面，而屬於劇中人物之間性格激烈碰撞的合乎邏輯的一種必然性結果——繁漪之所以死死封住窗戶不放，乃基於其強悍、陰鷙的性格，以及那種怨恨、嫉妒和絕望的特定心態；魯大海之所以要與周萍拼命，是出於對立階級之間難以避免存在著的敵視與憎恨；而周萍的欲逃無門、走投無路，則無疑在於其自身一向怯懦的性格與道義上的劣勢。

　　其三，應恰當處理「突轉」與「鋪墊」之間順承嬗遞的關係。任何一種類型戲劇，其情節發展「由順境至逆境」或者「從逆境到順境」的轉變，就其總體格局而言，均屬於漸次進行即所謂「漸變」的節奏模式，劇情發展呈現為由量變到質變即從「漸變」至「突變」的嬗變軌迹。此「漸變（量變）」相對於「突轉（質變）」而言，即人們通常強調的「鋪墊」。沒有「鋪墊」就難以有「突轉」，「鋪墊」是「突轉」的前提與基礎，「突轉」則為「鋪墊」合乎邏輯的發展結果。故而如何恰當處理「突轉」與「鋪墊」之間順承嬗遞之關係，尤其顯得重要。正如李漁諄諄告誡的那樣（屬於其創作經驗之談）：「每編一折，必須前顧數折、後顧數折。顧前者，欲其照應，欲後者，便於埋伏」〔註21〕。《西廂記》堪稱中國古典戲曲中，巧妙處理「突轉」與「鋪墊」關係的一部典範性劇作。該劇中的「突轉」無疑應是「賴婚」（當然此前還有一次「突轉」為鶯鶯的「賴簡」）：即崔夫人悍然抵賴原先准允女兒許配張生的承

〔註21〕　（清）李漁著，閒情偶寄，中國戲曲研究院編，中國古典戲曲論著集成（七）〔M〕，北京：中國戲劇出版社 1959，16。

諾，而突然改讓鶯鶯對張生「以兄妹相稱」。該場戲發生於第二本第四折，屬
於全劇中的第八折。在它之前七折的劇情，就崔張二人愛情發展來看乃處於
上陞階段（即「順境」），但其間也小有波瀾。而這些波瀾，恰恰正是劇作家
王實甫爲「賴婚」一折的大波瀾（即「突轉」）所作的必要而有力的鋪墊。其
一，從老夫人的「貫串性動作」（指人物對某事物或問題的一貫態度與表現）
來看。她對鶯鶯是暗遣女僕紅娘「行監坐守」，可謂時刻監視、處處防範，惟
恐女兒做出什麼不軌之事來。自然對女兒與張生的那種「自由戀愛」，根本不
放在眼裏，反而嗤之以鼻、橫加指斥。由此說來，老夫人的恪守封建禮教、
看重出身門第，正是其後來翻臉賴帳的思想根源所在。其二，從「寺警」（即
「白馬解圍」）與「賴婚」的順承關係來看。「寺警」一折寫叛將孫飛虎兵圍
普救寺，欲強行霸佔鶯鶯，否則將對寺廟內的所有人盡行殺戮。鶯鶯提出如
有人能退敵解圍、情願結秦晉之好的計策，無計可施的崔母無奈之下只能同
意。劇作家在此非常明確地在向觀眾表明，崔母的許婚極其勉強，完全是出
於被迫無奈的（而非主動的）。因爲堂堂相國府三代不招白衣女婿，怎能想像
贅個落魄秀才？僅僅因一場不期而至的大難臨頭，火燒眉毛，權且先保全性
命要緊，其他的一切尚可暫容後圖。正是在這種心理驅動下，老夫人遂降格
以求。所以一俟賊兵退去而大難消解，她就很快恃權仗勢，自食其言，悍然
賴婚（僅允許兩人存在「以兄妹相稱」的關係）。可見，老夫人的「賴婚」行
爲早已有所蓄意，是有著一定心理準備的；貼合其思想、情感發展的內在邏
輯性，因此決不是出於那種一時心血來潮式的偶然舉動。

三、中西古典戲劇重視運用「發現」與「突轉」探因

以元雜劇家爲代表的中國古典戲劇家在重視並使用「發現」與「突轉」
方面，爲什麼會與以古希臘戲劇家爲代表的西方古典戲劇家不約而同、不謀
而合？這種共同現象究竟屬於神使鬼差般的偶然巧合，還是自有其現實生活
淵源與戲劇藝術內在規律使然？

無論「發現」還是「突轉」，均不是作家的憑空杜撰，而是源於生活，是
對社會現實生活的真實反映。諸如失散多年的親人之間，意外發現彼此間存
在著特定血緣親屬關係而重逢團圓的生活事例，可謂司空見慣；或者先前不
爲人知的某些隱秘，在一定條件下得以浮出水面、真相大白。同樣，「突轉」

之類的事情在現實生活中亦不乏其例〔註22〕。日常生活中人們耳熟能詳的一類成語、格言等，諸如「破釜沉舟，置之死地而後生」、「天無絕人之路」、「車到山前必有路」、「山重水複疑無路，柳暗花明又一村」等等，均屬於對人們身陷困境乃至絕境之際獲得一線轉機的「突轉」的形象化表述。

我們再從戲劇藝術自身內在規律性視角，來解析中西方古典戲劇家重視運用「發現」與「突轉」之敘事技巧的根源。

先來談一談「發現」問題。

中西古典戲劇家之所以在結構佈局、安排情節時每每使用「發現」這一敘事技巧，歸因於劇中存在著為人們（劇中人或觀眾，以前者為主體）尚不知曉、但對劇作家而言必須選擇合適的時機（即劇情發展進程中某一重要環節、關鍵點上）向人們披露與挑明的、某些特定人物關係以及事件內幕。亞里士多德在《詩學》中曾提出「結」與「解」這兩個重要概念：「一部悲劇由結和解組成。劇外事件，經常加上一些劇內事件，組成結，其餘的劇內事件則構成解。所謂『結』，始於最初的部分，止於人物即將轉入順境或逆境的前一刻；所謂『解』，始於變化的開始，止於劇終。」〔註23〕筆者以為劇中尚未被人們知曉的某些特定人物關係以及某些事件內幕，其實便堪稱劇作家在劇情中精心設置下的最大且最重要的「結」，而「發現」正是此「結」被「解」不可或缺的中介與途徑。

從敘事學視角而論，依據戲劇故事情節發展過程中的謀劃者（如《竇娥冤》中籌劃毒死蔡婆婆的市井無賴張驢兒，《伊菲革涅亞在陶里克人中》裏意欲將「外鄉人」俄瑞斯特斯作為祭品殺掉的神廟女祭司伊菲革涅亞等），當事人（如上述劇中主要人物甚至主人公——滯陷痛苦與不幸深淵的青年寡婦竇娥、險遭姐姐誤殺的邁錫尼王子俄瑞斯特斯等），和觀眾三方對於「內幕」的知曉程度，我們大致可劃分出四種類型：其一，謀劃者知曉，觀眾也知曉，惟獨當事人毫不知曉。其二，謀劃者知曉，觀眾並不知曉，當事人更不知曉。

〔註22〕這裏試以體育比賽為例，簡要說明日常生活中屢見不鮮的「突轉」情形。NBA賽場上常常出現兩隊打得難分難解，比分膠著上陞，僅有一、兩分之差的激烈情形。就在裁判即將吹響終場哨聲之際，忽然出現某位球員以高難度動作或者從超遠距離投中一球，比賽勝負的天平剎那之間發生出人意料的「突轉」：整個比賽進程中可能一直分數領先的球隊，在比賽結束前最後幾秒鐘裏遭遇對方球隊的這種絕地大反擊，無奈地將勝利拱手讓出。這種時常出現的「壓哨球」現象，正是NBA球場吸引觀眾觀賞比賽、扣人心弦的魅力所在。

〔註23〕亞里士多德著，陳中梅譯，詩學，〔M〕，北京：商務印書館，1996，131。

其三，謀劃者知曉，觀眾也知曉，當事人竟然同樣知曉。其四，謀劃者不知曉，觀眾也無從知曉，當事人更不知曉。第三種情形不復存在任何「秘密」可言，果眞如此，值得觀眾不辭辛勞到劇院觀賞的藝術吸引力將大打折扣；第四種情形僅有一定的理論參照價值，推敲之下其與劇情發展悖逆而顯得不合情理，因爲總得有人在劇中謀劃，使得總會有人（當事人）遭受蒙蔽欺瞞甚至傷害毀滅，所以從客觀事實與情理邏輯上推斷難以成立！簡言之，第三、四種類型不適宜於戲劇藝術。

那麼，劇作中的「結」在情節發展進程中「發現」來臨之前，究竟是對劇中人物與觀眾暫且都「保密」好呢，還是僅僅對劇中人物暫且「保密」更妥當呢？應當說兩種「保密」情形均存在。第一種所謂「對劇中人物與觀眾暫且都保密」，即將觀眾與劇中人物都蒙在鼓裏，使之如墜迷霧之中茫然不知，暗中探索。如布瓦洛所言：「要結得難解難分，把主題重重封裹，然後再說明眞相，把秘密突然揭破，使一切頓改舊觀，一切都出人意表，這樣才能使觀眾熱烈地驚奇叫好」。〔註24〕第二種所謂「僅僅對劇中人物暫且保密」，即讓劇中人物之間在不知不覺中形成扭結（各種糾葛），而觀眾對此一目了然。如狄德羅所言：「（對劇中人物而言）應該讓他們在不知不覺中構成扭結；應當使他們對一切事情都猜測不透；使他們走向結局而毫未料及。……可以使所有角色互不相識，但須讓觀眾認識所有的角色……對觀眾來說，應該讓他們對一切都瞭如指掌。讓他們作爲劇中人的心腹，讓他們知道發生了什麼事情，正在發生什麼事情，而在更多時候，最好把將要發生的事情也向他們明白交代。」〔註25〕兩種做法孰最可取呢？亞氏肯定後者，如他在《詩學》中強調的，「當時不知情，事後才發現。如歐里庇得斯的《伊菲革涅亞在陶里克人中》，伊菲革涅亞及時發現俄瑞斯特斯是她弟弟」。〔註26〕狄德羅借助比較更推崇後者：「由於守密，劇作家爲我安排片刻的驚訝；可是由於把內情透露給我，他卻引起我長時間的焦慮……對刹那間遭受打擊而表現頹廢的人，我只能給以刹那間的憐憫，但假如打擊不是立刻發生，假如我看到雷電在我

〔註24〕（法）布瓦洛著，任典譯，詩的藝術（修訂本），〔M〕，北京：人民文學出版社，2009（第2版），34。

〔註25〕（法）狄德羅著，論戲劇詩，狄德羅美學論文選，〔M〕，北京：人民文學出版社 1984，171。

〔註26〕（希）亞里士多德著，羅念生譯，詩學，〔M〕，北京：人民文學出版社，1962，46。

或者別人頭頂上聚集而長時間地停留於空際不擊下來，我將會有怎樣的感覺？」〔註27〕狄德羅的身感體同無疑十分正確而合理，因爲它更符合一般觀眾觀劇心理：希望劇作有清晰明瞭的情節、脈絡分明的線索、環環相扣的懸念（所謂「結」），自始至終牽繫他們欲知分曉的期待視野與「解謎」心理，直至帷幕落下。正因如此，古今中外的戲劇除專以追求驚險刺激、駭人聽聞甚或離奇怪誕效果爲能事——諸如西方近代的「巧湊劇」和當代的「荒誕派戲劇」，以及以案件破解爲核心劇情的「公案劇」等少數幾類戲劇形式外（多屬於對觀眾同樣保密的第二種類型），一般均採取只對劇中人「保密」的模式（即選擇「當事人不知曉」的第一種類型）。

　　既然如上所述，劇中人多爲劇作家蒙在鼓裏，人物之間彼此不知底細（只有觀眾通曉內情），那麼如何自然巧妙地使用「發現」，就成爲衡量劇作家安排情節、結構佈局之藝術性高低優劣的一個重要標尺！難怪中西方古典劇作家們如此這般地重視與青睞「發現」了。

　　再來談談「突轉」問題。

　　亞里士多德在《詩學》中，認爲戲劇應具體包括六個成分：結構、性格、思想、文詞、歌曲和布景。他將結構擺在第一的顯赫位置，《詩學》第七至第十八章專門探討結構問題，堪稱分量最重、篇幅最多的部分。由此足以看出，亞里士多德對戲劇之「結構」的推崇備至。不僅如此，亞里士多德還進而認爲並強調，「結構」之中尤以「突轉」最爲關鍵。由此不難窺見，這位希臘先哲對於「突轉」問題的高度重視。

　　「突轉」之所以備受亞里士多德，以及後來中西古典戲劇理論家與中西古典戲劇家不約而同的高度重視，推究而論，與「突轉」較之「發現」富有自身獨具的藝術功能，存在很大關係。概括說來，「突轉」主要具有以下兩方面的獨特藝術功能：

　　其一，可造成戲劇情節的曲折多變、跌宕起伏、一波三折，獲得出奇制勝的戲劇性效果。常言道：斗轉星移，始可見東方欲曉之奇景；風謞云詭，方顯出波湧浪翻之壯觀；頓挫抑揚，往往金聲而玉振；山重水複，每每柳暗而花明。就戲劇而言，惟其有了「突轉」，遂使戲劇情節的發展富有一種動態中的「曲線美」：時而像「山從人面起，雲傍馬頭生」的奇峰凸顯，時而又似

〔註27〕（法）狄德羅著，論戲劇詩，狄德羅美學論文選，〔M〕，北京：人民文學出版社 1984，171。

「山隨平野盡、江入大荒流」的幽谷蜿蜒。如此若石徑穿雲、盤桓迂行，於「山塞疑無路」之絕處，達「彎回別有天」之妙境。而每每爲劇中人及觀眾始料不及的一百八十度逆向重大變異的那種「突轉」，常常發生於矛盾衝突異常尖銳激烈的關節上，可謂雷聲驟鳴、波瀾突起，能造成觀眾「或先驚而後喜，或始疑而終信，或喜極、信極而反致驚疑」〔註 28〕，因而最富於那種出奇制勝、撼人心魄的強烈戲劇性效果。

其二，有助於揭示、挖掘人物性格和表現、深化劇作的主題意蘊。因爲適逢「突轉」之際，往往便是戲劇矛盾衝突發展至激化噴發的高潮，而高潮恰恰總是人物性格得以最充分彰顯、主題思想得以最集中展現的時機。這裏不妨以兩部現代戲曲作品爲例。《秦香蓮》「殺廟」一場演述新科狀元暨駙馬爺──陳世美貪圖榮華富貴，對前來尋親的糟糠之妻及自己的親骨肉非但不肯相認，反而心生歹念，暗中遣派韓琪前往，要將她們斬盡殺絕。秦氏母子性命危在旦夕，不能不令觀眾憂心忡忡、焦慮不安。然而，隨之而來的情節發展卻大相徑庭：毫無反抗能力、似乎必死無疑的秦氏母子竟安然無恙，本來應該讓別人死掉的刺客韓琪自己反倒命喪黃泉（自殺）。這一場「突轉」不僅扣人心弦，同時也將人物的面目與性格凸現得鞭闢入裏、活靈活現：陳世美的借刀殺人，足以暴露出其寡廉鮮恥、喪盡天良的醜惡嘴臉，及其陰險狡詐、毒如蛇蠍的性格特徵；而韓琪對無辜的秦氏母子的不忍加害，乃竟至自戕之舉，則最充分顯現出他的同情弱小、心地善良、嫉惡如仇、捨生取義的俠義性格。常言道：王子犯法，與民同罪。然而在反動腐敗的統治階級當權的黑暗年代，要做到這一點卻是非常不易的。比如川劇《臥虎令》演述東漢光武帝姐姐湖陽公主的內監總管唐丹，一貫依權仗勢、無法無天、作惡多端。元宵佳節之際，他在花燈鬧市縱馬行樂，踩死一位觀燈民女。百姓捉住他評理，其非但不思悔改，反又肆無忌憚地將另一無辜少女活活打死，激起極大公憤。京都洛陽令董宣受理此案，他利用唐丹有恃無恐的心理誘使其畫押招供，判定死罪。本來案子至此便可了結，但劇作家爲了更進一步地揭示與深化「懲惡鋤奸、呼喚正義」的主題思想，卻巧妙地運用了「突轉」手法：即將行刑之際，忽然傳來「押送朝廷御審」的聖旨。董宣心中明白，「御審」就是不審，乃放虎歸山。他雖爲正直清官，無奈王命難違，不由得內心矛盾重

〔註 28〕 （清）李漁著，閒情偶寄，中國戲曲研究院編，中國古典戲曲論著集成（7），〔M〕，北京：中國戲劇出版社，1959，69。

重。經過一番猶豫躊躇，不得不違心地推翻原判，改為「不予處死，但須厚葬死者，安撫死者親屬。」這一「突轉」向人們昭示出，「懲惡鋤奸」、為民伸冤之正義鬥爭的複雜性與艱巨性，大大突出並深化了劇作的主題意蘊與思想內涵！

　　「發現」與「突轉」正因其具有上述的敘事功能，因此，它們不僅在中西方古典戲劇家筆下屢試不爽，而且同樣在現當代世界劇壇風采依舊，湧現出為數眾多的成功使用「發現」與「突轉」的佳作名篇。這一現象，從另一個側面充分有力地驗證了，「發現」與「突轉」確乎屬於具有普泛性與適用性的戲劇創作重要規律。因此，筆者不妨從審視中西方現當代劇壇的視點，對此問題稍予舉證與闡述，並嘗試探究戲劇藝術因其歷時性的演變，使得「發現」與「突轉」在西方古典與現代戲劇運用方面可能存在著的某些差異性。

　　使用「發現」的西方現代戲劇典範性作品，我們不妨列舉「歐洲現代戲劇之父」易卜生的《玩偶之家》、「俄羅斯戲劇之父」奧斯特洛夫斯基的《無辜的罪人》、「美國戲劇之父」奧尼爾的《天邊外》與《榆樹下的欲望》為例。《玩偶之家》主要劇情是描寫發生在一對夫妻之間的一場家庭風波。通過銀行經理海爾茂圍繞「借據」問題前前後後所作的一番盡興表演，娜拉識破了其廬山面目——原先籠罩在溫情脈脈面紗下的虛偽的夫妻關係，清醒意識到自己在家庭中所處的喪失獨立人格的玩偶地位；這一「發現」促使她憤然離家出走。《無辜的罪人》描寫發生在一對母子身上的淒婉故事：女演員歐特拉蒂娜年輕時曾被某官僚穆洛夫欺騙並遺棄，後來她的私生子聶茲那莫夫湊巧也在同一劇團工作——當然她並不知道，因為當初穆洛夫曾告訴她孩子死掉了。心地善良的歐特拉蒂娜非常同情聶茲那莫夫，而對一切都仇視、脾氣有些暴躁古怪的聶茲那莫夫，也總是願意把她當作自己惟一值得尊敬和親近的人。一次，某別有用心的人告訴他，歐特拉蒂娜年輕時為貪圖享樂而遺棄了自己的孩子。於是不明真相的他憤然決定，在歐特拉蒂娜離開劇團的告別宴會上當眾羞辱她！該情勢，委實令觀眾替全然不曉自己將遭受一場厄運的女主人公擔憂焦慮！然而誰也不會預想到，由於一串金項鏈的「發現」，竟使得劇情發生了一百八十度的突變逆轉：當聶茲那莫夫義憤填膺地控訴社會，聲淚俱下地譴責那些狠心遺棄自己孩子的母親，還故意要在孩子身上戴上個什麼金玩意，並取出藏在自己身上的一串金項鏈時，歐特拉蒂娜驚奇地發現，那正是從前自己佩戴、後來交給穆洛夫保存（內藏孩子的頭髮）的那串金項

鏈！這一意外「發現」，使她的處境陡然大變：由可能遭致難以預測的某種厄運的逆境，騰躍轉入順境之中：真相大白，隔閡消除，母子相認團圓，化險爲夷。《天邊外》主要描寫一對兄弟與一位姑娘悱惻纏綿的愛情悲劇。弟弟羅伯特素有到大海上（即「天邊外」）航行的憧憬，哥哥安朱則從小立志務農。兄弟倆都悄悄愛慕著鄰家姑娘露斯，羅伯特誤以爲露斯愛的是安朱，因此準備離家遠行。他的舉動迫使露斯不得不向他表白了壓抑在心底許久的愛情——以前遲遲不表白，主要是不願傷害安朱，現在再不表白，可能就永無機會了：她原來愛的竟是他！這一「發現」使他出於愛情而改變初衷，決意留下務農。此「發現」的另一結果則是導致安朱的出走：遭受愛情挫折的安朱突然放棄務農的志向，痛苦而違心地去航海漂泊。《榆樹下的欲望》則描寫一個資產階級家庭內部因財產繼承糾紛而發生的一幕悲劇。凱勃特將前妻的田莊據爲己有，成爲當地有名的一位富翁。兩個兒子因無法忍受父親的吝嗇刻薄而離家出走，只有小兒子埃本留在家中。凱勃特一次外出，娶了年輕姑娘艾比，並將其帶回田莊。年屆七十五歲的凱勃特再婚之舉，意在希望艾比爲其生下一個財產繼承人，而絕非對姑娘產生了「黃昏之戀」般的愛情。繼母艾比與繼子年齡相當，主動親近甚至向埃本調情，兩人發生了私情，並生下一個嬰兒。在此過程中，這對「亂倫」的青年男女產生了愛情。凱勃特不明內情，誤以爲嬰兒是他的嫡親，宣佈其爲財產繼承人，爲此要將埃本掃地出門。埃本誤以爲這一切出於艾比的計謀，自己僅僅是爲其利用以達到其生育目的（爲了搶奪財產）的被戲弄的工具。於是向父親告發了嬰兒的隱情。艾比爲了表白自己對埃本愛情之真誠性，掐死了嬰兒。慘案發生後，埃本不得不去報警，並義無返顧地承認自己是謀殺嬰兒的同案犯，甘願與愛侶一起接受法律的制裁。劇情中牽一髮而動全身的關鍵因素，在於嬰兒「私生子」身份的暴露。

上述四部西方現代劇作中對於「發現」的使用，《無辜的罪人》與《榆樹下的欲望》顯然秉承了古希臘悲劇《俄狄浦斯王》的傳統，屬於對某種特定、特殊人物關係的披露或挑明；而《玩偶之家》和《天邊外》中被「發現」的，卻是某種隱情，即露斯姑娘究竟愛安朱與羅伯特兄弟中的哪一位？娜拉「妻子」名分的實質，在於喪失自我人格與獨立地位的家庭玩偶；這種「夫妻」關係融合了社會的、歷史的、倫理的、道德的、宗教等諸多層面的意蘊，並非而且也不可能單純憑藉血緣關係就可以簡單判定的。這一特點，顯示出西

方戲劇在「發現」之「對象」上的從血緣到情感、由具體到抽象的某種演變。

　　話劇在中國乃是西方戲劇的「舶來品」，它與西方戲劇之間有著更多而直接的內在淵源、影響關係。當然，我們這裏也不能且不應忽視甚至排除，現代話劇受中國悠久的古典戲曲文化傳統的影響因素。因此，西方戲劇中的「發現」這一敘事技巧，自然也爲許多中國現代戲劇家所借鑒和使用。僅以中國話劇史上具有里程碑式重要奠基意義的經典之作——《雷雨》爲例。該劇中最令觀眾驚心動魄的情節，無疑是在最後一幕：滂沱大雨中，魯、周兩家的人雲集周公館內，被孤注一擲的繁漪大聲嚷嚷驚擾起來的周樸園，在訓斥兒子周萍時無意中泄露出一個可怕的內幕：周萍與四鳳原爲同母所生！這一「兄妹兼亂倫」的雙重人物關係的「發現」，竟使得數分鐘前還幾乎已成定局的周萍攜四鳳一起遠走高飛的計劃成爲不可能，並迫使人物在良心與道德的苛責下，不得不走向無法逆轉的悲劇性結局：一個觸電身亡，一個開槍自殺！

　　在浩如煙海的中國戲曲藝術中，巧妙運用「突轉」的範例比比皆是。本章前面已對元雜劇爲代表的古典戲曲劇作多有例舉，爲避免重複，在此不妨以兩部現代戲曲作品爲例。如川劇《喬老爺上轎》中白面書生喬溪半路之上，被惡棍無賴藍木斯誤當成女人搶拉上轎，企圖霸佔，使喬溪身陷尷尬困境之中。正當他焦灼不安、苦於無法脫身之際，不料花轎被誤抬入藍木斯妹妹藍秀英的閨房之中，由此發生災消福降的「突轉」：藍秀英問明眞相後，對喬溪頓生愛憐之意，並與之雙雙拜堂，喜結良緣。再如京劇《秦香蓮》中「殺廟」一場戲，韓琪奉駙馬陳士美之命，前去暗殺秦香蓮母子；秦氏母子毫無反抗能力，恐必慘遭毒手無疑。觀眾不由得會替她們母子二人暗暗擔憂。但情節發展竟來了個一百八十度的「突轉」，其結果偏偏與觀眾的預料、猜測適得其反：韓琪從秦香蓮那裏問明事情原委後，非常同情她們而不忍濫殺無辜；但若不殺人，又無法回去交差，只得拔劍自刎。秦氏母子非但大難不死，反而手中掌握了陳世美蓄意殺人的確鑿證據——那把鋼刀。這一「突轉」，直接促成了後來秦香蓮狀告公堂、包公斷案「鍘美」的結局。

　　莎士比亞的喜劇《威尼斯商人》，不僅以其塑造的著名吝嗇鬼形象——猶太商夏洛克，以及戲劇情節的豐富性與生動性，爲人們津津樂道；該劇扣人心弦的藝術魅力，還源自於對「突轉」出神入化般的妙用，堪稱西方戲劇中成功運用「突轉」的一部經典之作。這裏我們不妨就來具體剖析一下，莎翁在《威尼斯商人》「法庭審判」（第四幕第一場）中，究竟是如何使用「突轉」

的。該場戲以鮑西婭出場前後為界，分為三個場景。第一，鮑西婭上場之前：夏洛克處於順境，無論公爵「曉之以仁慈」的苦口規勸，還是巴薩尼奧「願以三倍於借款」的鉅額償還的懇求，或者僕人葛萊西安諾的惡意謾罵，都絲毫打動不了夏洛克的鐵石心腸：堅持照約行事。他磨刀霍霍，安東尼奧性命危在旦夕，一場流血悲劇似已成定局！第二，鮑西婭上場之初：鮑西婭以「法律維護者」的面目出現，斷然否決巴薩尼奧「適當變通一下法律」的請求，強調威尼斯法律的神聖不可動搖性，主張必須且也只能「按約審判」。她似乎完全成了夏洛克一方的有力支持者。夏洛克為鮑西婭「照約審判」的表面文章所迷惑，忘乎所以地稱頌她是一位「執法如山」的賢明法官。至此，事件的發展勢態仍為夏洛克處於優勢（順境），安東尼奧等人處於劣勢（逆境）。第三，正當眾人一籌莫展、夏洛克洋洋自得之際，劇情突然發生了一百八十度的大轉變：鮑西婭不失時機地抓住契約中的漏洞，覓「法」攻「法」，以其人之道還治其人之身，將夏洛克反擊得毫無招架之功，一敗塗地。具體說來就是：鮑西婭判定夏洛克勝訴，但囑咐他行約前，最好請一位外科醫生來替安東尼奧處理傷口，以免割肉時當事人因流血過多而可能招致死亡。血肉原本為一體，割肉焉能不流血？鮑西婭的囑咐是合乎常理的。但早已得意忘形、急不可待的夏洛克，哪兒還聽得進去別人的一言半語？他把契約奉為自己戰無不勝的法寶，以「契約上沒有這一條」（即請醫生處理傷口）斷然回絕！正是夏洛克的「契約上沒有這一條」這句話，使得契約終於露出了一絲「破綻」，而馬上被聰明機智的鮑西婭牢牢抓在手中：既然契約上也沒有「允許取他的一滴血」這一條，那麼割肉時只要流出了哪怕一滴血，夏洛克就將變成「違約行事」了——比較而言，割一磅肉時既不能多割一兩，也不能少割一兩，這對於一向精明強幹的猶太商而言，似乎並非絕對不可能做到這種精確性，因而算不上擊敗夏洛克的最關鍵因素。這種反擊，使夏洛克陷入欲割不成、欲罷不忍的尷尬境地，迫使他節節敗退，直至毫無藏身之地，由順境完全跌入了絕境：因「殺人未遂罪」而被判財產充公，險些把那條老命也搭進去！屠刀之下的安東尼奧則絕處逢生、化險為夷，由逆境躍升至順境中來。

四、對「發現」與「突轉」及其與戲劇內容關係的思考

上述筆者對「發現」、「突轉」分別進行的探究，僅是出於行文論述的方便。實際上，兩者之間有著難以分割的內在聯繫。正像亞里士多德推崇的那

樣——「發現如同時引起突變（亞氏將此亦稱爲「發現與突轉的拍合」），那是最好的形式」，早已相當明確地指出了兩者之間的內在邏輯性聯繫：由於「發現」而引起「突轉」，前者爲因，後者爲果，兩者構成明顯的因果嬗變關係。遍覽大量中西古典戲劇作品在藝術上的成功之處，可以說在很大程度上，往往與劇作家注意妥善處理、并寫出具有因果關聯的「發現」與「突轉」密不可分。這裏不妨通過列舉幾個具體事例，再來簡要審視一下「發現」與「突轉」之間的內在因果性聯繫。古希臘悲劇《俄狄浦斯王》中，正是由於俄狄浦斯「身世」的發現，才使得這位賢明國君陡然由順境跌入逆境，不得不爲「殺父娶母」的罪責而承受毀滅性的懲罰：刺瞎雙眼、放逐他鄉。元雜劇《漢宮秋》中至爲關鍵的一次「發現」，乃是毛延壽隱瞞實情（故意點破美人圖）的隱情敗露，與此發生關聯的另外兩次「發現」，則是昭君絕代佳人的廬山面目先後爲漢元帝和單于所知曉。這些「發現」引起王昭君人生命運的兩次「突轉」：第一次是由逆境轉向順境（冷宮失寵到得寵封妃），第二次則是由順境轉入逆境，即被迫無奈地離開恩愛有加的元帝爲和番而待嫁單于，於番漢交界處投江自殺。中國現代戲劇作品中，諸如京劇《白蛇傳》裏，許仙爲了揭穿法海的謊言，以證實妻子根本不是什麼蛇精，屢屢用黃酒敬勸，執拗不過的白素貞飲後藥性發作而顯出眞形。此「發現」，使夫妻關係陡然間發生了逆變突轉：由原來的恩愛篤深變成產生嚴重的裂痕，許仙竟對妻子棄置不顧，徑直躲到金山寺去了！話劇《雷雨》中「兄妹兼亂倫」雙重人物關係的「發現」，將周萍、四鳳逼到走投無路的絕境，滑向不可避免毀滅的深淵：在良心與道德的苛責下，一個因在雨夜中狂奔不愼觸電而身亡，一個因絕望而以自殺方式告別人世！我們不妨用反證法作一假設：倘若沒有周樸園無意中挑明周萍與四鳳的血緣親情關係，人們還不會發現兩人「兄妹兼亂倫」的雙重關係，或許周萍攜四鳳能遠走高飛，仍有可能過上像正常人那樣的愛情（夫妻）生活。那樣防患悲劇於未然，並非完全是「天方夜潭」。因爲儘管魯侍萍起初強烈反對，但在獲悉女兒已有身孕的情況下，出於萬般無奈的母愛，最終還是答應了四鳳及周萍雙雙出走的苦苦哀告。所以若無周樸園的「泄密」，早知內幕的魯侍萍恐怕永遠也不會向人們吐露眞情的！

行文結束之際，筆者感到尚有值得人們注意的一個問題：「發現」與「突轉」在《詩學》中，雖然主要是被亞氏作爲戲劇結構佈局、安排情節的敘事技巧（亦即「形式」因素）予以探討的，但又並非單純屬於形式方面的問題。

亞里士多德在《詩學》第六章強調悲劇構成的六個成分（形象、性格、情節、言詞、歌曲、思想）中，「最重要的是情節，即事件的安排；因爲悲劇所摹仿的不是人，而是人的行動、生活、幸福；悲劇的目的不在於摹仿人的品質，而在於摹仿某個行動；劇中人物的品質是由他們的『性格』決定的，而他們的幸福與不幸，則取決於他們的行動。他們不是爲了表現『性格』而行動，而是在行動的時候附帶表現『性格』。因此悲劇藝術的目的在於組織情節（亦即佈局），在一切事物中，目的是至關重要的。悲劇中沒有行動，則不成其爲悲劇，但沒有『性格』，仍然不失爲悲劇。……一齣悲劇，儘管不善於使用這些成分，只要有佈局，即情節有安排，一定更能產生悲劇的效果。……此外，悲劇所以能使人驚心動魄，主要靠『突轉』與『發現』，此二者是情節的成分。……因此，情節乃悲劇的基礎，有似悲劇的靈魂。」〔註29〕這裏亞氏實際上在不知不覺中，又把「發現」、「突轉」看作構成戲劇情節的某種內容因素來探討。這種似乎彼此有些矛盾的見解，其實涵蓋著某種深刻的辯證性內核，是很有一些道理的。事實上也常常的確如此：因爲無論「發現」或「突轉」，就全劇結構而言，它們乃爲整個情節發展鏈條上必不可少的重要環節，堪稱某某場面或細節；而若具體就劇中人物關係來看，它們往往是某一組外部或內心動作的總稱，隸屬於某種「行動」。如果我們將戲劇情節結構比喻爲一個完整的圓，那麼「發現」與「突轉」，便是該圓環上不可分割的某段「圓弧」。這裏「形式」本身便等同於「內容」。換言之，「發現」與「突轉」其實已經成爲戲劇內容（即故事情節）中無法剝離的一個有機組成部分。所以，我們在推崇主要作爲結構佈局、安排情節之重要敘事技巧的「發現」與「突轉」的前提下，也將其視爲戲劇的某種內容因素，這樣的認識或許能避免片面極端而更趨於全面辯證。

〔註29〕亞里士多德著，羅念生譯，詩學，〔M〕，北京：人民文學出版社，1962，21～22。

第六章　中國古典戲劇中的「巧合」與「誤會」

　　戲劇藝術的一大顯著特性，在於其以有限的舞臺時間、空間之藝術形式，承載並表現包羅萬象、紛繁複雜的現實生活內容。此體裁本身的特性，制約著它必須對處於鬆散、零碎之原生態的現實生活，進行一番加工提煉、剪輯昇華的「生活戲劇化」工作。從戲劇創作結構佈局的視角而論，「戲劇化」要求的最基本一條，在於給現實生活中的各種矛盾狀態賦予形象運動的可觀形式。而偶然性的運用，恰恰不失為一種使生活「戲劇化」的重要途徑——因為偶然性的介入，往往可以構成迅速展現那種形象運動的假定情境，變人物命運於須臾之間，轄人物安危於彈丸之地；能較大程度地滿足戲劇作為時間、地點、人物、矛盾衝突高度集中的敘事藝術的特定審美要求。因此，在劇作家筆下，偶然性因素得到極其廣泛的使用。

　　重視對偶然性的運用，除了上述「生活戲劇化」的戲劇體裁內在要求外，細細推究起來，也是文學藝術反映現實生活本來面目的基本要求使然。因為偶然性乃屬於現實生活中大量客觀存在的事物（現象），戲劇藝術作為對現實生活形象化反映的文學樣式之一，必然無法忽視和迴避它。所以，對偶然性的表現，恰恰是對現實生活的一種真實反映！巧合也好，誤會也罷，究其實便是某種司空見慣的人生境遇而已。現實生活中的每個人都可能碰到這樣或那樣的某些偶然性際遇，這些際遇每每可以成為其一生的重大轉折點：驟遷於猝然之間，或困厄於一刻之變；同某人的邂逅，既可能結成生死之交，亦或許成為一世的冤家對頭；一見鍾情式的戀愛，也許帶來終生的幸福，也許

鑄就千古之遺憾；突如其來的天災人禍，不期而至的生離死別……諸多千變萬化，每每在於一時、一地、一念之間的「陰差」與「陽錯」。人世間存在著的偶然性何其多也，難免不令人爲之感懷、慨歎！古人云「一蟻之穴，可潰千里之堤」、「爲山九仞，功虧一簣」，反覆強調兩個偶然性的「一」；我國現代作家柳青曾意味深長地指出：「人生的道路雖然漫長，但緊要處卻常常只有幾步，特別是當人年輕的時候。沒有一個人的生活道路是筆直的而無岔道口的。有些岔道口，比如政治上的岔道口，事業上的岔道口，個人生活上的岔道口，一個人倘若走錯了一步，或許就會影響他的某一時期，甚至於可能影響其整個一生」。此番話語所強調的「岔道口」與「緊要處」，其內核同樣指涉巧合、誤會等各種各樣的偶然性因素。

正因如此，18 世紀德國戲劇理論家萊辛諄諄告誡：「（劇作家）應當深入到生活中去，通過形形色色的偶然性，揭示出生活內在的必然性和規律性，塑造出具有典型意義的性格」；〔註1〕19 世紀法國文豪巴爾扎克在其小說總集《人間喜劇·前言》中亦精闢指出：「偶然是世上最偉大的小說家，若想文思不竭，只要研究偶然就行。」〔註2〕現實生活中充滿著豐富多彩、各式各樣的偶然，作家應當去敏銳發現、深入研究它，並在其文學創作中反映出來。沒有偶然，就沒有藝術。舉凡一位眞正而偉大的文學藝術家，莫不是善於運用偶然、寫就不朽精品的行家裏手。像元代戲劇家馬致遠的雜劇《薦福碑》，劇中仕途無門而寄居財主張浩門下、以教書糊口的一介書生張鎬，舊友范仲淹爲他先後向洛陽黃員外、黃州團練副使劉仕林、揚州太守宋公序寫下三封舉薦信。然而令人蹊蹺的是，張鎬投奔黃員外時，黃員外見信的當晚忽患急病身亡；投奔劉副使的半道上即聞其死訊，心灰意冷、自感時運不濟的張鎬索性未再嘗試投奔宋刺史。皇帝讚賞范仲淹代張鎬呈獻的萬言策，委以吉陽縣令，使者前來通知時卻先遇見張浩，因爲兩人名字諧音，張浩竟冒充張鎬領旨赴任。張鎬借宿薦福寺時，長老請他代爲拓印碑文出售以作爲進京盤纏，不曾想半夜石碑被雷劈轟碎。上述劇情中，準備投靠的兩位顯貴意外死亡和當事人與非當事人姓名上的巧合（諧音），使張鎬既投奔未果又做官不成，夜宿寺廟更忽遭雷劈而險些死於非命。這位落魄文人的命運轉折乃至生死之

〔註 1〕 （德）萊辛著，張黎譯，漢堡劇評，〔M〕，上海：上海譯文出版社，1981，137。
〔註 2〕 （法）巴爾扎克著，傅雷等譯，人間喜劇全集（第一卷），〔M〕，北京：人民文學出版社，1994，2。

變，明顯由一系列禍不單行的偶然性的「巧合」引致。西方古典戲劇中諸如莎士比亞的《羅密歐與朱麗葉》中，由於送信人勞倫斯神甫半路上的意外耽擱，使得羅密歐誤以爲朱麗葉早已身亡（其實只是在藥物作用下的昏厥），萬念俱滅的他拔刀自刎；甦醒之後的朱麗葉看到身旁躺在血泊中的愛人，毫不猶豫地殉情自盡。對「死亡」假象的誤以爲眞，就這樣神使鬼差般地將一對有情人引入黃泉路。而《奧賽羅》中的苔絲德蒙娜，將丈夫贈送的愛情信物草莓手帕偶然丟失了——其實是無意中將手帕掉落在地上，被女僕愛米莉亞撿到並轉交給丈夫伊阿古。她又何曾料想到偶然丟失的一方手帕，竟成爲奸詐小人伊阿古挑撥離間、丈夫奧賽羅妒火中燒以至將其扼死的悲劇導火索……戲劇中的偶然性因素多種多樣，限於篇幅，筆者擬以西方古典戲劇爲參照，探究中國古典戲劇中「巧合」與「誤會」兩種敘事技巧之運用問題。

一、「巧合」在中西古典戲劇中的運用

　　試問爲什麼劇作家重視使用「巧合」這一結構佈局、安排情節的敘事技巧呢？概言之，戲劇是以有限的舞臺時間、空間的藝術形式，承載與表現紛繁複雜、萬千頭緒的社會生活，戲劇時間、空間及其他諸多因素的限制，勢必要求劇作家必須更爲集中地鋪敘故事事件，更爲經濟地安排人物與場面。而「巧合」的運用不失爲達到這一創作目的與藝術效果的重要途徑與手段。中國古典戲劇家素有使用「巧合」的傳統，戲曲界自古崇尚「無巧不成書」的原則。這裏所謂的「巧」指的便是「巧合」（其字義是「事情湊巧相合或者相同」）。王驥德在其《曲律・雜論》中，曾歎服於元雜劇中令人神魂顛倒的藝術感染力：「入曲三味，在『巧』之一字」。〔註3〕外國戲劇理論同樣推崇「巧合」。正如十九世紀俄國文藝批評家別林斯基在論及《奧賽羅》時敏銳指出的那樣：「如果奧賽羅遲到一分鐘使苔絲德蒙娜窒息，或者敲門的愛米莉亞早一點打開門，一切眞相就可以大白，苔絲德蒙娜便可以得救，但悲劇將因此被斷送了」。〔註4〕別林斯基同樣強調的是，「奧賽羅提前了一分鐘」與「愛米莉亞晚一點打開門」的巧合，對形成這部不朽悲劇的關鍵性作用。以下筆者通過剖析一些優秀劇作，以具體審察中西古典戲劇家究竟如何成功運用「巧合」。

〔註3〕　（明）王驥德，曲律，中國戲曲研究院編，中國古典戲曲論著集成（4），〔M〕，北京：中國戲劇出版社，1959，153。

〔註4〕　（俄）別林斯基著，辛未艾譯，別林斯基選集（第二卷），〔M〕，上海：上海譯文出版社，2005，185。

　　首先，中西古典戲劇家擅長以「巧合」刻畫與凸現人物性格，「巧合」在某種程度上起到緊張或激化人物關係、影響人物性格的發展變化，從而彰顯人物的獨特命運、完成人物性格塑造的微妙功用。

　　試以元雜劇《看錢奴》爲例。該劇中淪落爲乞丐的窮秀才周榮祖夫婦到東嶽廟燒香，邂逅爲富不仁的吝嗇鬼賈仁的兒子長壽（其實是周榮祖二十年前賣掉的親生兒子），雙方見面不相識，因歇息地的問題甚至還發生激烈衝突。社會生活環境與物質經濟條件，每每決定和制約著一個人思想性格的形成及其發展走向。此時的長壽已全然鑄就了一副膏粱子弟恃富氣傲、蠻橫霸道、欺善凌弱的脾性；而周榮祖夫婦則是衣衫襤褸、老弱病殘，甚是淒涼可憐。本來周榮祖夫婦先到廟內，廟祝出於憐憫之心而安排了一處歇息地。此時也來燒香的長壽進入廟內，一眼看中周榮祖夫婦的歇息地，馬上吩咐侍童興兒趕走他們（「你打起那叫花的去」）。廟祝起初還替周榮祖夫婦說話，但當興兒塞去一塊銀元後，隨即翻臉變色道：「你便讓錢舍（指長壽）這裏坐一坐，（勿要）自家討吃打！」周榮祖一邊無可奈何地感歎「俺這無錢的好不氣長也」，一邊氣憤不過的斥問長壽：「你全不顧我鬢雪鬢霜！你這廝還要打誰？婆婆（指周妻）你向前著，我不信你可敢便打這八十歲的病婆娘？」此時，這個紈袴子弟反應如何呢？且聽長壽的回答：「你這老弟子孩兒，你告訴那廟官便怎的？我富漢打殺你這窮漢，只當拍殺個蒼蠅似的！」氣焰何其囂張！這裏父子邂逅廟內的「巧合」，無疑與刻畫、彰顯人物性格（尤其長壽其人）是緊密貼合的。

　　西方古典戲劇如《奧賽羅》中對偶發事件「丟失手帕」之用筆，在刻畫、彰顯人物性格方面，與《看錢奴》可謂有異曲同工之妙。劇中的那塊草莓手帕，乃是奧賽羅作爲愛情信物和貞潔標誌，贈送給妻子苔絲德蒙娜的。一次夫妻爭吵，奧賽羅拂袖而去，苔絲德蒙娜急於追趕丈夫，無意之中將草莓手帕遺失於地上。旗官伊阿古爲了陷害奧賽羅的副官卡西奧，以謀取高官顯位；同時也爲自己追求苔絲德蒙娜遭到失敗而意欲報復。苦於無計可施之際，此偶發事件使他從撿到手帕的妻子愛米莉亞手中如願得之。於是他極盡栽贓誣陷之能事，在奧賽羅心底撒播下懷疑、嫉妒的種子，由此導致奧賽羅鑄成扼死愛妻的千古遺恨。「偶然丟失手帕」的「巧合」，不僅使悲劇主人公奧賽羅光明磊落而又輕率粗暴的性格得到突出表現，而且也使該其性格特徵得以最終完成。

　　其次，在安排情節、結構佈局上，「巧合」功效獨到，不可或缺。

　　音樂演奏時，一向講究忽而洞簫橫吹、低吟淺唱，忽而繁弦急管、亢奮豪放，構成抑揚頓挫的優美旋律，藉此傳達音樂作品豐富多彩的感情內涵，充分發揮其攝魂奪魄的藝術感染力。戲劇創作與此同理，其故事情節亦追求張馳相濟、波瀾起伏。而巧合的運用有助於形成故事情節的張馳有度、頓挫抑揚之勢，帶來情節曲折多變的生動性與豐富性：利用巧合的偶然性因素，可使得戲劇情節既有風狂雨驟、電閃雷鳴般的場景，亦不乏霓霞絢麗、天碧風輕似的氣氛；一張一弛，張馳相生，搖曳多姿，扣人心弦！

　　比如莎士比亞的悲劇《哈姆萊特》，在描寫王子哈姆萊特為父報仇過程中，即運用偶然性事件作為契機，揭開了人物思想上的迷惑和苦悶、徬徨：哈姆萊特從鬼魂顯靈中得悉父王暴卒內幕。但鬼魂顯靈畢竟是夢，夢境變為現實，必須得到驗證。那麼，怎樣才能驗證叔父罪行的真偽呢？哈姆萊特迷惑不解，內心陷入極度的鬱悶、迷惘、痛苦的境地。恰在這時，一個流浪戲班進宮獻藝。哈姆萊特就特意安排編演了一齣披露某國王殺兄篡權的戲──「貢扎果之死」。演出中他注意對叔父察言觀色，發現叔父如同被人戳穿了隱私一般如坐針氈，戲還沒演完就驚慌失措地中途退場，充分暴露出其做賊心虛。事實驗證了夢境，撥開了哈姆萊特心中的迷霧，從而使其認準了鬥爭的方向和目標，堅定了其復仇的信心和勇氣。這裏戲班子進宮獻藝無疑純屬偶然，但它對劇情的發展和矛盾的陡轉，卻是一個重要的「契機」：不啻打開了一個戲劇衝突的嶄新局面，對情節的發展直接起到「催化劑」的作用。

　　巧合的運用，不僅可以推波助瀾，構成情節發展的某種催化劑；有時還可以成為直接促使情節發生「突轉」的契機或樞紐，產生驚心動魄的藝術效果。亞里士多德曾指出：「悲劇所以能使人驚心動魄，主要靠『突轉』與『發現』，此二者是情節的成分。」〔註 5〕高明的劇作家正是這樣做的：在戲劇矛盾衝突的發展進程中，巧妙利用「巧合」之偶然性因素，引致突如其來的變化、挫折，使劇情跌宕起伏、大起大落。

　　元雜劇中妙用「巧合」推動情節發展衍變的成功之作很多。例如無名氏的《認父歸朝》中，劉無敵本是北番大將劉季真派遣攻打唐軍的先鋒，要與唐朝老將尉遲敬德決一雌雄。然而令人意想不到的是，這兩位戰場上的生死冤家，竟然是失散二十年的父子──劉無敵乃敬德當年降唐時留在北番的幼

<hr>

〔註 5〕亞里士多德著，羅念生譯，詩學，〔M〕，北京：人民文學出版社，1962，22。

子保林。對立雙方恰巧爲父子關係的這一偶然性因素，推動著劇情不可避免地朝著父子相認、無敵生擒番將降唐、老將敬德不戰而勝的軌跡發展。

莎士比亞的著名喜劇《威尼斯商人》，同樣堪稱這樣一個範例。該劇中兩次使用「巧合」。夏洛克與安東尼奧簽訂「一磅肉」契約，雖然是夏洛克敵視安東尼奧的結果，但它仍還有一個「限期償還」的條件作爲雙方偃旗息鼓的途徑。因而在這種情況下，雙方並沒有產生激烈的衝突。安東尼奧作爲一個富商，原本完全有能力償還那筆借款，使契約化爲泡影。莎士比亞在此注意運用了偶然性，使人物的處境陡然改變：海上氣候突然惡化，致使安東尼奧貨船遇礁阻隔而誤了歸期，契約由此生效，夏洛克將能實現割取安東尼奧身上一磅肉的復仇意圖。此時雙方的矛盾衝突達到白熱化程度。這算是第一次巧合，它所帶來的是矛盾由潛隱性到白熱化的陡然轉化。第二次巧合是在審判一場戲中。在夏洛克勝訴幾成定局，正欲操刀割肉之際，完全不曾料到，自己拒絕請醫生來的「因爲契約上沒有這一條」之託辭，恰巧被機智聰慧的鮑西婭抓住把柄。所謂言者無心，聽者有意，被她以其人之道還治其人之身，使夏洛克自己陷入欲割不成，欲罷不忍的困境——既然契約上也沒有講明允許割肉時流血，那麼割肉時只要是流出哪怕一滴血，夏洛克就將變成「違反契約」了。顯然，假若沒有夏洛克湊巧隨意吐出的那句話（不妨設想他說出其他什麼託辭），肯定不會出現上述突轉的驚人結局來。

再次，黑格爾認爲有時人物性格本無喜劇性，但在特定的情況下，人物卻可能產生喜劇性。造成這種喜劇性情勢，很大程度上依賴於偶然性（如誤會、巧合等）的運用。[註6] 換言之，巧合在構築妙趣橫生、引人入勝的喜劇性情境方面，每每具有獨到效用。

比如劇作家在人物關係的安排上突出一個「巧合」來。像莫里哀的喜劇傑作《慳吝人》中，阿巴公放高利貸偏偏放到了自己兒子身上，他準備娶的姑娘碰巧是兒子的意中人，而他逼迫女兒非嫁不可的那個年老「賢婿」，恰恰正是女兒的情人與兒子的情人的父親……上述這些純然是某種巧合，但正是此「巧合」關係，使阿巴公陷入黑格爾所謂的那種「極富喜劇性的情境」之中，阿巴公身上的喜劇性由此便連珠炮似得熱熱鬧鬧地爆發出來了。

清代李漁的風情喜劇《風箏誤》，堪稱中國古典喜劇中妙用「巧」的一

〔註 6〕 （德）黑格爾著，朱光潛譯，美學（第三卷・上冊），〔M〕，北京：商務印書館，1979，215。

部精品之作。該劇以風箏爲線索，在巧合的故事情節中展開矛盾衝突，引出一連串的喜劇性誤會，從而形成了全劇濃鬱詼諧的喜劇氛圍。劇中第一個巧合安排於第八齣「和鷂」中：清明時節，戚友先欲在城上放風箏，便遣家童囑韓世勳在風箏上吟詩作畫。韓世勳吟成「偶感」一律，題於風箏之上。戚友先放風箏時，風箏湊巧線斷而失落在柳氏院中，柳氏便讓女兒淑娟和詩一首題於其後。這一湊巧，爲接下來的巧合做好了鋪墊。第九齣「囑鷂」中，書童從柳氏處要回風箏，正趕上戚友先午睡不便驚擾，就隨手將風箏轉交給了韓世勳。韓世勳素聞詹家有個二小姐詩才頗高，見風箏上的和詩乃女性之筆，猜測爲此才女所作，甚是思慕。於是，索性再作詩一首訴說婚姻之事，題於風箏之上，欲「使新詩索妙音」。偏巧天公不作美，他放的風箏遇到變向的西風阻隔而落在束首梅氏院內，此風箏又偏偏被貌醜才拙的詹家大小姐愛娟拾到。自此，《風箏誤》劇中一連串誤會性的喜劇性情節遂由此而生發。

　　從上述兩例可以見出：巧合在戲劇家筆下，往往不是簡單地「一次性使用」，而屬於「巧合之中套巧合」的疊加組合式使用。通過審視成功使用「巧合」的大量中西方古典劇作，我們能夠大致梳理歸納戲劇創作使用「巧合」應遵循的基本原則：

　　其一，作爲偶然性因素的「巧合」，須能引起人物性格之間的必然性衝突。

　　戲劇中的矛盾衝突，一般來源於人物的內在性格。性格在特定的機遇中相互撞擊，組成了各色各樣的矛盾衝突方式。在現實生活中，人們的性格只有通過具體的動作才得以呈現。尤其是那些潛藏在人物內心的動機，隱蔽於日常生活帷幕背後的眞實面目，必須由存在著利害衝突關係的某些事件相牽連，關乎利害得失的矛盾糾葛方得顯露端倪。現實生活中擺在人們面前的這樣的機遇雖然存在，但畢竟太少。而戲劇藝術這個「社會的櫥窗」，卻可以在短暫狹小的舞臺時空中進行豐富、深刻的人生展覽。劇作家憑藉假定性的魔杖，將人物置於各種湍急的生活矛盾的漩渦之中：能安排冤家聚頭、債主相逢；也可讓人一世歷經八災九難、死而復生；又不妨叫人喜事接踵而至，一日盡得三載春光……凡此等等，不一而足。當然，偶然性的運用並非毫無顧忌，劇作家在沉醉於盡情馳騁其藝術想像力的同時，不能忘記和違背戲劇藝術的主旨——揭示深刻的生活矛盾，塑造鮮明的人物性格。因此不容忽視的一個重要原則即在於：「巧合」的運用，必須能引起人物性格之間必然性的矛盾衝突！

　　試以莎士比亞的悲劇《麥克白》爲例。麥克白——一位功勳卓著的蘇格蘭將軍，圖謀篡權的野心家；野心無時無刻不在灼烤他，而恐懼又像勁風一般，時常將他的憧憬之燭吹滅。描寫如此一個複雜的人物，展現那樣一場你死我活的廝鬥，矛盾衝突的焦點何在？獨具慧眼的莎翁，沒有描繪篡位與反篡位之間的刀光劍影，而著重展現麥克白在實現野心道路上內心所經歷的，人性與獸性、野心與勇氣之間矛盾衝突的風暴，詳盡展示出野心誘導他逐步走向死亡的具體過程。爲此，莎士比亞在開場伊始，便利用偶然性的巧合，爲這一主要矛盾衝突的展現提供充分的條件：麥克白又一次爲國家立下赫赫戰功，女巫預言他晉升爲考特爵士立即應驗；另一個預言——登上王位更加強烈地吸引著他。就在這時，鄧肯王宣佈馬爾康爲王位繼承人，使麥克白不啻受到當頭一棒。緊接著，鄧肯王又駕臨麥克白府邸論功行賞，並因天色已晚而留宿城堡。千金難買的「弒君」良機，極大地掀動起麥克白心靈深處的狂濤巨瀾……觀眾不難看到，戲劇開場中的這一連串偶然性巧合，無不對麥克白的內心產生強烈的觸動，使潛藏於其內心的矛盾衝突迅速地展開和激化。當人們看到麥克白——一位曾經馳騁沙場的驍勇將軍，在弒君的道路上艱難爬行，心靈難以承荷欲望的重負而發出痛苦叫喊時；當人們看到暮氣沉沉的夜色中，人物的內心活動被最充分彰顯出來時，不得不由衷讚歎莎士比亞善於運用巧合的偶然性因素，迅速地引發全劇主要矛盾衝突的高超本領！

　　上述事例屬於利用「巧合」性的事件，引致人物性格之間必然性衝突的情形。而在人物關係上恰當運用偶然性巧合，同樣可達到促使矛盾衝突迅速糾結和展開、展示人物性格的目的。關漢卿的愛情喜劇《拜月亭》，正是抓住人物關係上的偶然巧合性鋪敘故事、安排情節，製造使戲劇衝突的發展不斷迸發喜劇性機趣的契機。劇中的男女主人公秀才蔣世隆和尚書之女王瑞蘭，在逃難途中偶然相遇，並在患難與共中結成夫妻。不料蔣世隆身染重病，只得寄住一家客店。王尚書恰巧路過客店，出於反對女兒這樁自由婚姻的封建家長意志，王尚書強行帶走女兒，而將重病中的「女婿」遺棄於客店。後來蔣世隆參加殿試摘取文狀元，其朋友陀滿興福則考中武狀元。兩位新科狀元，恰巧都被王尚書招爲女婿。王瑞蘭母親當年逃難中認下的乾女兒蔣瑞蓮，恰巧是蔣世隆失散的妹妹，卻偏偏被指定嫁給文狀元（即尚未見過面的自己的親哥哥），瑞蘭則被指定嫁給武狀元（即自己丈夫的朋友）。這個亂點鴛鴦譜的大笑話，無意中導致了喜氣洋溢的結局：被指定爲夫婦的以兄妹相認，當

年被生生拆散的夫妻則破鏡團聚。

其二，運用偶然性的「巧合」，須能大大推進、促動戲劇情節的發展演變。

戲劇情節來自現實生活，源出於現實生活中紛繁複雜的矛盾衝突。現實生活中，呈現著形形色色、無窮無盡的偶然性。恩格斯說：「這些偶然性本身自然納入總的發展過程中，並為其他必然性所補償。但是發展的加速和延緩在很大程度上是取決於偶然性的。」〔註7〕偶然性的這一特性和作用，為劇作家把握戲劇情節發展的幅度創造了有利條件。——巧合等偶然性因素的導入，可以推動故事情節的迅速發展，促成戲劇高潮的到來。因為事物發展在一般情況下，總是環環相扣、循規蹈矩的，然而偶然事件一旦介入，便很可能會打破其平衡，大大加速事物發展的進程。

例如元雜劇《牆頭馬上》中，情節的發展與迅速推進、高潮的到來，均得益於偶然性因素「巧合」的巧妙運用。劇作第一折裏，代父採購花種的裴少俊來到洛陽，碰巧經過洛陽李總管家後花園，與正在踏青賞花的總管女兒李千金，一個騎於馬上，一個立於牆頭，雙目對視而一見鍾情。其愛情火花的迸發，顯然肇始於「牆頭馬上」的巧合。隨後深夜約會，不料私情恰巧被嬤嬤察覺，這個偶然性因素的介入，迫使裴、李自由愛情的步伐飛躍式前行——索性連夜私奔；到了京城裴尚書家，少俊瞞著父母，安排千金避居裴府後花園，度過了七年幸福快樂的愛情生活。其間有了愛的結晶：一雙活潑可愛的兒女。然而清明節那一天，裴尚書出於散心與檢查兒子學業的悠閒心理，來到後花園，偏巧遇到嬉戲奔跑的兩個孩子，由此發現了兒子私自成親的隱情，導致了李、裴愛情遭到毀滅性打擊的厄運——千金被當作淫婦娼優被驅逐出門，少俊被強迫趕考應舉，一雙兒女則被強行留在裴府。裴尚書於清明時節遊賞自家後花園，無疑屬於一種極大的偶然。劇作家在此環節上巧妙用筆，使尚書的上場和介入，將緩慢發展的劇情向前大大推進了一步，並迅速導向高潮。因為尚書的意外到來，一下子打破了李、裴平靜安逸的愛情生活，使這個由自由愛情構築起來的愛巢，在裴尚書手持的封建禮教的冰刀霜劍威逼下轟然坍塌。

其三，「巧合」還須以現實生活為依據，做到雖出人意料卻又合乎情理之中。

現實生活中很多「必然」是通過「偶然」來表現的，但這種偶然性的巧

〔註7〕馬克思恩格斯選集（第4卷），〔M〕，北京：人民文學出版社，1968，393。

合必須以現實生活爲依據，才能眞實可信。這正是《拜月亭》令人稱道的成功之處：劇中許多偶然性巧合的情節，既出人意料而又入於情理。例如蔣世隆與王瑞蘭的結合，王夫人與蔣瑞蓮的認作母女，在通常情況下是不可能的；但在兵荒馬亂、當事人倉促逃難的特殊境遇下，又變得很有可能。作者眞實細緻地展示出這種特殊人物關係的形成過程：由於「瑞蘭」、「瑞蓮」兩個名字，在人們焦急呼喊時聲音極爲相近，因此誤以爲是母親在呼喚自己的焦急慌亂的王瑞蘭，自然會很快走向正焦急萬分呼喊失散妹妹「瑞蓮」的蔣世隆；既然碰到一起，瑞蘭身爲一位孤身女子，又是大家閨秀，在從未遇到這種場面且舉目無親的情況下，只得提出與世隆結伴同行的請求。而此時失散了哥哥的蔣瑞蓮，巧遇因女兒失散而焦急呼喚「瑞蘭」的王夫人，自然同病相憐，雙方兩相情願地認作母女相伴而行。正是這種巧合，使作品人物命運產生始料不及的變化，決定了劇情遵循一個人們料想不到的新方向發展演變，既顯得偶然卻又有生活依據，既新奇罕見而又眞實可信。

其四，劇作家應賦予「巧合」（無論特定的人物關係抑或特殊的事件等）意味深長的社會內涵，即應借助「巧合」之偶然性因素，積極誘導觀眾對於隱匿「巧合」背後社會現象的深層意蘊給予哲理性思考。

例如元雜劇《鴛鴦被》中的女主人公李月英，因生活所迫而不得不勉強允婚於債主（實際上就是賣身抵債），滿含酸楚與無奈地按照約定夜赴玉清庵，與高利貸者劉員外圓房。劉員外在前往玉清庵的半道上，偏偏遇到巡夜士卒而被拘禁，因此赴約未能成行。此時有一位入京趕考的書生張瑞卿路經寺廟，因爲天色已晚只好借宿庵中，偏巧被不明隱情的小尼姑帶到劉員外預定的那間房裏歇息。不明就裏的李月英就這樣糊里糊塗地與秀才張瑞卿錯偕魚水，發生了一夜情。雖然這個事件明顯屬於一種純粹偶然的「巧合」，但卻眞實披露出當時社會「倚恃錢財，硬保強媒」的荒誕世相，寄寓了劇作家對於鳩占雀巢、逼迫良家女子賣身爲妾的醜陋社會現象的憤懣與暗諷；同時借助李月英將錯就錯地與窮秀才締結姻緣且矢志不渝的果敢行爲，傳達出普通民眾追求自由愛情與幸福生活權利的心聲。而《看錢奴》中具有血緣親情關係的一對父子周榮祖與長壽，碰巧於東嶽廟邂逅，兒子非但沒有與父母相認（此時長壽尚不知道自己身世，倒還情有可諒），反而兇神惡煞般地以「拍殺個蒼蠅」惡語相向、拳打腳踢，甚至要置之於死地而後快。這幕場景所展示出來的兒子與親生父母之間發生的尖銳衝突，入木三分地凸顯長壽廁身其間

的為富不仁者的惡劣習性，鐫刻在他身上的剝削階級烙印。這種父子之間「巧合性」的偶遇，因此頗富酸楚意味與辛辣諷刺，深刻揭示了剝削者的為富不仁、飛揚跋扈與被剝削者備受屈辱的淒慘境遇，以及兩者之間的階級鴻溝，隱喻式地昭示出被金錢扭曲的冷酷無情的畸形人際關係，給予觀眾一種強烈的心靈震撼。

二、「誤會」在中西古典戲劇中的運用

　　人生在世，所見所聞難免總有一定的局限性。加上處世態度、心境脾性、修養氣度諸方面，或許存在這樣或那樣的某些問題，產生誤會在所難免。一個人對一件事，在不明真相的情況下做出錯誤的判斷，往往便會陷入誤會的泥淖。現實生活時時處處可能誘使著人們，去品嘗誤會的甜酸苦辣。試看普天之下，因誤會衍生出的是是非非、哭哭笑笑、打打鬧鬧、恩恩怨怨、生生死死，委實太多太多。而誤會一旦發生，總不免會釀出事端、導致矛盾，從而敷衍出新奇怪異、曲折坎坷的許多故事來。這一特點恰好與戲劇衝突律和傳奇性的需求相契合，故而二者一拍即合。因此誤會〔註8〕，既是一種重要的敘事技巧，但又不僅僅只是一種敘事技巧。究其實，它乃是對現實生活的一種獨特發現和生動反映。當誤會被當作藝術形象塑造的活躍因子時，或者作為敘事技巧而作用於衝突、糾葛、人物、情節之際，便具有了獨特的藝術品格與審美價值。

　　中西古典戲劇寶庫中，成功運用「誤會」的劇作不勝枚舉。例如古希臘悲劇家歐里庇得斯的《特拉喀斯少女》中，伊阿涅拉懷疑丈夫赫拉克勒斯移情別戀，苦苦尋思如何挽回丈夫愛情的良策。當年死於赫拉克勒斯之手的馬人涅索斯蓄意復仇，利用伊阿涅拉的這種「誤會」心理，以及她對丈夫同涅索斯之間恩怨淵源的盲然無知，假充好心地傳授給她一種「挽回失去的愛」的巫術（即讓赫拉克勒斯穿戴以涅索斯鮮血浸透過的衣物）。伊阿涅拉信以為真，將如法炮製的一件襯衫派人送去，結果戰無不勝的希臘英雄赫拉克勒斯中毒身亡。聞知噩耗而恍然悟出馬人險惡用心的伊阿涅拉，對於因自己無中生有的「誤會」導致丈夫慘死的愚蠢行為痛悔不已，隨即殉情自盡。一場誤會，就這樣斷送掉原本恩愛有加的一對夫妻！莎士比亞的喜劇《無事生非》，

〔註8〕中國古典戲劇理論中多用「錯認」一詞。參見劉奇玉著《古代戲曲創作理論與批評》，中國社會科學出版社2010年版「錯認巧合法」部分之論述。

演述希羅與克勞狄奧的婚姻一度遭受挫折又再成婚的故事，由希羅的「佯死」所產生的「誤會」，使劇情撲朔迷離，富有喜劇性氣氛。而貝特麗絲與培尼狄克這一對歡喜冤家，在他人善意製造的「誤會」中弄假成眞，結成棒打不散的鴛鴦，尤其爲情節平添浪漫滑稽的喜劇性情調。莎士比亞借鑒古羅馬戲劇家普勞圖斯劇作《攣生兄弟》寫就的另一齣劇作《錯誤的喜劇》，則敘說一對攣生兄弟——大小安提福勒，及他們的一對攣生僕人——大小德洛維奧，因彼此相貌酷肖而鬧出的一系列誤會：僕人誤把主人的兄弟當成自己的主人；女主人誤把丈夫的兄長當成自己的丈夫……直至最後自幼離別的主人攣生兩兄弟、僕人攣生兩兄弟相聚，誤會得以冰釋，矛盾衝突始得解決。

元代雜劇《李逵負荊》與清代傳奇《風箏誤》，則堪稱中國古典戲曲中妙用「誤會」的範例。在李漁《風箏誤》這齣風俗喜劇中，「放風箏，放出一本簇新的傳奇，相佳人，相著一副絕精的花畫，贅著一個使性的冤家，照醜妻，照出一位傾城的嬌豔」，可謂陰錯陽差、顚顚倒到、貫以始終——韓世勳在風箏上題詩寄情，不料被醜女拾得，於是便衍化出〈冒美〉、〈驚醜〉、〈遣試〉、〈婚鬧〉、〈逼婚〉等一系列因誤會而生的關目，終以兩對男女各得其所，呈示出中國古典喜劇的典型格局。而《李逵負荊》中，賊匪宋剛、魯智恩假冒梁山泊宋江、魯智深之名，到山下王林老漢開設的小酒店大吃大喝。席間得悉王林膝下有一年方十八的妙齡少女滿堂嬌，頓起歹心，以「娶作壓寨夫人」爲由強行帶走。老漢悲傷不已之際，適逢下山踏青賞玩的黑旋風李逵路過酒店，聽了王林的一番訴說信以爲眞，即刻上山找宋江、魯智深算帳，欲爲老漢伸冤！由此「誤會」，引發出一系列既出人意料、卻又在情理之中的逗人捧腹的喜劇性情節。

研讀許多優秀劇作不難見出，中西古典戲劇家使用「誤會」，多在結構佈局、情節安排和燭照人物性格、製造喜劇性效果方面潑墨用心。

首先看一下誤會之於情節的安排。此又可以具體分爲兩種情形：

第一，「誤會」俗稱「錯中錯」，由人們的錯誤性判斷造成，常常可以產生「以眞爲假、以假爲眞」的特定情勢，生發出種種笑料。因此，「誤會」與前述「巧合」一樣，均屬於編織戲劇情節的一種重要敘事技巧：劇作家們運用「誤會」，可以穿針引線，每每掀動情節的波瀾，營構出豐富生動而引人入勝的戲劇情境來。

試以李漁的傳奇《風箏誤》爲例。該劇中心線索在於才子韓世勳的婚姻

糾葛。韓世勳早年喪父，由亡父好友戚補臣撫養，與戚家公子戚友先同窗讀書。戚府近鄰有詹烈侯一家，詹家有同父異母的一對千金——面陋品劣的長女愛娟與貌美才優的次女淑娟。詹烈侯因妻妾不合，不得不將府邸分隔成東西兩院，以求相安無事。韓世勳在一次清明節放風箏時，原本想向才女淑娟表達愛慕情愫，孰料陰差陽錯，風箏誤落入愛娟手中。隨後韓世勳與愛娟均採取冒名頂替的手段幽會求偶，由此一誤再誤，猶如一石落水激起層層波瀾。這一邊是韓世勳起初認醜為美，夜赴佳期，由〈驚醜〉而逃歸；終而又以美為醜，新婚之夜不入帳帳而獨處。另一邊則是愛娟始而以韓為戚（即把韓世勳誤當成花花公子戚友先），假冒才女，結果醜態百出；終而又以戚為韓（即把戚友先錯認成韓世勳），婚夕戲謔泄露出隱私。直至最後兩對男女當堂對質，疑竇方得冰釋。劇中的韓世勳當了新郎，卻誤以為新娘淑娟不過是醜女愛娟，誤以為這如願以償的喜事是冤家對頭的婚配……在〈詫美〉這齣戲中，作者把他安排到和其主觀想像截然相反的環境中去寫，抓住了人物主觀的幻覺、意願、想像和客觀現實的處境、實際氣氛相矛盾的喜劇衝突，從而使韓世勳鬧出越來越大的笑話。這是全劇的高潮所在。李漁曾把結構技巧比作「工師之建宅」，認為「何處建廳，何方開戶，棟需何木，梁用何材，必俟成局了然，始可揮斤運斧。」〔註9〕亦即必須事先籌劃，精心安排，否則就不能恰當地運用木料建築房屋。僅從〈詫美〉一齣我們就足以見出，作者是非常擅長運用「誤會」這一敘事技巧的：以假為真，以醜為美，視美為醜，將齷齪等同賢惠，高尚當作卑污，是非顛倒，黑白混淆，美醜不辨。誤會越鬧越大，矛盾愈演愈烈，營造層出不窮的喜劇笑料。

　　戲劇情節最忌一覽無餘、平淡無奇。西方古典戲劇大師莎士比亞擅長以「誤會」構設曲折有趣、豐富多變的戲劇情節，被恩格斯盛讚為「情節的生動性與豐富性」。喜劇《第十二夜》堪稱一個典例。該劇演述一對孿生兄妹西巴斯辛和薇奧拉在一次航海中失散，雙方都誤以為對方已罹難身亡。妹妹薇奧拉被人搭救後女扮男裝，化名「西薩里奧」充當奧西諾公爵的僕從。她暗中眷戀公爵並幾次向他傾訴衷情，但公爵始終誤以為她是個男兒，一直未能領悟其中奧秘。奧西諾此時正熱戀著奧麗維婭伯爵小姐，派遣薇奧拉作為「信使」，前往奧麗維婭府邸代替自己求婚。不料伯爵小姐雖然一口回拒絕奧西

〔註9〕（明）李漁著，閒情偶寄，中國戲曲研究院編，中國古典戲曲論著集成（7），〔M〕，北京：中國戲劇出版社，1959，10。

諾，卻誤把薇奧拉當成男人而一見鍾情。劇情發展至此，由於誤會使人物之間呈現錯綜複雜的關係，情節的戲劇性不斷加強。哥哥西巴斯辛脫險後四處尋找生死未卜的妹妹，因身穿男裝的妹妹和他酷肖，讓搭救西巴斯辛性命的安東尼奧船長，誤把薇奧拉當成西巴斯辛，責罵他忘恩負義；還誘導安德魯將西巴斯辛誤當成「情敵」薇奧拉而向他挑起決鬥；還使得奧麗維婭伯爵小姐將西巴斯辛錯當成薇奧拉，毫不遲疑地甘願與之舉行婚禮；同時令公爵奧西諾錯把與奧麗維婭小姐結婚的西巴斯辛當成自己的僕從和「信使」西薩里奧（即薇奧拉），對其嫉恨抱怨……顯然，上述一連串撲朔迷離、曲折多變、波瀾起伏、妙趣橫生的戲劇情節，均是在「誤會」中進行的。假設該劇沒有這樣一系列誤會，那麼戲劇情節的生動性和豐富性就將大爲減色了。

第二，誤會不僅能鋪設局部性情節，而且具有構築支架、撐起大廈的統攝全局之作用。換言之即，整個戲劇之結構、衝突均緣自誤會，以此誤會爲契機而延伸拓展、貫通全劇。劇情從頭到尾均是「誤會」，離開了任何一次誤會，整部戲劇將不復完整。

試以幾部元雜劇爲例。《李逵負荊》便是由於王林老漢誤把強盜認作梁山泊頭領，引起李逵對宋江、魯智深的誤會，從而生發出一連串饒有趣味的喜劇性關目。顯然全劇的矛盾衝突自始至終建立於誤會的基礎之上。元雜劇《金線池》裡貫穿全劇的妓女杜蕊娘與秀才韓輔臣這對情人之間的矛盾，係由「誤會」構合而成〔註 10〕；如果說劇中最初的誤會來自外在人爲因素的作祟，即身爲老鴇的反對女兒出嫁的杜蕊娘母親之挑撥離間——先以冷言惡語的激將法氣走韓輔臣，轉而又向女兒散播韓輔臣另有新歡的謠言，由此製造兩人之間的情感裂痕；隨後劇情的發展則是兩位情人之間因心高氣傲的脾性而導致的「誤會」越陷越深，矛盾越鬧越大。當然最終的結局，仍是彼此難以忘懷的有情人消除隙怨而言歸於好。

西方古典戲劇同樣如此。比如古希臘悲劇家歐里庇得斯的《特拉喀斯少女》，其劇情內容即爲一椿因「誤會」而衍生的英雄落難故事：由於懷疑丈夫赫拉克勒斯移情別戀，出於要挽回丈夫對自己的愛情的初衷，伊阿涅拉採用一種巫術法，給丈夫送去一件以馬人涅索斯鮮血浸透過的襯衫，而這恰恰成爲讓戰無不勝的英雄力士赫拉克勒斯斃命的唯一途徑。赫拉克勒斯知道自己

〔註 10〕徐子方，試析《謝天香》、《金線池》的幽默喜劇本質——關漢卿編劇藝術論系列之一，〔J〕，東南大學學報（哲社版），2002，3。

將死於馬人涅索斯之手的命運，當年他殺死馬人後自以爲從此可以性命無憂，萬萬不曾預料到狡猾的馬人竟然假借自己妻子之手來竊取其生命。伊阿涅斯對此內幕一無所知，但對自己間接害死丈夫的愚蠢的「誤會」懊悔不已，最終殉情自盡。劇中的主要人物及人物關係，加之人物的一系列行動，均被集中於特定的「誤會」情境中予以表現。一場誤會，不啻成爲全劇情節結構中起著決定性作用的中心事件。

其次，我們來看誤會之於人物性格的燭照與刻畫。

誤會的生成及其作用在成功的中西方古典戲劇中，多以揭示性格爲旨歸：誤會不啻爲戲劇所增添的助燃劑，燭亮人物性格的五色光斑。如《李逵負荊》所描寫的是，李逵誤將宋江、魯智深當作強佔民女的罪人，心急火燎趕上山去，砍倒杏黃旗，大鬧忠義堂；最後發現係歹人冒名頂替所爲而幡然醒悟、負荊請罪。其誤會雖緣起於李逵性格中的輕信、魯莽，但劇作家的潑墨之處，卻更著重於表現這位綽號「黑旋風」的梁山好漢剛直無私、嫉惡如仇、勇於改錯的可貴品格。在這裏，誤會成爲劇作家展現人物性格的一種精巧構思。由誤會所形成的獨特視角，成爲表現李逵性格從負面而入、正面而出的最佳切口；使得李逵這一風風火火、敢愛敢恨的梁山好漢的藝術形象尤顯光彩照人，較之於任何正面描寫與道德說教具有效果更佳的戲謔性和藝術感染力。

再次，我們來看一看誤會之於喜劇性效果的製造或強化。

前舉《李逵負荊》一劇，其運用誤會法的另一藝術特色，還在於通過誤會有力地製造並強化了劇作的喜劇性色彩。像李逵誤認爲宋江有把柄可抓，上山後連言行舉止都變形和走樣，時而橫眉冷對，時而冷嘲熱諷，還公然要宋江「請出來和俺拜兩拜。」說什麼「俺有些零碎金銀在這裏，送與嫂嫂作拜見錢。」甚至於還故意模仿王林老漢因失去女兒而焦急不安的樣子，邊說邊做，比比劃劃，其喜劇性效果格外強烈。在下山對質過程中，李逵的內心活動更是逗人捧腹：宋江走快了，他認爲那是因爲「聽見到丈人家去」，心情興奮而導致腳步輕快；宋江走慢了，他又認爲宋江是因爲「拐了人家女孩兒，害羞也，不敢走哩」；對質過程中，當王林否認女兒是眼前的宋江、魯智深所搶時，他又急得抓耳撓腮、怨天尤人；值此最終輸了與宋江的生死賭誓之際，他開始設法賴帳，打算以負荊請罪的方式保住頭顱。全劇對他內心活動的著力刻畫，真可謂惟妙惟肖、惹人發笑。觀眾深切感到，李逵對宋江的誤會越

深、成見越大，便愈發顯得可愛，完全收到虛畫其憨直而益顯其急公好義、嫉惡如仇的良好戲劇效果。

從另一個細微化角度審視戲劇藝術長廊，零星短暫、稍縱即逝、無關宏旨的誤會，幾乎俯拾即是。它們在全劇中，猶如潤滑劑或調味品一般，潤色、增味、點綴起一星亮色。這類誤會，大多是通過一時的誤聽誤傳，編織起一個細小的情節，或在緊張中間以鬆弛，或在嚴肅中穿插調笑。它們雖無涉於重大關目，只是在某個情節、場面中來去匆匆，逗人莞爾一樂，調劑一下氣氛及情緒。但這樣一些零碎的誤會所造成的小小糾葛，自然貼切，意趣無窮。如果從整個戲劇結構來看，儘管這些細小的情節僅處於從屬地位，但並沒有影響它們成爲家喻戶曉的精彩片段。可謂閒筆不閒，吉光片羽，足可營構瞬間意趣。

試以莫里哀的諷刺喜劇傑作《慳吝人》爲例。該劇第五幕第三場中，主僕二人——老東家阿巴貢與管家瓦萊爾之間，曾發生過一個誤會：阿巴貢以爲瓦萊爾偷了自己的錢箱，瓦萊爾則以爲自己與阿巴貢女兒艾莉斯的戀情敗露。所以，當阿巴貢虛張聲勢地叫嚷已經知道瓦萊爾「偷了家裏的東西」，訛詐他從實交代時，瓦萊爾膽怯地「實情相告」。正所謂一個說東而另一個道西，各述心懷。此番人物對話構成一幕絕妙的「誤會」場景，令觀眾聽來饒有趣味、忍俊不禁：

> 阿巴貢　要我說你了犯了什麼罪，不要臉的東西！好像你不知道我要說什麼似的！你想裝模作樣也是枉然，事情已經揭發了，剛才已有人把什麼都對我說了。……
>
> 瓦萊爾　老爺，既然有人把什麼都對您說，我也就不想拐彎抹角，向你否認這件事情。
>
> …………
>
> 阿巴貢　這正合乎我的意思，那你就把從我這裏搶走的東西還給我吧。
>
> 瓦萊爾　您的名譽，老爺，還會完整無缺。
>
> 阿巴貢　這裏面沒有什麼名譽的問題。不過，告訴我，誰要你幹出這種事來？
>
> 瓦萊爾　唉！你問我這個嗎？
>
> 阿巴貢　對，不錯，我就要問你這個。

瓦萊爾　有一種神，無論做了什麼都會得到諒解：那就是愛。

阿巴貢　愛？

瓦萊爾　是的。

阿巴貢　多麼妙的愛，多麼妙的愛，其實呀！你是愛上我的金路易啦！

瓦萊爾　不，老爺，引誘我的決不是你的錢，它並不叫我眼花心亂，只要您讓我佔有我已有的東西，我保證不要您一個錢。

阿巴貢　這哪能呢，除非我碰見了鬼！我才不讓你這樣呢！可是你們瞧，這多麼無恥，他偷了我的東西還想不放手！

瓦萊爾　您管這個也叫做偷嗎？

阿巴貢　這還不叫做偷嗎？像這樣的寶貝！

瓦萊爾　不錯，它是寶貝，毫無疑問是您身邊的一件最珍貴的寶貝；但若把它給我決不會丟掉的。我跪下來向您要求這件十分可愛的寶貝；您應該把它給我，這樣做才對呢。

阿巴貢　我決不幹。這成什麼話？

瓦萊爾　我們已經互相許諾，並發誓決不分開。

阿巴貢　這種發誓多麼可愛，這種許諾又多麼可笑！

瓦萊爾　是的，我們已經說定永遠在一起。

阿巴貢　我可以向你保證，我一定要阻攔你們。

瓦萊爾　除開死，任何東西不能拆散我們。

阿巴貢　這簡直是對我的錢著了魔。〔註11〕

　　誤會有哪些種類呢？因其所導致的結果之不同，誤會大致可以劃分為「悲劇性的誤會」與「喜劇性的誤會」兩類。

　　喜劇性誤會指喜劇中劇作家用以生發妙趣橫生、逗人捧腹的特定情境的那種誤會，其特點在於以不使包括正、反兩方面人物遭受嚴重傷亡為基本前提。例如關漢卿著名喜劇《望江亭》中的誤會。劇中女主人公譚記兒為搭救無端蒙冤、面臨殺身之禍的丈夫白士中，喬裝成漁婦「張二嫂」，乘中秋之夜

〔註11〕（法）莫里哀著，蕭熹光譯，慳客人，莫里哀戲劇全集（3），〔M〕，北京：文化藝術出版社，1999，234～235。

來到望江亭。酒色之徒楊衙內眞地將她誤當成漁婦而百般挑逗。譚記兒則假意逢迎、委婉勸酒，將楊衙內及其走卒撥弄得魂不守舍、酩酊大醉，乘機盜走御旨與尙方寶劍。最終使這位風流公子，由頤指氣使、不可一世的欽差大臣，變成無地自容、搖尾乞憐的階下囚；譚記兒夫婦則化險爲夷，依舊花好月圓。試想，如果沒有望江亭上那個精彩的誤會，哪有這一場令滿座觀眾笑聲不斷的好戲？

悲劇性誤會是指悲劇中劇作家所使用的牽繫著人物命運、每每造成危及正面人物的身心傷害，並最終促其歸於毀滅的那種誤會。如《奧賽羅》、《羅密歐與朱麗葉》等劇，在情節發展上均有一個顯著特徵：劇中人物都死於第三者製造的一場誤會——勞倫斯神父因在半路上意外耽擱，未能及時把告知眞相（即朱麗葉之死乃係「伴死」）的那封信，送交剛從流放地匆匆趕來的羅米歐。致使羅米歐信以爲眞，隨即服毒自盡。旗官伊阿古利用苔絲德蒙娜偶然失落的草莓手帕大做文章，布下迷魂陣，誘使奧賽羅妒恨交加，犯下扼死愛妻的千古遺恨。毋庸置疑，缺少了誤會，上述劇作肯定也就不成其爲催人淚下的大悲劇了。

具體就每部戲劇而言，誤會也往往不是單純劃一的某一種，劇作家可能多次性地安插「誤會」，時常屬於「誤會之中生誤會」的連環套式誤會。試以李漁的《風箏誤》爲例。李漁在該劇中，先後編排了四次誤會。在第十三齣〈驚醜〉中，貌醜品劣的詹家長女愛娟在自家院中拾得風箏後，誤以爲情詩係戚家風流公子所爲，於是主動幽約。韓世勳則誤以爲幽約乃戚家二小姐淑娟對自己多情眷顧，欣然赴約。誰知一見面，竟是那麼一個性劣貌陋的女子，不禁「驚醜」而逃。此是喜劇情節發展中的第一次誤會。誤會緊接著在第十四齣〈譴試〉中繼續發展。前述失敗的幽約，韓世勳認定所見醜女即詹家二小姐淑娟，於是教訓自己「以後的婚姻，切記要仔細。一不可聽風聞的言語，二不可信流傳的筆箚，三不可拘泥要娶閥閱名門」。結果他只好拜別脫身、入京赴試。第三次誤會發生在第二十一齣〈婚鬧〉中，詹父爲長女愛娟議婚，愛娟誤以爲對象就是幽約時見到的那個才子「韓世勳」，而戚友先則誤以爲自己將要迎娶的新娘，便是美貌絕倫的詹家二小姐淑娟，不禁樂不可支。洞房之夜，眞相大白，兩人目瞪口呆，甚爲驚疑。但無奈已是生米做成熟飯，也便只好將錯就錯。第二十九齣〈詫美〉中，韓世勳高中狀元，正巧上司詹烈侯執意以女兒淑娟相許。韓世勳還以爲是當初見到的那位醜婦，心中不免發

悚，但又不敢違命。待到洞房之夜，他如坐針氈，故意用扇子遮面獨守，此舉自然會引起新娘淑娟的誤會。這是喜劇情節發展中的第四次誤會。直到第三十齣〈釋疑〉中，才揭開「風箏誤」的真相，此時全劇誤會方得以徹底解決。

莎士比亞的喜劇傑作《第十二夜》，同樣是一系列「誤會」迭用的範例。在這部以歌頌愛情和友誼，嘲諷教會禁欲主義和封建倫理道德為主題的浪漫喜劇中，主人公薇奧拉和西巴斯辛是一對孿生兄妹，相貌酷肖。薇奧拉愛上奧西諾公爵，但奧西諾卻一心追逐奧麗維婭伯爵小姐。薇奧拉為能贏得奧西諾的愛情，女扮男裝，化名西薩里奧，當了奧西諾的僕從。奧西諾對這個聰慧伶俐的僕從十分喜愛，並予以充分信任，派遣她替代自己向奧麗維婭小姐傾訴衷情。孰料節外生枝，薇奧拉的喬裝改扮，不僅迷惑了奧西諾，同時還完全迷惑住了奧麗維婭。使這位伯爵小姐為「語調」、「形體」、「動作」、「精神」等方面處處顯露出尊貴高雅氣派的薇奧拉深深吸引、一見鍾情，瘋狂地愛上了這位「使者」。可以說，正是由於薇奧拉的喬裝打扮，導致一系列的「誤會」，演繹出許多熱鬧有趣的喜劇性場面——奧麗維婭小姐的叔父酒鬼托比，為了從浪子安德魯爵士身上騙錢喝酒，唆使安德魯爵士向伯爵小姐求婚，未果，又煽動其與情敵——為伯爵小姐苦苦追逐的公爵僕從西薩里奧（即薇奧拉）決鬥。兩個人決鬥時，適逢搭救船翻落海的西巴斯辛的船長安東尼奧經過，誤把薇奧拉當作西巴斯辛，便上前解了圍。安德魯在返回途中碰巧遭遇西巴斯辛，將對方誤當成「薇奧拉」，出於報復再度與之決鬥。奧麗維婭小姐風聞決鬥之事，生怕「意中人」有什麼不測，匆匆趕來。看見西巴斯辛，便錯以為是自己心中的那位「白馬王子」西薩里奧（即薇奧拉），將西巴斯辛邀請至府邸盛情款待，並一心一意要與之締結良緣。西巴斯辛雖然完全不清楚其中的奧秘，但看到小姐美貌高貴、溫柔多情，自然滿心樂意，索性欣然從命。於是兩人馬上去教堂舉行了秘密婚禮。西巴斯辛因誤傷托比而向奧麗維婭小姐請罪，才暴露了自己的真實身份。正在這令人不免有幾分尷尬的困境中，奧西諾公爵與薇奧拉偏巧來到小姐府上，兄妹意外相逢並相認，一切「誤會」得以真相大白。劇末，薇奧拉的一片癡情感動了奧西諾公爵，使他心甘情願地同意與薇奧拉結成夫妻。最終，薇奧拉與西巴斯辛這一對患難兄妹，都獲得了幸福的愛情、美滿的婚姻。

上述劇作中出現了一個有趣現象，那便是人物角色的「喬裝」。如果說諸

如孿生兄弟（或兄妹）引致他人發生「張冠李戴」式錯認的誤會，主要源於其自身先天固有的遺傳基因（即相貌酷肖），那麼有意甚至故意將自己用某種虛假的面具加以「包裝」的所謂「喬裝改扮」，其可能引致他人產生的種種誤會，則帶有更多「人爲性」（而非先天性）的因素了。這裏不妨對這類頗饒有趣味的「喬裝」引致的「誤會」略作探究。

縱觀中西古典戲劇作品，男扮女裝或者女扮男裝的「人物性別置換」現象，既存在於表演形式，也體現在戲劇內容方面。就中國古典戲曲而言，戲曲表演形式上以男性藝人裝扮女性角色的「男扮女裝」現象居多；而在古典戲劇作品中，則以女性喬裝打扮成男子引起種種誤會的「女扮男裝」情形居多，例如明代徐渭的雜劇《女狀元》、《雌木蘭》等。至於近代出現的《梁山伯與祝英台》，更是幾百年間被許多戲曲劇種搬上舞臺，可謂家喻戶曉、婦孺皆知。西方戲劇與此相仿：古希臘與古羅馬戲劇表演時婦女不能充當演員，女性角色只能由男演員扮演；〔註 12〕文藝復興之後歐洲舞臺上開始逐漸出現女演員，如源自民間的意大利即興喜劇中女演員享有同男演員同等的地位；但直到 17 世紀的西班牙與英國劇團一般沒有女演員，表演時女性角色只能由男童扮演；但莎士比亞創作時最喜愛以「女扮男裝」爲題材，一個最明顯的例證便是：莎士比亞現存三十七部劇作中，有二十部涉及人物的喬裝打扮，出現的頻率多達四十餘次，尤以「女扮男裝」最多。例如《終成眷屬》裏的海麗娜、《皆大歡喜》裏的羅瑟琳、《威尼斯商人》裏的鮑西婭、《第十二夜》裏的薇奧拉等等。

中西古典戲劇中的「女扮男裝」現象，推究而論，並非純然屬於戲劇家們主觀杜撰的神來之筆，或者心血來潮的一時之得，更不是純粹追求噱頭笑料的招徠之術；而是源於現實，是對社會現實生活的一種眞實反映與獨特思考。試以明代徐渭的兩部雜劇《女狀元》與《雌木蘭》爲例。前者敘寫一個女扮男裝考取狀元、斷案如神的奇異女子黃崇嘏的故事：五代十國時期前蜀的女子黃春桃出身官宦人家，二十歲時父母相繼亡故，既無兄弟，又不曾許配什麼人家，惟有乳母黃姑相依爲命。黃父爲官清廉而沒有留下財產，爲求得生路，兩人商議春桃喬裝一介書生黃崇嘏參加科舉，乳母則喬裝成老僕黃科，去蜀都成都趕考，得中狀元，授職主持審理民案的司戶參軍。丞相周庠

〔註 12〕相比之下，古代希臘與羅馬的民間擬劇規定非常寬鬆，允許男女演員同臺表演。——筆者注。

賞識其才，欲招爲「婿」。黃崇嘏迫不得已坦露其眞實身份，丞相未加問罪，主動代子提親（兒子爲新科狀元周鳳羽）而招之爲媳。《雌木蘭》演述北魏時期退伍軍人花弧之女木蘭代父從軍、保家衛國的故事。木蘭自幼知文習武，當時黑山賊屢屢侵犯魏國，民不聊生，朝廷緊急徵兵，老弱病殘的花弧亦在應徵之列。木蘭念及父親年老體衰實難上陣殺敵，家中弟妹年齡又小，於是決定女扮男裝替父從軍。歷經十年征戰，木蘭憑藉智勇雙全打敗強敵，生擒賊首。朝廷授以尙書郎之職，准允回鄉省親三個月。木蘭回到家中與親人團聚，對鏡貼花黃，恢復女兒裝，最終與同在疆場生死患難的王司訓之子王郎喜結良緣。兩部劇作中令人驚歎的帶有傳奇色彩的女主人公其人其事，並非劇作家徐渭的信筆拈來、憑空杜撰，而是以一定的史實爲依據。據史書記載，〔註13〕黃崇嘏確爲五代十國時期前蜀的一位女扮男裝的女子，擔任過司戶參軍，辦案「奸吏畏服，案牘一清」，當朝丞相周庠碟欲招爲女婿，但被其做詩婉拒。至於考取狀元之事未見記載。因此該劇中「女扮男裝」考取狀元的一段情節，當屬劇作家添枝加葉的一種大膽虛構。木蘭替父從軍的故事最早見於漢代樂府詩《木蘭辭》，雖然劇作家吸納了明初蜀韓氏「女扮男裝」參軍雲南的史事，而在劇情內容上虛構成分較多；但一位年輕女性喬裝男性替父從軍打仗，卻是確鑿無疑的基本事實。清代學者趙翼在《陔餘叢考》中，列舉大量見諸史傳的女扮男裝的眞人眞事：「晉熙王永日謀叛，事泄奔魏，攜妻吳氏作丈夫服，亦騎馬自隨」（《宋史》）、「楊大眼妻潘氏，當遊歷之際亦戎服，與大眼並馳。及還營，同坐幕下對諸僚佐，大眼指謂諸將曰：『此潘將軍也』。」（《北史》）……女扮男裝之事，在外國也屢見不鮮。美國獨立戰爭中，一個名叫德伯勒・桑浦森的婦女，女扮男裝，化名參軍。一次戰鬥中她的頭部和腿部受了傷，包紮好頭部後，她攜帶從醫院偷出來的手術器械，爲自己做了手術，取出腿部的一粒子彈。還有一粒未及取出，便重返前線了。時值多天，她傷勢嚴重，發高燒被人送進醫院，由此才暴露了女兒身。桑浦森的故事在美國歷史上被傳爲佳話，酷似中國版的花木蘭。

　　中西古典戲劇中爲什麼會較爲頻繁地出現「女扮男裝」現象？換言之，究竟是什麼原因使得花容月貌的窈窕淑女必須進行一次性別置換，搖身變爲鬍鬚環鬢的鬚眉大漢，竭力顯示男性的果敢陽剛之氣，而小心謹愼地遮掩起

〔註13〕（清）吳任臣撰，十國春秋（第 2 冊第 45 卷「黃崇嘏條」），〔M〕，北京：中
　　　　華書局，1983，112～145。

女性的嫵媚陰柔之美呢？常言道：事出有因。女扮男裝每每出於各種各樣的原因，僅就上述所舉劇作大致概括、歸納而論，主要就有：其一，爲了爭取個人幸福、追求理想生活，獲取像男性那樣對個人愛情婚姻的自主權。例如海麗娜（《終成眷屬》）、薇奧拉（《第十二夜》）、黃崇嘏（《女狀元》。當然其喬裝的初衷是爲生計，但得中狀元也便賦予其掌控包括愛情婚姻在內的自我命運的更大自由度了）等。其二，爲躲避強權迫害以圖生存或期盼明君賢臣主持公道、伸冤昭雪。如《皆大歡喜》裏逃離宮廷的羅瑟琳，其三，爲拯救或保護他人，明知山有虎偏向虎山行的智女俠婦。比如，爲使丈夫摯友安東尼奧免死於猶太商夏洛克刀下而巧扮律師的鮑西婭，替父從軍浴血疆場十載的花木蘭等。

從思想立意的視角看，中外戲劇家對女扮男裝的描寫，多集中於第一類情形，即女性爲爭取個人幸福、追求理想生活的喬裝舉措。這種不謀而合絕非偶然，究其實在於古代封建社會的中外婦女有著共同的生活境遇：均深受封建禮教的嚴重壓迫，在愛情、婚姻生活中毫無個人自由選擇性——古代女性在嬰幼兒時期，尚可與外界有所接觸，一旦稍諳人事，更不消說情竇初開的花季妙齡，便被施以鎖閉閨房的隔離。除卻自己的父親、兄弟之外，很難再與其他成年異性發生接觸。婚姻之事，全憑父母之命、媒妁之言，毫無個人自由可言。而喬裝改扮，混迹於外面的世界，則可以變被動爲主動，呼吸到些許自由清新的空氣；聽憑自己的意願去物色終身伴侶，力求獲得那種兩情相悅、情投意合的美滿姻緣。從此角度上講，女扮男裝不啻古代封建社會的女性在特殊環境之下的一種特殊的擇偶方式，其中充溢著女性對於自由的大膽追求和對男女平等生活理想的熱切憧憬。當然，這種憧憬更多限於一種美好的理想，並非人人都能遂心如意。在當時的社會歷史條件下，如願以償者畢竟很少，事與願違的情況，即如祝英台與梁山伯那樣的愛情悲劇更爲多見。此或許才是現實生活的本來面目。中西古典戲劇家有感於此，所以他們對此類題材的關注與開掘，在一定程度上表現出對女性追求自由之行爲的首肯、褒獎乃至張揚。

女扮男裝的題材之所以倍受中西戲劇家們的青睞，除了上述思想立意的原因外，還因爲這類題材本身即富於強烈的戲劇性。其一，從人物塑造的角度看，女扮男裝者具有雙重性格：人物本身是個女性，但又要僞裝成男性。所以在她的身上，以男性特徵爲主，但總會時時自覺或不自覺地流露出女性

所特有的某些特徵來。因此，女扮男裝者性格較為複雜，感情相當豐富，集陽剛與陰柔於一身，不單調，不乏味。試以《終成眷屬》為例。劇中女主人公海麗娜為了獲得丈夫的愛情，喬扮為「香人」。得悉丈夫意欲勾引寡婦之女狄安娜，她又化裝成「狄安娜」與不明真相的丈夫幽會。她解決了丈夫為刁難自己而提出的兩個為常人幾乎不可能解決的難題，最終贏得了丈夫的歡心。在為追求幸福愛情而喬裝打扮的行為舉止中，海麗娜其人機智、剛毅且果敢的性格特徵顯露無遺！其二，女扮男裝的題材之所以富有戲劇性，還在於喬裝本身便富於戲劇性。女性人物既然是硬性裝扮出來的，其所扮演的那個「男人」，自然可能有時裝得很像，有時又裝得不太像，有時甚至還會露出破綻而被人看破。總之，女扮男裝不會那麼一帆風順、天衣無縫，由此決定了該類題材的作品情節曲折複雜，矛盾衝突迭起。《女狀元》、《雌木蘭》均堪稱頗有「戲味」的佳作。劇中兩位身懷文韜武略的女子，以女扮男裝的方式混跡於男性濟濟一堂的官場與疆場，須時時處處小心翼翼、偽裝自我，生怕暴露其「假面具」來。而身處特定情境之下，又不得不或者說必須坦露自己的女性身份。丞相向黃崇嘏談婚論嫁與木蘭閨房召見王郎，不啻兩部劇作裏最耐人尋味、逗人捧腹的兩場壓軸戲。

概覽大量成功運用「誤會」的中西古典劇作，我們大致可以歸納出使用「誤會」應遵循的基本原則：

第一、「誤會」必須真實。

誤會的運用是否成功，首先取決於誤會的產生或發展是否真實。誤會往往是由於缺乏調查、偏聽偏信、主觀臆斷而不辨真假所引起的。誤會不外乎兩種情形，一是誤把真的當成假的，二是誤把假的當成真的。無論哪一種情形，誤會都是人的主觀認識不符合客觀實際的表現。雖然誤會是這樣一種違反客觀真實的主觀性的表現，但在戲劇中誤會的產生和發展，切不可由作者主觀隨意編造，誤會必須真實。

要做到「誤會必須真實」這一點，就需要將產生誤會的必然性充分揭示出來。眾所周知，誤會的產生總是帶有極大的偶然性：它可能產生，也可能不產生；它可能在此時此地產生，也可能在彼時彼地產生。戲劇中不排斥偶然性，也不排斥誤會，因為生活中必然的東西，往往是通過偶然的現象表現出來的。但並非一切的偶然性中，都可以顯現出必然性來。戲劇創作中那種純屬杜撰、毫無必然根據的誤會，就給人以「虛假」的感覺，不可能具有可

信性和眞實性。因此，能否在偶然產生的誤會中，充分揭示出其內在的必然性來，這是誤會眞實與否的一個關鍵。

莎士比亞的悲劇《羅密歐與朱麗葉》中，觸及到這樣一個誤會：送信人勞倫斯神父偶然遭遇意外，未能把朱麗葉的信函準時交到羅密歐的手中。羅密歐偶然聽到朱麗葉已經死去的傳言，立即趕往墓地，在朱麗葉的「屍體」旁飲毒身亡。羅密歐的這一誤會，顯然具有很大的偶然性，但它又是必然的。爲什麼呢？首先，朱麗葉服下長眠四十二小時的藥液，製造死亡的假象，藉此使她父母「誤會」其生命已不復存在，目的是反對封建家長對其婚姻的包辦，實現她和羅密歐美滿幸福的結合。然而這個使朱麗葉父母產生誤會的假象，同樣可以誘使羅密歐產生誤會。其次，由於兩個封建世家有著宿仇舊怨、械鬥不斷，所以羅密歐和朱麗葉儘管眞誠相愛，無奈不能公開成婚，況且羅密歐又遭驅逐。在這對情人離居兩地、難以相見、無法傳遞音訊的情況下，誤會的產生也就並非偶然了。再者，誤會發生在羅密歐身上，也有一定的必然性。如布拉德雷在《莎士比亞悲劇的實質》一文中所指出的那樣：「有一些事情看來像是偶然事故，其實是和性格有關聯的」。〔註14〕此即在羅密歐的性格中，還存在著年青人對待愛情的冒失、急躁、輕率等缺點和不足。所以，我們對羅密歐產生這一偶然性的誤會，並不感到虛假失眞或不可信。

在遵循上述誤會之眞實性的總原則下，筆者以爲還應注意具體處理好以下三個方面的問題：

首先，誤會的起因宜順乎自然。誤會本身雖是偶然的，但引起誤會的原因必須是自然的，至少是可然的，亦即起因應符合人物各自的性格與所處的規定情境。如果起因一假，整個誤會通體皆假，令人望而生厭，一錢不值。

例如關漢卿的喜劇《金線池》敘述秀才韓輔臣在有八拜之交的好友石府尹的官廳，邂逅上廳行首（妓女）杜蕊娘，彼此一見鍾情，墜入情網，索性住進杜家行院而「一心要娶蕊娘」。石府尹對此椿情事熱心資助。但身爲親生母親的鴇母貪戀錢財，一心將女兒當成搖錢樹，堅決反對女兒嫁人。因此百般干預：當面威脅利誘、軟硬兼施，企圖拆散這對情人；在遭到女兒抵制後，轉而用挑撥離間的伎倆，先以冷言惡語的激將法使韓輔臣負氣出走，之後又在女兒面前散播韓輔臣已經另有新歡的謠言，在兩人之間製造裂痕，從而產

〔註14〕楊周翰主編，莎士比亞評論彙編，〔M〕，北京：中國社會科學出版社，1979，216。

生對對方怨憤不滿的誤會。這裏「誤會」由鴇母故意營造，契合劇情的發展與作為韓、杜愛情破壞者的杜母重錢輕情且詭計多端的性格特徵。

　　其次，誤會的發展須合乎內在邏輯性。自然合理的誤會，固然給戲劇衝突和人物性格的發展提供了有利條件；但在矛盾和性格發展的時候，又應該真實地、正常地按照自身的邏輯演進。作者不能為誤會所迷惑。如果被一些誤會的「套子」牽著鼻子走，置矛盾與性格的內在邏輯性於不顧，縱然也能產生一連串的笑料，但那種喜劇究竟難以成為上品。

　　試以元末南戲《荊釵記》為例。該劇寫王十朋家境貧寒，錢玉蓮父親託媒前來議親時，王母不敢應承。媒人轉告錢父態度乃「不問人家貧富，只要女婿賢良。聘禮不拘輕重，隨意下些，便可成親」，王母拔下荊釵權作聘禮相送。王十朋定情之後赴京赴考未歸，錢玉蓮生母與姑母貪圖錢財而逼其改嫁，並收下當地富豪孫汝權送來的定情聘禮「金釵」，錢玉蓮堅決不從。不久孫汝權故意篡改王十朋得中狀元後寫來的書信，造成王十朋入贅相府的假象（即誤會）。錢母再次逼嫁，忠貞守志的玉蓮無奈之下投水自盡，但被巡撫錢載和救起並收為義女。王十朋得中狀元後在錢巡撫屬下任太守，一次元宵節到道觀拈香時邂逅錢玉蓮，雖然覺得「那婦人好像我大人」，但因誤以為其已投水身亡而不敢相認。錢載和要將義女錢玉蓮許配王十朋，玉蓮以「原聘物荊釵牢栓在髻上」為由拒絕。錢載和誤以為玉蓮借荊釵之情拒絕提親不過是個藉口（這裏有一個「誤會」），因此將計就計誆騙玉蓮拿出荊釵，錢巡撫作為聘物送給王十朋許親。王十朋意外認出荊釵「原是我家舊聘物」，道出與錢玉蓮的荊釵姻緣。錢巡撫恍然大悟，連忙請出小姐，二人憑藉荊釵相認而重諧連理。劇情中先後出現的幾次「誤會」，均與矛盾衝突的發展與人物性格的內在邏輯休戚相關。孫汝權篡改王十朋書信，符合這位愛情「第三者」自私卑劣的性格特徵；而由此造成王十朋負心另娶的誤會，促使了忠貞不二的錢玉蓮為抗婚而投河自盡。由於認定玉蓮早已身亡的誤會，遂使王十朋於道觀不敢相認玉蓮，合乎情理，因而令人信服。

　　再次，鋪墊必須清楚。劇作家不應當僅僅重視誤會本身，而輕視對誤會的充分鋪墊。劇中人物誤會了，觀眾也隨之一起誤會，這在驚險樣式的劇作中也許常見。但戲劇藝術中的誤會不能這樣，必須是劇中人物誤會而觀眾不誤會，讓觀眾採取洞察秋毫的知情者心態觀賞劇中人物發生這樣或那樣的各種誤會，引人忍俊不禁的喜劇效果由此而產生。因此，作者必需在誤會之前

作好精心的鋪墊。李漁指出喜劇性的迸發「妙在水到渠成」。假使我們把「誤會」比作一朵鮮花，那麼需要先把根種活，然後它才能生長與開放；否則喜劇不喜，事與願違。假如「誤會」僅僅屬於無水浮萍、斷梁之木，即只是一種偶然的陰錯陽差，勢必令人感到作者故弄玄虛、隨意編撰。這樣的誤會「巧」倒是「巧」了，但脫離現實生活的土壤，因而難以揭示生活的本質眞實。關漢卿的《望江亭》可謂一部合理運用誤會、注重並做足鋪墊的典範之作。

我們不妨截取該劇第二折爲例，展開詳盡闡述。首先是劇作家細膩描述了誤會形成的過程和主客觀原因。該折一開始劇情就發生了劇變。楊衙內的報復比白士中夫婦預料的還要來得快、來得狠。但這又非意外，楊衙內的一段上場白對此作了最好詮釋。這段道白通過丑角自我暴露的方式，深刻揭示了楊衙內這類權豪勢要的強盜邏輯，而且揭示了產生楊衙內之流的政治環境。在楊衙內看來，「大有姿色」的譚記兒就該甘心做他的小夫人；譚記兒不順他意而偏偏嫁給白士中，實乃「情理」難容，難怪他要殺人奪妻。其奉行的生活原則是「恨小非君子，無毒不丈夫」。根據這種原則他可以無中生有、顛倒黑白，向皇帝誣告白士中「貪花戀酒，不理公事」。昏庸的皇帝信以爲眞，賜給他勢劍、金牌、文書，派他到潭州標取白士中首級。在這裏，諷刺的火焰不僅灼燒一個花花太歲，而且指向縱容惡棍、顛倒黑白的腐敗王朝，深化了劇作的社會內涵，並交待了白、譚誤會形成的客觀原因。

楊衙內磨刀霍霍之時，白士中從母親來信中剛剛獲悉楊衙內趕赴潭州欲加治罪的壞消息。性命關天且迫在眉睫，他無法掩蓋內心的痛苦，不禁捧著書信在前堂凝神發呆。心細如髮的譚記兒察覺到丈夫的鬱悶憂慮，不見他回到後堂，便在影壁後偷窺。看到白士中「手裏拿著一張紙，低著頭左看右看」，馬上起了疑心：「多管是前妻將書至，知他娶了新妻，他心兒裏悔。」這場誤會之所以產生，一方面由於她與白的結合比較倉促，對其瞭解還不夠深，很大程度上是出自對白姑姑的信賴而應允婚事；加之楊衙內咄咄逼人的氣勢，迫使她當機立斷。在此特定環境下她決定與白結合是可以理解的。同時在「富貴易妻」風行的社會，譚記兒對白士中心生疑慮並不爲怪（畢竟他身居官職而不同於以前了）。白士中對她隱瞞眞情，生活於深閨的貴婦難以想像宦途如此險惡，因此她誤解白士中情有可原。聯繫全劇來看，關漢卿是把譚記兒寫成一個樂觀機智的人物，這種人不願在疑慮中過日子，也不願看到丈夫悶悶不樂，希望一切明明白白而不拖泥帶水。因此她的誤會（即吃醋）屬於眞中

有假、假中有真，包含「遣將不如激將」的用意。這樣說的最明顯證據在於，當白士中遲遲不願說明書信內容，一味推脫「我無前夫人」時，性格開朗、樂觀的譚記兒在沒有弄清真相之前，竟要尋死覓活，顯然是激將法。這一著棋果然奏效，白士中不得不向她吐露真情。但出乎觀眾意外，她聽後反倒坦然放心了，並且寬慰丈夫不必憂慮。她決計去會會那個花花太歲，自信滿滿地告知丈夫：「你只睜眼覷者，看怎生的發付他賴骨頑皮！」不僅一場誤會冰釋，而且留下了一個很大的懸念，確有引人入勝的作用。

顯而易見，劇作家合情合理地寫出了這場誤會，花費不少筆墨予以充分鋪墊，使得這場誤會不僅顯示出白士中對妻子的體貼入微和深情愛護，更彰顯出譚記兒對純真愛情的執著和追求——毫不畏懼楊衙內的威脅迫害，卻惟恐丈夫對愛情不忠；她寧願深入虎穴，卻不願看見愛情生活中摻雜一絲雜質，尤其不願見到所愛的人忍受痛苦。這種描寫不僅深入揭示了人物的心靈美，還真實揭示出譚記兒隨後採取隻身探險之果敢行為的深厚思想基礎。

第二、誤會應力求從人物性格出發。

誤會不僅僅屬於編織戲劇情節、展開戲劇衝突的敘事技巧，好的誤會應當與人物思想性格的內在因素緊密切合，有助於人物的性格塑造。莎士比亞的戲劇創作，為人們提供了一個可資借鑒的範本。

莎士比亞劇作中大量成功的誤會，均能遵循人物性格的內在邏輯，亦即之所以在「這一個人」身上形成誤會的獨特根源。悲劇《奧賽羅》堪稱一個範例。奧賽羅對妻子苔絲德蒙娜不貞的誤會，是怎樣會在他「這一個」人身上形成的呢？對此，莎士比亞就奧賽羅的性格，作出了十分準確而細緻的揭示。有些學者認為奧賽羅的誤會出自其嫉妒的性格，這種解析有其合理的一面。奧賽羅雖說如其自稱的那樣，是「一個不容易發生嫉妒的人，可是一旦被人煽動以後，就會糊塗到極點。」〔註15〕陰險狡詐的伊阿古，出於卑鄙的私利，施展種種伎倆，設下重重圈套，製造假「口供」、假「物證」，極力煽起奧賽羅的嫉妒心，誘使其上當受騙。但是這種解析還有不盡完善之處，因為奧賽羅畢竟不是一個生性多疑或嫉妒成性的人。他對苔絲德蒙娜的愛，始終是真摯而深沉的。即便是在產生了嚴重的誤會之後，他仍然如是說：「我要殺死你，然後再愛你」。在掐死苔絲德蒙娜之後，他稱自己是「一個真正的兇

〔註15〕莎士比亞著，朱生豪譯，哈姆雷特，莎士比亞戲劇全集（9），〔M〕，北京：人民文學出版社，1978，402。

手，因爲我所幹的事，都是出於榮譽的觀念，不是出於猜嫌的私恨」。〔註16〕奧賽羅實際上稟具一種融含愛情和嫉妒的複合型性格。他有一段自白頗富概括性地說明了他的誤會過程：「我在沒有親眼目睹以前，決不妄起猜疑；當我感到懷疑的時候，我就要把它證實；果然有了確鑿的證據，我就一了百了，讓愛情和嫉妒同時毀滅。」〔註17〕奧賽羅的誤會，就是由其過於深情的摯愛和嫉妒之複合型性格之中產生出來。

再比如康進之的元雜劇《李逵負荊》，全劇是由誤會而產生的喜劇性衝突構成的。這種誤會的產生，取決於以下兩方面因素：一是梁山義軍的政治綱領和行動準則。這在宋江的定場詩中已經說得明明白白，那就是「替天行道救生民」。這也是貫穿全劇的主導思想；二是李逵急躁魯莽的性格及其對梁山事業的熱愛。這兩個因素在李逵身上得到統一，因此一旦碰到兩個賊漢利用梁山頭領的威望而冒名強搶民女這一具體事件，而碰到這一事件的，又恰恰是嫉惡如仇、卻又鹵莽急燥、輕信人言的「黑旋風」李逵，馬上就爆發成強烈的戲劇衝突。其火爆性子的迸發，「怒氣如雷」，衝上山來，不分青紅皂白，拔出板斧，「恨不折倒」山寨的杏黃旗，乃是其性格使然。

三、對誤會與巧合及處理偶然性與必然性關係的思考

誤會與巧合之間，是否存在著一定的關聯？若此，又應當是怎樣一種關聯呢？《鴛鴦被》中賣身抵債的李月英小姐，原本去玉清庵是要與債主劉員外踐約委身，偏偏劉員外在赴約途中被巡夜士卒拘禁；而進京趕考的書生張瑞卿偏巧借宿，並且就住在爲劉員外事先準備的寺庵住處。上述諸多「巧合性」的偶然因素，遂使得赴約入室的李月英誤以爲對方就是債主劉員外，於是發生了一夜情。《風箏誤》中秀才放飛風箏之際，風箏被一陣忽起的大風吹刮，湊巧落入詹家長女愛娟院中，由此引發幾個人物間一連串的誤會，笑話迭出。《羅密歐與朱麗葉》中勞倫斯神父在半途的意外耽擱，未能及時把信函遞到羅密歐手上，致使身遭驅逐、從流放地匆匆趕來的羅密歐，不明朱麗葉「佯死」之內幕，因而痛苦地殉情自盡。《第十二夜》中薇奧拉與其孿生兄長西巴斯辛在相貌上分毫不爽般的酷肖，惹得他們身邊的眾人莫衷一是、張冠

〔註16〕莎士比亞著，朱生豪譯，哈姆雷特，莎士比亞戲劇全集（9），〔M〕，北京：人民文學出版社，1978，400。

〔註17〕莎士比亞著，朱生豪譯，奧賽羅，莎士比亞戲劇全集（9），〔M〕，北京：人民文學出版社，1978，388。

李戴，演繹出許多逗人捧腹的「錯認」故事……僅從上述所舉事例我們便足以見出：「誤會」每每由「巧合」引致，「巧合」為因，「誤會」乃果，兩者之間明顯構成一種因果嬗變之關係。反過來說，一定情形下的巧合則可能會增加誤會的機率。

　　無論巧合還是誤會，均非劇作家的故弄玄虛，或者故作驚險之筆以吸引或招徠觀眾；而是為了充分揭示曲折和複雜的事物本質。因為事物的曲折與複雜性，往往通過偶然性表現出來，沒有偶然就無所謂必然。所以這裏歸根結底，乃牽涉到一個如何辯證認識與把握偶然性與必然性之關係的根本性問題！

　　恩格斯曾指出：「被斷定為必然的東西，是由純粹的偶然性所構成的，而所謂偶然的東西，是一種有必然性隱藏在裏面的形式，如此等等。」〔註18〕兩者有著密不可分的血肉聯繫：偶然性的背後，隱藏著必然；而必然性又總是通過偶然性得以表現出來。在一定條件下，偶然的東西就是必然的，而必然性本身即表現為偶然性。譬如政治生活、歷史變故，可能在一個人的人生旅途上投下濃重的暗影或彩色的光環。雖然從本質上講，它乃社會環境所形成的某種驟變的必然結果，但在個人生活的表現形式上卻帶有很大的偶然性——有些人一朝陞遷，有些人則落魄一時，在個人的命運上往往表現得相當偶然；但透過人物命運的這種偶然性變化，卻能使人洞悉社會環境變幻動蕩的必然性來。既然如此，文學藝術家們就應當努力透過形形色色的偶然性，去揭示生活內在的必然性和規律性。正像俄國文藝批評家車爾尼雪夫斯基所告誡的：「藝術不寫偶然性，是很難寫好必然性的」〔註19〕——作家運用偶然性，意在揭示必然性，此乃藝術之真諦。

　　有鑒於此，筆者以為正確處理偶然性與必然性關係的關鍵在於：戲劇中出現的誤會、巧合等任何偶然性事件，都必須以必然性為基礎，始終把偶然性構築於必然性（具言之即現實生活的內在邏輯、人物行為及其性格發展邏輯）的磐石之上，巧妙而又自然地借助偶然性的機遇（形式），來展現必然要發生的事件（內容）！否則，便難免會陷入虛假荒謬、無法令人信服的泥潭。一位真正的古典戲劇家是深諳此理，且在實際創作中注意妥善處理偶然性與

〔註18〕馬克恩格斯選集（第四卷），〔M〕，北京：人民文學出版社，1968，240。
〔註19〕（俄國）車爾尼雪夫斯基著，周楊譯，藝術與現實的審美關係，〔M〕，北京：人民文學出版社，1979，149。

必然性兩者關係的。

關漢卿便是這樣一位善於充分利用偶然事件去組織矛盾衝突，以偶然事件展示事態發展之必然趨勢的偉大戲劇家。試以其最著名的悲劇《竇娥冤》為例。蔡婆找到賽盧醫討債，這個無賴竟起了殺人賴債的歹念。正當賽盧醫將蔡婆騙至曠野實施謀殺時，被張驢兒父子偶然碰到而殺人未遂。蔡婆不知道救命恩人是何許人物，在感激涕零的哭訴中，偶然泄露婆媳相依為命的家境。（假如沒有泄露家境，所謂的救命恩人可能等不到聽完其哭訴便溜走了）。偏偏這言者無心而聽者有意的偶然的信息，勾起了他們的淫念，於是他們向蔡婆提出了極其無理荒誕的報恩要求：婆媳匹配父子。常言道：「禍兮福之所倚，福兮禍之所伏。」蔡婆以偶然的機運死裏逃生，卻又以偶然的泄密引狼入室。這裏有一系列的偶然性因素，然而這些偶然之中又有其必然性：蔡婆作為一個放高利貸的小債主而四處奔波討債，即使這次沒有碰到像賽盧醫和張驢兒父子那樣的潑皮無賴，下次也會遇上其他無賴潑皮，因為蔡婆原本生活在一個潑皮無賴橫行無忌的污濁世界。當蔡婆把張驢兒父子帶回家時，竇娥其實便被這偶然中的必然推到了十字路口：或在淩辱中苟且偷生，或在痛苦中潔身自好，她毫不猶豫地選擇了後者。其性格也因此被這偶然中的必然所重鑄：一向沉默隱忍的竇娥善意諷勸軟弱的婆婆，堅定地抗拒無恥的流氓。節孝觀本是她賴以生存的精神支柱，現在又成為其抗擊強暴、捍衛人格的思想武器。不肯善罷甘休的張驢兒竭力尋找著霸佔竇娥的機會：此時劇作家再次利用「偶然」發展劇情——蔡婆偶然生病並想喝羊肚湯。機不可失的張驢兒從賽盧醫處強索毒藥偷放湯內。不想湯已近口，蔡婆偶然作嘔難以下咽，好心讓與張父，結果不明內情的張父飲湯身亡。這一切看似巧合，但卻不純然屬於巧合。劇作家借助下廚做湯的竇娥之口，道破蔡婆「背地里許了他親事」、與張父有著「這一個似卓氏般當壚滌器，這一個似孟光般舉案齊眉」的行為。這一細節的披露不僅為著諷刺蔡婆的不夠自重，更重要的在於暗示出偶然中的必然聯繫：蔡婆與張老之間存在不清不潔的某種曖昧關係，既然不清的「卓氏」臨飲作嘔，那碗羊肚湯理所當然地要倒入不潔的「司馬」肚中，兩人只當是「新愛偏宜」，誰承望「愛湯」中有毒？從張驢兒的視角而言，父親實際上的很大成功與他的不成功（沒從竇娥那兒占到任何便宜），更激起其淫念和殺心，敦促他為達目的而不擇手段，即使可能會殃及父親也在所不惜。因而誤飲羊肚湯這場戲看似偶然，究其實乃竇娥與張氏父子矛盾鬥爭的一種

必然結果。張父誤服毒湯死後，竇娥再次被偶然中的必然推到十字路口：或私休（向張驢兒就範委身），或官休（控告她為殺父兇手）。軟弱的蔡婆勸媳婦「隨順」（即屈服與聽從），但竇娥卻毫不猶豫地選擇了後者（情願見官司）。由此可見關漢卿善於充分調度偶然事件，且妥當處理了偶然與必然的辯證關係：劇中「偶然事件」多發生在配角身上，而「必然趨勢」則多作用於竇娥身上，竇娥性格遵循偶然與必然辯證統一的軌跡而變化發展。偶然必然循循相因，既波瀾起伏、又真實可信。作家以偶然寫必然，在偶然與必然的辯證關係中，細膩入微地呈現怨婦竇娥的心路歷程。

第七章　元雜劇與明清傳奇運用敘事技巧之異同

　　筆者在「引論」部分，開宗明義地從文本體制視角，解讀了元雜劇中存在敘述體尤其敘事性的問題。其解讀的目的，旨在辨析並說明戲劇並非只有「獨此一家」式的純粹代言體，代言體之外還融含敘述體（含有明顯的敘事性）以及抒情性等多種構成要素。我們應當充分意識到這樣一點，戲劇藝術無法完全脫離敘述體以及敘事性成分，然而敘述體以及敘事性成分畢竟不屬於戲劇藝術的主體形態。對於元雜劇而言，這種敘述體以及敘事性的成分較為突出，甚至佔有劇情中很大比重的情形，既是其一種「特點」，但同時或許也是值得深思的某種「缺點」。因為刨根問底，這種「缺點」或者更確切地說是「稚拙」，其背後所折射出的，恰恰正是作為戲劇藝術本質特徵之一與審美追求核心的「戲劇性」〔註1〕的某種弱化、消解乃至缺失。戲劇藝術中兼容並

〔註1〕「戲劇性」是一個眾說紛紜、迄今尚難有定論的重要戲劇論題。一般說來，人們對戲劇性的理解有兩層含義。其一是指那些由獨特的藝術媒介手段所決定的使戲劇區別於其他藝術種類的特性，其二是指能引起戲劇衝突，調動觀眾觀賞興趣的敘事動力。可以說戲劇性是評價一部戲劇「有戲」或「無戲」的重要標尺：凡是充分發揮了戲劇特性的戲劇作品，通常說來便具有較強戲劇性（亦即「有戲」）。「戲劇性」的具體表現，諸如規定性戲劇情境、場面的鋪設，激烈尖銳的矛盾衝突的設置，情節線索上的環環相扣與因果關聯，故事情節的新穎奇特、曲折生動、峰回路轉、引人入勝，戲劇懸念的巧妙構設，各種戲劇敘事技巧的成功使用，人物對話的自足性（筆者這裏意思是指人物代自己立言，語肖其口，而不應淪為劇作家隨意使喚的傳聲筒，亦即人物被劇作家變成替劇作家「代言」而喪失自身獨立性與主體性的傀儡式人物角色。——筆者注。

蓄的代言性、敘事性、抒情性，與戲劇性之間，具有疏密、契合關係各不相同的顯著區別。從總體而言，戲劇中的抒情性更多帶有「言爲心聲」的詩詞（尤其是抒情詩）傳統，這種抒情性越強、在戲劇故事情節中所佔比重越大，對「戲劇性」的消解性也就越強。因此，抒情性與戲劇性的關係較爲疏遠。敘事性則是說唱文學「說書人」（諸如希臘的荷馬、中國古代話本的「說書藝人」等）連說帶唱並輔以某些動作表演的敘事模式，在戲劇藝術中的影響痕跡及其變換形式。舞臺時空的有限性，決定了戲劇藝術無法做到對現實生活事無鉅細、一覽無餘般全方位、全景式的直觀呈現，必須有所取捨，所「取」者置於幕前作「明場」展示，所「捨」者則藏於幕後作「暗場」處理。由此戲劇家對於那些既十分重要，但因種種原因而無法直接在舞臺上搬演的某些事件、場景等，只能借助於戲劇人物的敘述予以間接披露。所以，敘事性是很有必要且不可缺少的。但借助人物之口間接暗示，而非由舞臺直觀展示的這種敘事性手段，在具體使用時需要一種適可而止的分寸與限度，而不能過多甚至濫用。因此，敘事性與戲劇性之間具有較爲直接緊密的對應關係。代言性的裝扮，最能彰顯戲劇藝術以活人（指演員）當場展示給活人看（指觀眾）的舞臺表演的本質特性。因此，以人物的動作（或行動）、對話爲主體的代言性扮演，最暗合戲劇藝術的「戲劇性」要求，往往也是劇情中最富有「戲劇性」的「戲眼」、「戲核」部分。所以，代言性與戲劇性之間關係最爲直接密切。戲劇藝術的發展規律，正在於遵循日益強化「戲劇性」，而逐漸淡化、削弱甚或消解敘事性以及抒情性的「雙向」要求，從稚拙而走向成熟。所以，這種「敘事性」以及「抒情性」很強，尤其強烈到喧賓奪主式地壓倒戲劇舞臺上人物「代言性」扮演的「戲劇性」的特點，在中西方現代戲劇（以展示人物內心隱秘爲主要劇情的西方現代派戲劇以及小眾化的中國當代先鋒戲劇例外）中則非常少見，也就不難解釋了。

　　根據這一原理，我們不難類推出筆者著力探究的諸多戲劇敘事技巧，與代言性、敘事性、抒情性，尤其是與戲劇性之間疏密有別的對應關係了。「停敘」重在抒情言志，尤其某些篇幅很長的人物內心獨白時常出現游離規定性戲劇情境之外，掙脫言說者自身的身份地位、生活閱歷、文化教養、思想性格等內在邏輯性的「越界」現象。這一特點無疑使得「停敘」與抒情性關係密切，與戲劇性的聯繫相應較爲疏遠。「幕後戲」因爲採取對某些事件、場景、人物等隱遁幕後、僅僅借助人物之口間接敘述出來的暗場模式，所以與敘事

性的關係十分密切，但同時也與戲劇性發生似無實有的一定關聯。「戲中戲」、「預敘」與「延敘」、「發現」與「突轉」、「巧合」與「誤會」，因其均採用將所欲表現對象推置幕前予以直接展示的「明場」模式，與代言性表演如影隨形般契合一致，故此它們與吸引觀眾興趣、產生扣人心弦、引人入勝的表演與觀賞效果之戲劇性關係甚為密切。

　　同樣鑒於上述原理，筆者擬從戲劇藝術所兼容的代言性（即表演）、敘事性、抒情性視角，通過重點比較從元代雜劇到明清傳奇的不同歷史階段運用敘事技巧上的差異性，深入辨析敘事技巧與戲劇藝術之「戲劇性」之間的關係，藉此約略窺探中西古典戲劇所經歷的，日漸削減抒情性、適當利用敘事性、刻意強化代言性（即演員的當場表演）的戲劇創作實踐的歷時性嬗變軌迹。

　　此外，由於筆者探究中國古典戲劇敘事技巧時，偏重以元雜劇為具體審察對象，而對明清時期的傳奇涉獵相對較少；同時，從比較視角針對中西方古典戲劇，以及西方古典戲劇不同時期作家作品之間的探究，用了頗多篇幅予以深入探究；但就中國古典戲劇範疇內處於不同歷史時期、存在很大差別的个同戲劇形態，具言之即元雜劇與明清傳奇之間的甄別比照，相對而言則明顯潑墨較少。因此，為適當彌補主要倚重元雜劇而涉獵明清傳奇尚嫌不夠充分的某種疏漏，筆者在此另闢一章，擬就元雜劇與明清傳奇之體制特徵及其敘事技巧之異同問題，略陳管見。

一、元雜劇與明清傳奇之形制比較

　　首先，讓我們從總體上簡要比較一下明清傳奇與元代雜劇之間的顯著區別，進而再去深入探究一番兩者在具體使用敘事技巧方面的差異性所在。

　　在中國戲曲藝術發展史上，出現了引得世人矚目的兩座高峰，一個是元代的雜劇，一個是明清時期的傳奇。它們在各自時代獨領風騷：元雜劇大體完備於金末元初，衰落於元末，繁盛達一個世紀，約與元王朝相始終；傳奇的鼎盛期則大致起始於明世宗嘉靖年間，歷經隆慶、萬曆，一直延續至明末清初，亦有一百餘年光景。兩者雖然從藝術形態而論同屬中國戲曲的範疇，因此具有許多重要的共同性；但與此同時，由於產生的地理與社會環境、演出場所與觀眾成分、作家構成與作品的結構方式、審美趣尚、敘事技巧等諸多方面，存在著明顯的一定的差異性。故此，兩者之間又勢必染帶並呈現出

各自鮮明的特徵。早在明代，呂天成在其《曲品·卷上》便對傳奇與雜劇加以比較區分了：「金元創名雜劇，國初演作傳奇。雜劇北音，傳奇南調。雜劇折惟四，唱止一人；傳奇折數多，唱必勻派。雜劇但撮一事顚末，其境促；傳奇備述一人始終，其味長。無雜劇則孰開傳奇之門？非傳奇則未暢雜劇之趣也。」〔註2〕

　　這裏呂天成從戲曲音樂之不同、外在體制之長短、內在結構之繁簡三個方面，獨具慧眼地辨析了元雜劇與明清傳奇的顯著差異。元雜劇全用北曲曲調，故又稱北曲雜劇。因其形成於北方，受北方方言影響，所以曲韻只有「平、上、去」三聲而無「入」聲。唱詞的安排，一折只用一種音調，四折即用四種音調，彼此間不相重複。曲文平仄通押，講究音樂的動聽與聲調的優美。例如關漢卿《竇娥冤》第三折曲調用「正宮」，由「端正好」、「滾繡球」、到「煞尾」等十支曲子組成，押先天韻，且爲一韻到底。

　　元雜劇的文本體制通常爲一本四折（有時加一個或兩個楔子，楔子放在第一折前，主要用以交代人物和故事前因，以引出正戲，相當於「開場戲」；楔子若置於折與折之間，則起承上啓下作用，相當於「過場戲」。楔子篇幅一般較短，主要有少量賓白，用於演唱的曲子只有一兩支而已）。元雜劇的這種一本四折的結構體制，其優點在於集中而嚴謹；然而要在固定的四折戲裏表現一個完整的故事，卻難免有礙於甚至限制劇情的充分展開。楔子和折爲單位而構成「本」，但一本並不專指一部劇作，有時一部元雜劇可以超出一本，例如王實甫的《西廂記》合五本爲一劇。

　　元雜劇遵循一角主唱的演唱原則，每部戲劇只能有一個角色負責演唱，由正旦演唱的爲旦本，由正末演唱的爲末本，所以劇本分爲「旦本」和「末本」兩種。例如關漢卿的雜劇《竇娥冤》是旦本，四折唱詞均由正旦竇娥一人主唱；而馬致遠的雜劇《漢宮秋》是末本，四折唱詞由正末漢元帝一人主唱。另外，元雜劇中的人物對白、獨白、旁白等話語方式稱爲「賓白」，其得名緣於明代徐渭《南詞敍錄》所謂：「唱爲主，白爲賓，故曰賓白，以其明白易曉也。」〔註3〕人物的表情動作及舞臺效果稱爲「科介」。元雜劇主要依賴

〔註2〕　（明）呂天成，曲品，中國戲曲研究院編，中國古典戲曲論著集成（6），〔M〕，
　　　　　北京：中國戲劇出版社，1959，209，
〔註3〕　（明）徐渭，南詞敍錄，中國戲曲研究院編，中國古典戲曲論著集成（3），〔M〕，
　　　　　北京：中國戲劇出版社，1959，246。

唱詞、賓白、科介三者的交相配合，來刻畫人物、表現劇情。

　　明清傳奇在南戲基礎上發展而來，在上述三個方面較之元雜劇有很大變化，其變化主要體現於音樂的格律化、體制的規範化、劇情的複雜化。

　　音樂的格律化指普遍採用南北曲合套的演唱形式。傳奇中普遍採用南北曲合套，而且其合套形式多樣化，既可以一南一北交替使用，也可以南北曲混用（即在一套曲子裏，一半用南曲而另一半用北曲），而曲律則更爲嚴格。

　　體制的規範化指劇本分「齣」並且爲每「齣」加上名目。例如孔尚任《桃花扇》全劇共四十齣，每齣皆有名目，像〈卻奩〉（第七齣）、〈罵筵〉（第二十四齣）、〈沉江〉（第三十八齣）、〈餘韻〉（第四十齣）等。每齣皆有人物下場詩。該劇〈餘韻〉下場詩爲：「漁樵同話舊繁華，短夢寥寥記不差；曾恨紅箋銜燕子，偏憐素扇染桃花。笙歌西第留何客？煙雨南朝幾人家？傳得傷心臨去語，年年寒食哭天涯。」

　　劇情的複雜化指劇本容量加大，角色體制上相應有了很大發展。傳奇的篇幅一般多在三十至五十齣之間不等〔註4〕，例如前舉孔尚任的《桃花扇》爲四十齣，湯顯祖的《牡丹亭》爲五十五齣，洪昇的《長生殿》則爲五十齣。傳奇中不僅身爲主角的正旦或正末演唱，其他角色也可以參與演唱；不僅一人單唱，還可以二人互唱甚至多人合唱等。例如湯顯祖的《牡丹亭》〈驚夢〉一齣戲中，杜麗娘（屬於正旦）唱：「夢回鶯囀，亂煞年光遍。人立小庭深院。」隨後便是婢女春香（屬於貼旦）的接唱：「炷盡沉煙，拋殘繡線，恁今春關情似去年？」這種不限一人主唱而多人可唱的靈活性，帶來角色的很大變化，此即雜劇中原先不能主唱的另一位主角（如旦本中的正末或末本中的正旦），尤其主角以外的其他許多次要人物，由於獲得了演唱權，因此能夠在劇情中更爲充分地表現自我。由此也導致舞臺上登臺亮相的戲劇人物，無論在角色類別還是人物數量上均明顯趨於多樣化。即如明代王驥德在《曲律》「論部色」中所指出的：「今之南戲（即傳奇），則有正生、貼生（或小生）、正旦、貼旦、老旦、小旦、外、末、淨、丑（即中淨）、小丑（即小淨），共十二人，或十一人，於古小異。」〔註5〕

〔註4〕郭英德先生借助分類統計，認爲傳奇生長期以 31 至 50 出之間爲篇幅體制通例；傳奇勃興期以 31 至 39 出爲常例，傳奇發展期以 20 至 30 出爲常例，傳奇餘勢期則以 20 至 39 出爲通例。參見郭英德著，明清傳奇戲曲文體研究，〔M〕，北京：商務印書館，2004，103～104。

〔註5〕（明）王驥德，曲律，中國戲曲研究院，中國古典戲曲論著集成（4），〔M〕，

　　傳奇發展至明中葉，大量文人染指，將典雅的審美趣味與綺麗的語言風格滲入其中，導致傳奇與雜劇截然不同的語言風格。試以關漢卿之雜劇《竇娥冤》與湯顯祖之傳奇《牡丹亭》中兩段著名曲詞爲例：

　　　　〔正宮·端正好〕沒來由犯王法，不提防遭刑憲，叫聲屈動地驚天！頃刻間遊魂先赴森羅殿，怎不將天地也生埋怨。

　　　　〔遊園·皂羅袍〕原來姹紫嫣紅開遍，似這般都付與斷井頹垣。良辰美景奈何天，賞心樂事誰家院？朝飛暮捲，雲霞翠軒；雨絲風片，煙波畫船——錦屏人忒看的這韶光賤！

　　兩相比照，前者曲詞質樸本色、明白如話，後者唱詞則藻麗典雅且多用典（引用了謝靈運、王勃詩語或典故）。明代傳奇這種典雅綺麗的語言風格，與文人墨客的浪漫情思與蘊藉意緒相關，有利於文人學士抒發其細膩含蓄的藝術情感，展示其委婉幽邃的內心世界，使傳奇中的曲詞，成爲足以與詩詞歌賦媲美的藝術品種，這自然有其值得首肯的好的一面。但與元雜劇本色當行的語言風格相比，卻難免要付出在一定程度上會以削弱曲詞的演出性爲代價，從而導致傳奇的「案頭化」。清代孔尚任在《桃花扇·凡例》中所恪守的「寧不通俗，不肯傷雅」觀點，頗爲典型。難怪其名噪一時的《桃花扇》在語言上留給人們的總體印象乃爲典雅有餘而當行不足，謹嚴有餘而生動不足。劇中的許多曲詞，若是在書房閨閣內低吟淺詠，可謂情文並茂；但若搬到舞臺上演唱，則即便入耳卻很難消化。

　　此外，筆者在此特別強調與辨析的一點是，明清傳奇與元代雜劇在「賓白」使用上的顯著差異。元雜劇以演唱爲主，儘管少數頗有造詣的戲劇家明曉「曲白相生」的道理，但總體說來，雜劇家創作的注意力與潑墨重點無疑在曲詞方面，賓白尤其對白草草爲之的現象非常普遍。明清傳奇作家則已經相當看重賓白與曲詞的平衡搭配，以及賓白在鋪敘戲劇故事、推動情節的發展演變、構築並引發人物之間尖銳激烈的矛盾衝突，彰顯與刻畫人物性格諸方面的重要功用。賓白尤其是屬於戲劇內交流話語系統中人物對話的「對白」，在傳奇中的地位與作用發生了某種質變：不但「賓白當與曲詞等量齊觀」（孟稱舜語），甚至在許多傳奇劇作中，賓白所佔的篇幅與比重明顯超過曲詞。這種質變的意義在於，賦予明清傳奇較之元代雜劇更爲鮮明突出的「戲

　　　　北京：中國戲劇出版社，1959，143。

劇性」，並且促使傳奇這一中國古典戲曲樣式，日益向著成爲一種「以人物對話及其動作爲主」的戲劇藝術發展軌道演進。

　　試以明代梁辰魚的《浣紗記》爲例。該劇中敘寫戰敗了的越國大臣文種求見作爲勝利者的吳國大臣伯嚭的第七齣〈通嚭〉，即堪稱以人物對話（對白）展開劇情並刻畫人物性格的範例：

　　　　〔進報科〕越國使臣文種有事相求，昏夜來見。〔丑〕哈，好怪，好怪！他來甚麼？也罷，著他入來。〔末〕越國下臣文種參見。〔丑發怒科〕你就是文種。〔末〕不敢。〔丑〕前日陣上，說我包羞忍恥的就是你！〔末〕不敢。〔丑〕說我不忠不孝、姦佞立朝的就是你！〔末〕不敢。〔丑〕天兵來臨，你命在旦夕，還來見甚麼？〔末〕太宰大人息怒，容文種咨啓。〔丑〕有何說話，你且道來。〔末〕小國寡君句踐，感太宰恩德，無以爲報。〔丑回嗔作笑科〕你那越王老頭兒，也曉得感激我？〔末〕便是。特遣小官備些禮物，少伸寸敬。〔丑大笑科〕遠勞厚貺，請起。〔末〕不敢。禮物通在帳外，人夫頗多，每樣先進上一件，倘蒙叱留，方敢盡進。這樣黃金共五千兩，錦緞共五千匹，白璧共十雙。〔丑〕怎麼要許多？小廝，殺起羊來，燙起酒來，留文老爹坐坐去。〔小末應下〕〔末〕太宰，你且不要快活盡了，還有一對活東西，只怕太宰用不著，不敢送進來。〔丑〕甚麼東西？著我來看。〔末〕待我取取來。〔旦、貼上〕舞低楊柳樓頭月，歌罷桃花扇底風。〔末〕寡君句踐，無一伸敬，聞知太宰未聘妻室，特奉美女二人，一個喚秋鴻，一個喚春燕，以伴枕席，伏乞鑒納。〔旦、貼〕老爹，叩頭。〔丑笑科〕二位美人請起，小廝殺起牛來。〔同前譁內應科〕〔丑〕我知趣的文大夫，文老爹……你主公送了許多東西，不知有何分付？……〔註6〕

　　在這齣戲裏，伯嚭起初不解文種爲何深夜求見，尤其因爲前日對方曾於陣前揭過其短，所以見到文種大爲光火。聽聞文種是代表句踐前來「報恩」，明白有利可圖，於是火氣頓消，回嗔作喜。等到文種聲稱有「禮物」呈獻，改讓文種起身說話。聽到禮物甚豐，馬上吩咐手下殺羊燙酒，以貴賓相待，連稱呼也不由自主地改成「文老爹」了。及至文種送上兩位美女，不啻大喜

〔註 6〕（明）梁辰魚，浣紗記，（明）毛晉編，六十種曲，〔M〕，北京：中華書局，1958，236。

過望甚至有些得意忘形，搞不清以「文大夫」還是「文老爹」稱呼對方更妥，並迫不及待地詢問文種：句踐有何吩咐？顯然，他已經打算要「唯命是從」了。這段戲在劇情中十分重要，然而並無一句唱詞，全然都是人物之間的對話及其相關動作。這些對話篇幅很長（筆者因此未予完整援引），此情形在元雜劇中是非常罕見的。伯噽貪婪、好色，爲一己私利竟可以賣國的特點，文種不卑不亢、老謀深算的性格，均借助對話而得以具體生動的刻畫與彰顯。

二、元雜劇與明清傳奇敘事技巧之異同

從總體上簡要比較了元雜劇與明清傳奇之間形制的顯著區別之後，讓我們進而去深入探究一番兩者在具體使用敘事技巧方面的差異性所在。

前述明清傳奇與元代雜劇在文本體制上所存在的顯著區別，使得明清傳奇家較之元代雜劇家在具體使用敘事技巧方面，具有哪些明顯的異同，尤其是「同中之異」的差異性呢？

首先，簡要談談元代雜劇與明清傳奇在使用敘事技巧上的相同、相似之處。

筆者在第一至第七章中，雖然如「戲中戲」等部分，例舉了一些傳奇劇作爲範例，但主要還是以元代雜劇爲中國古典戲劇的典型代表，而與希臘戲劇和莎士比亞戲劇爲主體的西方古典戲劇展開橫向比較。元代雜劇中存在著的戲劇家對於多種敘事技巧大量且成功運用的情形，在明清傳奇作家筆下同樣如此，這反映出兩者在注重使用敘事技巧上的相同、相似之處。其中以「發現」與「突轉」、「巧合」與「誤會」的使用最爲貼近和類同。比如明清傳奇中，既有單獨使用「發現」（即第六章中闡述的「只有『發現』而沒有『突轉』」）的一類劇作，像明代王錂的《尋親記》等。也有單獨使用「突轉」（即只有「突轉」而沒有「發現」）的一類劇作，像洪昇的《長生殿》〔註7〕等。這兩類單獨使用「發現」或者「突轉」的劇作數量上很少，最多見的還是將「發現」與「突轉」連在一起使用的劇作。其中成功之作又大多能緊扣「發現」與「突轉」的因果性，亦即寫出因「發現」而引致「突轉」。諸如明代姚茂良的《金丸記》、明代李開先的《寶劍記》、明代沈鯨的《易鞋記》、明代月榭主人的《釵釧記》、清代李漁的《風箏誤》、清代李玉的《一捧雪》、清代朱素臣的《十五貫》等等。明清傳奇中對於「誤會」與「巧合」的使用，與元雜劇一樣，也

〔註7〕具體說來這種「突轉」體現於該劇第二十四齣「驚變」。——筆者注。

存在三種情形：單獨使用「誤會」的劇作，例如明代陳羆齋的《躍鯉記》、明代湯顯祖的《牡丹亭》、清代萬樹的《風流棒》、清代薛旦的《喜聯登》、明代范文若的《花筵賺》、明代王錂的《尋親記》、明代阮大鋮的《燕子箋》等等；單獨使用「巧合」的劇作，例如明代沈璟的《紅蕖記》、清代李漁的《比目魚》和《巧團圓》等。但更多的劇作則是將「誤會」與「巧合」串聯起來而使用，其中成功之作一般都能扣住「巧合」與「誤會」的因果性，亦即寫出因「巧合」而引致「誤會」。諸如明代湯顯祖的《紫釵記》、明代路迪的《鴛鴦絛》、明代徐復祚的《紅梨記》、明代阮大鋮的《春燈謎》、明代吳炳的《西園記》、清代朱素臣的《十五貫》等等。

　　鑒於某些傳奇乃明清之際戲劇家對於元雜劇的改編之作，比如李日華的《南西廂記》之於王實甫的《西廂記》，袁于令的《金鎖記》之於關漢卿的《竇娥冤》，徐元的《八義記》之於紀君祥的《趙氏孤兒》等等。改編過程中，對原劇作無論題材內容還是藝術形式方面，有著許多借鑒甚至直接照搬之處。由此而論，這些遭遇「改編」命運的元雜劇中所體現出來的某些敘事技巧，或許會為作為其改編者的傳奇劇作家借鑒和使用。比如紀君祥採用的程嬰借助解說圖卷，向已經長大成人的「趙氏孤兒」訴說家史的「戲中戲」的敘事技巧，在徐元劇中以完整保留的形態得以傳承。元雜劇對明清傳奇在「戲中戲」敘事技巧上產生單向性直接影響的另一個典型例證，當推元代無名氏的《貨郎擔》之於清代洪昇的著名傳奇《長生殿》了。《貨郎擔》第四折中，身為賣唱藝人的張三姑向眾人吟唱過〔轉調貨郎兒〕的套曲。此套曲屬於北曲，其音調凡九轉，每轉各用一韻，前面常用南呂〔一枝花〕和〔梁州第七〕。張三姑演唱此套曲的背景，是她已經認出眼前的官人正是失散多年的乳子春郎，但苦於沒有什麼相認的途徑。於是靈機一動，採用唱〔貨郎兒〕的小曲形式，當眾（其實就是唱給春郎聽的）訴說家史及其家人失散的往事。春郎聽罷，省悟出其中的奧秘，上前與乳母張三姑及其父親李彥和相擁團聚。演唱者張三姑正是其演唱的故事裏的人物，構成所謂自己唱自己的一段「戲中戲」。洪昇在《長生殿》第三十八齣〈彈詞〉中，便借用了〔轉調貨郎兒〕的這套曲子。該劇中演唱這一套曲的故事背景則是，因安史之亂流落江南，以彈詞（即賣唱）為生計的梨園供奉李龜年，在金陵鷲峰寺廟會上，因鐵笛李暮點唱自己曾於宮牆外偷聽過的《霓裳羽衣曲》，於是聲情並茂地演唱了由自己創作譜曲的，承載著楊貴妃與唐明皇愛情故事的這一套曲。聽完演唱的李

暮得知演唱者正是作曲者李龜年本人，十分欽佩，與之結爲知音。顯然，李龜年以賣唱（彈詞）藝人爲李暮演唱自己創作的《霓裳羽衣曲》，也帶有自我演述的「逢場作戲」成分，從而構成這部傳奇中的一段「戲中戲」。然而，筆者遍覽元雜劇，發現大概只有這兩部劇作（即《貨郎擔》與《趙氏孤兒》）成功使用過上述「戲中戲」的敘事技巧。而至明清時代，無論雜劇還是傳奇創作，均出現了使用「戲中戲」的大量劇作。此構成兩者使用「戲中戲」方面「寥若晨星」與「繁星點點」的迥異不同。

那麼，除了上述論及的兩者之間存在著的相同、相似性（當然這種辨「同」之中亦約略已經涉及到某種「異」處），明清傳奇家較之元代雜劇家在具體使用敘事技巧上，又具有哪些明顯的差異性呢？筆者擬對此問題予以重點探討。

首先，傳奇家在創作中對於敘事技巧的使用，具有一種相當自覺的理論觀照意識。明清時期的很多傳奇作家——諸如朱權、徐渭、李開先、呂天成、王驥德、徐復祚、祁彪佳、凌濛初、張琦、孟稱舜、沈璟、李漁、黃周星、黃圖珌、梁廷枏等等、既是劇作家，同時也是善於總結、敏於思考的曲論家。他們一方面注意及時總結、梳理成功的創作經驗，另一方面則善於探索符合「場上之曲」（即舞臺性）的戲劇創作內在規律以及行之有效的敘事技巧，並自覺應用於自身的戲劇創作與舞臺實踐之中。他們的戲劇理論，往往是從品評傳奇創作、分析成敗得失中生發出來。明代以降尤其萬曆後期至清代大量湧現的戲曲理論著作，堪稱中國古典戲曲理論的發展從稚嫩走向成熟的顯著標誌及其重要成果，也從另一個側面反映出明清時代傳奇創作的繁盛景象。這些理論著作，諸如《太和正音譜》（朱權）、《南詞敘錄》（徐渭）、《曲品》（呂天成）、《曲律》（王驥德）、《遠山堂曲品》、《遠山堂劇品》（祁彪佳）、《譚曲雜箚》（凌濛初）、《閒情偶寄》（李漁）等等。可以說他們創作傳奇，每每是在某些戲劇理論的燭照之下進行的。

試以清代的李漁爲例。作爲一位極其注重理論與實踐有機結合的清代傑出戲劇家和戲曲理論家，李漁較之以往曲論家所不同的一個最大特點，即在於能夠更爲深刻地洞察戲劇本質特性在於表演，因而將舞臺演出視爲戲曲的生命，在其論著《閒情偶寄》中大張旗鼓地追求戲曲的舞臺性。這種創作理念若套用他自己的話語便是：「填詞之役，專爲登場」。正是出於「登場」的特定需要，李漁要求傳奇家創作之際，須先「立主腦」，突出「一人一事」（「立主腦」），以使觀眾綱舉目張、一目了然；選擇題材必須新奇，力戒「效顰於

人」，否則不僅劇作家「遂蒙千古之誚」，觀眾也會因為此類情節「千人共見」而興趣索然（「脫窠臼」）；編排劇情時須要「減頭緒」並「一線到底」，以便觀眾思路清晰，對劇情「了了於心，便便於口」，從而不至於「茫然無緒」、「應接不暇」（「減頭緒」）；構築戲劇場面時則須做到「密針線」，使全劇前後照應、因果關聯、有機整一，以免使觀眾「逐段記憶」、「耳目俱澀」（「密針線」）。為此，李漁主張立「奇意」（即出人意料卻又合情入理的新穎獨特的構思立意），選「奇事」（即人們聞所未聞、見所未見的新奇獨特的故事、情節），演「奇情」（即以情慾為基礎的以真情、癡情為核心的人類情感），寫「常理」（即融入社會現世中的人情物理）。循此視角審視李漁喜愛並擅長以「誤會」、「巧合」等敘事技巧結構佈局、編撰故事情節的創作特徵，諸如《風箏誤》、《巧團圓》等令觀眾開懷捧腹的風情喜劇，其實正是對其自身「好事從來由錯誤」、「一夫不笑是吾憂」等創作理念及其審美追求的實踐產物。

其次，明清傳奇家在具體使用敘事技巧方面，較之元代雜劇家而言，表現為兩個特點：其一是大多採用組合式、疊加式的多元化模式，所謂「誤會之中生誤會」、「巧合之外再巧合」；其二是即便較為單純地使用某一種敘事技巧時，則體現出「多次性」使用的連環套式模式。前者例如清代洪昇等人的創作，後者則如明代阮大鋮、清代李漁等人的戲劇創作。以下分別予以簡析與說明。

在洪昇的傳奇《長生殿》中，我們至少能見出劇作家成功使用了兩種敘事技巧：第一，「戲中戲」的使用。第三十八齣〈彈詞〉的主要劇情為，梨園供奉李龜年因安史之亂流落江南，以彈詞為生計，在金陵鷲峰會寺廟會上邂逅鐵笛李暮。李暮當年曾在宮牆外偷聽過《霓裳羽衣曲》，十分喜愛。於是特地點唱了表現楊貴妃與唐明皇愛情故事的這一套曲。李龜年的彈詞吟唱的委婉纏綿，十分感人。李暮得知眼前的這位「說書人」正是李龜年本人後，誠懇向其請教《霓裳羽衣曲》，兩人遂結為知音。儘管李龜年並非劇中重要的主要角色，況且楊貴妃從入宮到自縊的故事情節在該齣戲之前已得到詳盡演述，所以單純看這齣戲在情節上並無明顯的演進。劇作家之所以濃墨重彩來寫這段「戲中戲」，主要出於兩個意圖：一是借這一知情者之口總結李、楊愛情與「安史之亂」這一歷史事件，二是假這一劇中人物之口，抒發劇作家的興亡之感與家國之恨。第二，「幕後戲」的巧妙設置。比如第十九齣〈絮閣〉演述楊貴妃聽聞唐明皇復召梅妃而夜宿翠華西閣，次日一早，醋意大發的她

便提著燈籠,帶著宮女闖入西閣。一場西閣爭寵的矛盾衝突爆發開來,最終以楊貴妃大獲全勝而收場。值得觀眾留意的是,這齣戲寫的是兩位妃子爭寵,但劇作家將筆墨完全投注於楊貴妃身上,至於梅妃則採用讓其不出場的「幕後戲」來處理。開始是由太監高力士弔場,介紹梅妃失寵、久置東樓,昨日萬歲忽召梅妃,宿於翠華西閣。後來閣門打開後,梅妃仍未出場。先是唐明皇吩咐內侍將梅妃藏起來,隨後由高力士吩咐內侍將梅妃從閣後破壁送出。唯一能表明梅妃曾經存在的,是其留下的一朵翠鈿。闖入西閣的楊貴妃正是抓住了這一信物而大做文章。我們不妨用反證法設想一下,如果劇作家安排梅妃出場,閣樓之內甚至是在床榻之上,兩個女人發生正面激烈衝突,吵得人聲鼎沸,甚至大打出手。那麼,此與坊間的潑婦罵街、相互扭打有何區別呢?

比如阮大鋮善於運用誤會法安排劇情、結構佈局。其傳奇《春燈謎》即精心設置出所謂的「十錯認」:「男入女舟,女入男舟,一也;兄娶次女,弟娶長女,二也;以媳爲女,三也;以父爲岳,四也;以韋女爲尹生,五也;以春櫻爲宇文生,六也;(宇文)羲改李文義,七也;(宇文)彥改盧更生,八也;兄豁弟之罪案,九也;師以仇爲門生,而爲媒爲女,十也。蓋以喻滿盤皆錯,故曰『十錯認』云爾。」〔註8〕一部傳奇之中使用「誤會」達到「十次」的高頻率,這位明代劇作家在敘事技巧上的慘淡經營與刻意爲之,由此可見一斑。相比之下,在關漢卿的《拜月亭》、康進之的《李逵負荊》等成功使用「誤會」敘事技巧的一些元雜劇中,因爲人名讀音相近而造成的誤會(如「瑞蘭」與「瑞蓮」、「宋江」與「宋剛」、「魯智深」與「魯智恩」等),明顯帶有極大的偶然性,而且在使用上多爲「一次性」的使用。當然,單就戲劇家對「誤會」與「巧合」的使用來說,不應當是陷入機械套用的、爲技巧而技巧的純粹形式主義的泥潭,而應講求表現內容與藝術表達形式的有機融合、相得益彰。換言之,戲劇家使用「誤會」與「巧合」,需要做到「誤的合情入理」、「巧的自然無痕」,正如李漁的《風箏誤》、《巧團圓》等劇作那樣。《風箏誤》中因爲韓世勳題詩的風箏落到詹家西院,引來才貌雙全的淑娟和詩,這種「巧合」乃是現實生活中司空見慣的一類事情。韓世勳有意將寫有求偶詩的風箏放還給佳人,不料被一陣風吹落至詹家東院,爲才拙貌醜的愛娟撿到,由此又引發出一場尷尬滑稽的「驚醜」事件。這第二次「巧合」同

〔註8〕 (明)阮大鋮,春燈謎・卷首,古本戲曲叢刊編委會,(1957)影印本。

樣合乎情理，而不令人心生疑竇：詹家之所以分成兩院，起因於詹烈侯任職外出而妻妾一向不和。隨後相繼發生的一連串「巧合」同樣如此：韓世勳督師碰巧來到詹烈侯軍中，乃因爲韓氏作爲新科狀元，有委派到地方「試才」（即接受實際鍛鍊）之必要，而詹氏統轄的四川恰好屬於賊寇多擾的偏遠地域。因此這些「巧合」推敲之下，顯得眞實合理，符合現實生活的內在邏輯。而《巧團圓》儘管以姚繼買翁作父、購爲母和賊營贖妻等奇異方式，意外實現了與自幼分離的親生父母以及未婚妻的巧遇，但由於劇作家李漁將此「巧合」放置於兵荒馬亂的社會大背景之下，遂使得所有的偶然性都能夠在「亂世」的規定性情境中找到某些必然性根由，從而使親人骨肉之間的分離聚合顯得合情合理。

　　我們再來具體辨析一下明清傳奇中使用「預敘」與「延敘」的基本特徵。

　　分卷是傳奇特有的結構體制。明中期傳奇劇本分卷的卷數尚未固定，按照舞臺演出的實際需要而一般分爲兩卷，也有分成四卷的，大抵用於二場或四場演出。前者例如《琵琶記》、《寶劍記》、《荔鏡記》等等，後者則如《荔枝記》、《草廬記》、《金貂記》等。但至十七世紀初葉的萬曆中期，每部劇本分爲兩卷大致演變成爲傳奇的通例。在分卷成爲劇本體制的通例之後，傳奇上下兩卷的結尾處，便相應地形成了特定的戲劇性要求——上卷結束的一齣，需要留下對未來可能發生事件有所預示的懸念〔註 9〕，「暫攝情形，略收鑼鼓」，稱「小收煞」；全劇結束時則應水到渠成，「無包括之痕，而有團圓之趣」，稱「大收煞」。〔註 10〕筆者以爲，如果說元雜劇與明清傳奇均通過戲劇開頭以及劇情發展的某一過程中，借助人物的開場白而對未來可能發生的某些事件予以披露，這種「預敘」的使用具有很大的相同性。那麼於「小收煞」處（亦即傳奇劇本上卷的最後一齣），借助該齣戲中某一人物之口（如對白或獨白，下場詩等途徑），對劇本下卷繼續敷演的某一事件的可能發生及其未來

〔註 9〕有的學者認爲：明後期傳奇劇本普遍採用「下場詩」，並基本規範爲四句韻語。下場詩在實際演出過程中具有多種功能：或表明本出戲的結束，或是對本出戲的劇情總結，或是預告將來可能發生的某事，從而爲下出戲設置出懸念。參見郭英德著，明清傳奇戲曲文體研究，〔M〕，北京：商務印書館，2004，70～71。筆者據此觀點認爲，傳奇家在劇作上卷結束的一齣戲中，以下場詩形式對下一出將可能發生的事件有所披露，從而留下某種懸念的情形，即屬於戲劇家有意在傳奇劇本末尾使用了「預敘」的敘事技巧。——筆者注。

〔註10〕（清）李漁，閒情偶寄，中國戲曲研究院編，中國古典戲曲論著集成（7），〔M〕，北京：中國戲劇出版社，1959，68～69。

發展走向予以或隱或顯的披露或暗示，則屬於爲明清傳奇所特有的一種「預敘」法。這種獨特的「預敘」之使用，當然歸咎於傳奇長達幾十齣的長篇巨製的文本體制。此爲深受一本四折短小篇幅所限的元代雜劇家們所無法想像，並且也難以做到的事情。筆者在第五章探究元雜劇與古希臘戲劇使用「預敘」的區別時，曾特別提及爲古希臘戲劇獨有的「劇末預敘」現象，不妨命名爲「劇末」式預敘。這裏明清傳奇上卷中最後一齣戲裏對預敘的使用，與希臘戲劇「劇末」式預敘有一定的相似之處。但我們不能將兩者完全等同，因爲畢竟「上卷末齣」還不是一部戲劇眞正的「劇末」。故而我們對明清傳奇作家在劇作上卷末齣戲中所使用的，爲元雜劇所缺乏、同時有別於古希臘戲劇「劇末」預敘這一獨特敘事方式，姑且稱之爲「小收煞」預敘。以下試以三部明清傳奇劇作《金鎖記》、《十五貫》（亦名《雙熊夢》）和《風箏誤》爲例，予以簡要剖析。

　　明代袁于令〔註11〕的《金鎖記》共兩卷三十三齣，根據關漢卿的元雜劇《竇娥冤》改編而成。主要劇情爲：楚州山陽縣魯氏因丈夫蔡某早亡，與兒子昌宗相依爲命。昌宗幼時項掛金鎖，故得乳名鎖兒。同鄉秀才竇天章五旬未就功名，膝下有女兒瑞雲年方十三。魯氏向竇家送聘禮以求瑞雲爲媳。竇天章欲入京科考，將女兒送至蔡家。昌宗隨同窗表兄賈遠出外拜師，因此與瑞雲未得一見。竇父辭別蔡婆遠行應試，蔡婆因瑞雲犯其公公名諱而改其名爲竇娥，並將昌宗所戴金鎖交付竇娥收執。昌宗與東海龍君三女兒馮小娥有三年未了姻緣，黃河河伯奉玉帝赦令，於昌宗等人訪師過河之際覆其舟，將昌宗攝入龍宮與小龍女成親，同船其他人則予放還。開生藥鋪的賽盧醫企圖賴掉借蔡婆的十兩銀子欠債，將上門討要的蔡婆騙至荒郊野外，欲以繩索勒殺。恰巧張驢兒母子行乞路過，蔡婆得以僥倖活命。爲報答救命之恩，蔡婆將張驢兒母子帶往家中同住。受到驚嚇的蔡婆臥床不起，竇娥去祠堂祈求婆婆早日痊癒。張驢兒見祠堂空無他人，上前調戲，遭到竇娥拒絕。反抗之際

〔註11〕 《金鎖記》的作者，《曲品》著錄葉憲祖撰，《南詞新譜》卷首「古今入譜詞曲傳劇總目」，別題袁于令作。或葉氏初稿，後由其門人袁于令改定，《重訂曲海目》、《今樂考證》、《曲錄》均列於袁氏名下。李修生等國內學者將《金鎖記》作者認定爲葉憲祖，而李復波等學者則持作者當爲袁于令之說。分別參見：李修生主編，古本戲曲劇目提要，〔M〕，北京：文化藝術出版社，1997，298；（明）袁于令撰，李復波點校，金鎖記·前言，〔M〕，北京：中華書局，2000，2～3，筆者這裏依從作者乃袁于令之說。

竇娥將金鎖遺失於地,被張驢兒拾得。張驢兒爲霸佔竇娥,從賽盧醫處購來毒藥欲除掉蔡婆。蔡婆想喝羊羹,張驢兒趁機在湯內投毒。蔡婆因腸胃不適無法吞咽,口讒的張母食之而斃。張驢兒要挾竇娥嫁給自己,竇娥堅決不從。於是張驢兒向官府狀告竇娥毒死其母,知縣胡圖偏聽偏信張驢兒一面之詞,將竇娥屈打成招,問成死罪。玉帝深知竇娥含冤,行刑之日特遣主風之封姨和主雪之青腰玉女颺風下雪,以阻其刑。提刑官見暑天降雪,感知犯人必有冤情,遂將竇娥帶回收監。入京中舉而授職兩淮廉訪使、隨處審囚刷卷的竇天章恰巧行至山陽,見天降災異,重審竇娥卷宗。因鞍馬勞頓,竇天章伏案而眠。夢中見亡妻柏氏顯形,告知囚犯竇娥即其親女瑞雲,並提示破案物證金鎖在賽盧醫處。竇天章立拘賽盧醫,勘明案情。竇娥獲釋,父女相認。天章將蔡婆養老,竇娥隨其官居。死囚張驢兒在獄中煽動眾犯越獄逃出,但途中遭雷劈死。賈遠在蔡昌宗溺死(其實未死)後赴京趕考中舉。三年後擔任考場主試官。此時昌宗與小龍女馮小娥姻緣已盡,由小娥直接送入考場,奪得榜首。昌宗回鄉省親路經黃河,碰巧回朝覆命的竇天章亦過黃河。龍女馮小娥使兩船相撞,由是蔡、竇兩家團聚,竇娥與昌宗始離終合。

作爲一部改編之作的明代傳奇,《金鎖記》較之其摹本的元代雜劇《竇娥冤》,在故事情節上有許多重大的增飾。諸如:其一,被毒死的是張驢兒之母而非其父。其二,增添上竇娥與蔡昌宗訂婚,蔡婆以金鎖爲聘禮的內容,此金鎖被竇娥不慎丟失於祠堂,爲張驢兒撿到,並在購買毒藥時爲封口而轉送給賽盧醫。此道具「金鎖」後來既成爲張驢兒誣陷竇娥殺人之罪證,也是竇天章破解竇娥冤案的一條重要線索。其三,蔡昌宗過河時船翻,被攝入龍宮而與小龍女成親,後來小龍女幫助他一舉奪魁,並成全其與竇娥的完婚。其四,張驢兒不但不伏法認罪,還越獄潛逃,並於逃亡途中被雷公劈死。其五,竇娥未被問斬而免於一死,乃因玉帝遣使之故,並最終以大團圓收場。我們這裏需要重點關注並探究的是,該劇上卷末齣即十八齣〈冤鞫〉,主要劇情爲山陽縣令胡圖審判張驢兒母親苟氏命案,竇娥在嚴刑逼供之下,尤其爲保護年老體弱的蔡婆免受刑法之苦,無奈地滿懷著怨憤畫供認罪,於是被衙役收監待斬。那麼竇娥是否將被押赴市曹行刑問斬,還是有幸遇到某位清官大人或者其他什麼貴人場面,及時相救而得以生還?⋯⋯其命運及其人生結局究竟如何,被劇作家留到下卷劇情中再「慢慢分說」了。以下茲摘引該齣〈冤鞫〉劇情末尾的人物對話爲例:

　　（旦）爺爺，不要拶我婆婆，待小婦人屈招了罷。（老旦）呀，媳婦，招不得的！（旦）咳，婆婆，你年老有病之人，怎經得拷打？待我招了，省得連累婆婆。爺爺，小婦人呵，買砒霜放入湯中，把張婆斷送殘年。（老旦）阿呀，冤枉喲！（丑）你婆婆必是同謀的，所以不吃湯，竟把張婆吃了，也該問罪。（旦）哎喲！爺爺，我婆婆年老之人，豈不知殺人利害？竇娥只因年幼無知，所以弄出此禍。婆婆情罪甚干連，一命拼將一命填。（丑）放了拶。（眾）領鈞旨，犯婦放拶。（丑）畫供。〔川撥棹〕（老旦、旦）遭刑獄，畫供時腸寸剪，更堪悲十指癰瘡。（老旦）媳婦，可再上去哭辯一番。（旦）既招成復難改言，縱悲號誰見憐，聽高呵魂半天。（眾）畫供畢。（丑）把竇娥上了枷杻，發在死囚牢裏。蔡婆、張驢兒，召保在外，聽候發落。吩咐掩門。（下）（老旦、旦各哭介）〔哭相思〕抱恨含冤歸黑地，想再見應難矣。（眾）犯婦收監。（旦哭下）（老旦哭介）不容情遂把牢門閉，教我痛煞煞獨自個還家裏。阿呀，媳婦兒喲！（下）
〔註12〕

　　清代朱素臣的《十五貫》（亦名《雙熊夢》）上卷，主要展現素不相識的兩對青年男女熊友蘭、熊友蕙兄弟和蘇戌娟、侯三姑，因爲偶然性的巧合而先後無辜罹禍的悲慘遭遇。劇中主角——清正廉明的蘇州太守況鍾在上卷最後一齣（第十三齣）出場，奉旨監斬之際察覺死囚身上可能含有冤情。劇作家在此對劇情的下一步發展予以了某種預敘：清官出現，有望破解冤情。果不其然，該劇下卷便有了況鍾夜訪都察院，請求重審二熊冤獄的爲民請命（第十六齣〈乞命〉）。況鍾巧扮算卦先生，對殺人眞凶婁阿鼠旁敲側擊的鬥智勘案（第十八齣〈廉訪〉）等劇情的深度推演，直至最終的冤情大白。而在李漁的《風箏誤》上卷末齣戲中，男主角韓世勳在「驚醜」事件之後，深思熟慮地推導出擇親「三不可」的經驗教訓。那麼這位書生一旦中舉得官，是否會遵循「三不准」原則去遴選「佳人」？賢淑才女詹淑娟是否將錯失與韓世勳的絕佳良緣？……這些預敘，無疑爲劇作下卷韓、詹愛情故事的喜劇式發展，埋下扣人心弦的戲劇懸念。

　　相比元雜劇一本四折的短小篇幅，明清傳奇因其幾十齣的長篇體制，爲傳奇作家使用「延敘」以製造戲劇懸念方面，提供了極其便利的施展空間。

〔註12〕　（明）袁于令撰，李復波點校，金鎖記，〔M〕，北京：中華書局，2000，42。

所以，利用幾齣甚至十幾齣之間的間隔來製造劇情發展、人物命運走向等得以抑制、延緩下來的「延敘」，在明清傳奇作品中可謂屢見不鮮！試以清代戲劇家李漁與唐英的兩部傳奇為例。

李漁的《意中緣》〈賺婚〉一齣戲中，黃天監替代是空和尚而與楊雲友在船上成親時，楊雲友見黃天監「貌既不揚，性又粗鄙」，全無才子氣質，而且藉故不與自己同床共眠，不禁心生疑惑，於是決定「改日試他一試」。那麼「改日」楊、黃兩人之間會發生怎樣的故事？這個「更改的日子」究竟到哪一天才是「最佳時機」呢？李漁在隨後的一齣戲中，賣關子似的沒有加以連貫性續寫，而是宕開一筆，把故事視角挪移至楊雲友父親以及江懷一、林天素等人身上，故意讓觀眾懸想一陣。林天素被劫掠至強盜山寨之後，李漁又沒有把林天素性命如何的結果直接告知觀眾（甚至沒有絲毫的暗示），而是接連花費三齣的篇幅，演述楊雲友悟詐除奸等事件，讓觀眾始終忐忑不安地為林天素吉凶難測的命運懸弔著。正是由於擅長使用「鄭五歇後」〔註13〕式的「延敘」，才誘使觀眾在觀賞李漁劇作時，「不觀則已，觀則欲罷不能；不聽則已，聽則求歸不得。」

唐英的《梁上眼》也是妙用「延敘」的頗具特色的一部傳奇佳作。該劇演述珠寶商蔡鳴鳳積攢下三百兩銀子，帶回崑山縣家中，不料被妻子朱薔薇夥同情夫鄭打雷殺害。朱氏轉而誣告老父朱茂卿貪財害婿。此案撲朔迷離，一時難住了知縣劉青。竊賊魏打算當初曾尾隨蔡氏返家，藏於屋梁伺機行竊，恰巧目睹兇殺始末。他離開蔡家後因犯夜被捕，在獄中巧遇朱茂卿，受其一飯之恩，心生不平匡惡之感，決定為老漢辯誣。於是在公堂出首，道出實情，幫助劉知縣斷案。劇情中最能引起觀眾濃厚觀賞興趣的「戲劇性」，便集中體現於第六齣〈堂證〉裏魏氏出庭作證的那一幕戲。出庭前，魏打算先把準備工作做足：叫衙役傳喚屠戶鄭打雷。在劉知縣調解原告朱薔薇、被告朱茂卿失敗後，看到人犯到齊，三件物證也早被取來，魏打算正式出首，開始向法庭陳述案情。饒有趣味的是，其陳述方式非常特別：沒有直陳其事，假託是講故事而姑且隱去其名，講得繪聲繪色，最後才一一指名道姓。整齣戲從魏

〔註13〕鄭五是唐代的一位詩人，性情為人幽默風趣，寫詩時酷愛化用歇後語。李漁在《閒情偶寄》「格局第六」中，以此典故為喻，提出類似於現代戲劇語境中的「懸念」的結構佈局及其敘事技法：「宜作鄭五歇後，令人揣摩下文，不知此事如何結果。」參見李漁，閒情偶寄，中國戲曲研究院編，中國古典戲曲論著集成（7），〔M〕，北京：中國戲劇出版社，1959，68。

氏出堂伊始，觀眾就急切期待著他指認朱薔薇爲眞凶，這種期待在劇作家筆下是借助劉知縣的一再催促而予以表達的。然而，魏氏應當盡早說出的關於兇殺內幕的陳述被其他一些人與事打攪岔開而再三拖延，眞相大白被放置到劇情的最後一刻，觀眾的欲知分曉的解迷心理被長久地牽引著。劇作家的匠心獨運在於，這種對人物陳述案情內幕的「延敘」，不僅爲了加強情節發展的戲劇性，鋪墊蓄勢以構設戲劇高潮；還在於有助於刻畫魏氏的性格特徵。魏氏的姓名「魏打算」乃當地方言「會打算」之諧音，意思是幹練而有心計。因此，魏氏慢條斯理的陳述方式，乃是其特定性格使然：他的作證有條不紊、滴水不漏，一切皆在其掌握之中。表面上他不過是知縣審訊時的一個重要證人，屬於配角，但實際上他儼然成了讓知縣聽從調度的主審官。劇作家使用「延敘」上的一箭雙雕，顯露出其高超的敘事技巧。

明清傳奇中對「幕後戲」的使用，一方面繼承了元代雜劇與南曲戲文主次有別、有的放矢、詳略得當的設置暗場的「幕後戲」傳統；另一方面，由於傳奇動輒幾十齣的長篇體制，給戲劇家提供更多可資利用的舞臺時空，獲得了爲元代雜劇家無法擁有的在敘事技巧上施展身手的遊刃有餘的便利條件。故此在繼承傳統之上，能夠以創新精神大膽嘗試，在某些或許被視爲無法正面直接表現的屬於編劇忌諱與「表演禁區」的題材內容，給觀眾一種耳目一新的獨特視聽享受。

體現傳統繼承性的成功使用「幕後戲」的明清傳奇作品很多，僅以清代戲劇家萬樹、李玉、洪昇的創作爲例。「幕後戲」爲傳奇家所習用的情形——舞臺上應當演出故事情節中最爲重要的、與戲劇衝突關係最爲密切的、最富於戲劇性的關目，中間雜事則適宜用敘述說明的方法一筆帶過。這既是元代戲劇家，也是明清傳奇家結構佈局、安排情節、精簡場面的創作要旨之一。例如萬樹的《風流棒》，演述書生荊瑞草與才女倪菊人、謝林風「一生二旦」的姻緣會合，穿插劣生童同綽撥亂其間、醜女賴能文以醜充美，劇情故事奇幻、情節發展曲折生動。充分顯露出劇作家善於使用「關目省略法」的特點——全劇共 26 齣，劇作家精選戲劇性最強的場面加以敷演，至於中間發展的來龍去脈，諸如謝林風題詩於壁，荊瑞草追謝未遇而返回杭州謁師，童生被俘逃歸等情節，皆隱去不寫，僅僅在敘述說明中簡略提及，可謂關目設置取捨得當，明場暗場安排巧妙。

李玉的《一捧雪》第二十一齣〈哭癍〉，演述雪豔殺賊自盡後，戚繼光贖

其屍首葬於西山，並捧得所謂莫公（其實是莫誠）首級，前往祭奠。這齣戲通過中軍官和元帥戚繼光上場的兩段賓白，交代出雪豔死後戚帥已經官復原職，從而可以毫無障礙地公開為其贖屍、安葬、設祭。因為雪豔死得貞烈，朝野欽敬，因此戚帥才得以如此大講排場、興師動眾，一班文士也趕來助祭，並準備「叩閣求旌」。這些情節在一些喜歡鋪敘的傳奇作家筆下，完全可以置於幕前作明場處理，而且傳奇的鴻篇巨製本身也為此提供了發揮的餘地。但李玉崇尚簡練的敘事原則，所以在雪豔刺殺賣主求榮的卑鄙奸徒湯勤以後，便緊接祭奠，把那些朝野欽敬的俗套禮儀，戚帥復職薊州總兵，以及買葬乞頭的事件一概省略掉，僅僅以幾句道白，把上述這些繁瑣過程作了簡明扼要的交代，既使情節背景清晰有序，又能緊密勾連前後劇情。李玉善於借助「幕後戲」處理題材、結構佈局、安排情節的高超敘事才能，由此可見一斑。洪昇的《長生殿》中，有兩處成功使用「幕後戲」。其一是在第十九齣〈絮閣〉。該齣戲演述楊貴妃風聞唐明皇復召梅妃並夜宿翠華西閣，不由妒火中燒，於次日凌晨打著燈籠，帶著宮女，徑直闖入西閣。一場兩妃爭寵的矛盾衝突不可避免地爆發了，其結果是醋意大發的楊貴妃獲得全勝。既然這齣戲寫的就是兩妃爭寵，但劇作家卻出人意料地將筆墨集中於楊貴妃這「一妃」身上，卻把衝突另一方的梅妃推到幕後，始終沒有出場亮相。其二是第二十四齣〈驚變〉。這齣戲演述唐明皇帝與楊貴妃於御花園中宴飲遊樂，頃刻貴妃已是酒醉。此時忽聞安祿山興兵叛亂、哥舒翰不敵而降，京都長安危在旦夕。明皇玄宗倉皇間聽從楊國忠奏請，擬速離宮出奔。醉酒的貴妃剛被侍從攙扶下場，便有鼓聲響起，隨即楊國忠匆匆登臺，驚慌失措地稟告：「安祿山起兵造反，殺過潼關」，「哥舒翰兵敗，已降賊了。」劇作家在劇情中，對於撼動唐王朝基業、促使其由盛而衰，並且直接決定了楊貴妃與唐明皇愛情發展走向與未來結局的那一場驚天動地的重大歷史事變——安史之亂，予以「幕後戲」的處理方式——即借助場上人物之口，三言兩語便迅疾地交代過去了。這樣處理，原因乃為劇作家主旨在於表現楊、李的情緣，世事變故不過是背景而已。所以洪昇以寥寥數筆便交代了劇情的大轉折——即男女主人公愛情生活由順境陡然跌入逆境甚至絕境之中，恰恰彰顯出其舉重若輕的大手筆，充分體現出中國藝術「虛實相生」之妙諦！

　　再來審視一下體現明清傳奇作家藝術創新性的使用「幕後戲」的情形。原本，諸如戰爭、死亡等題材是不太適合於在戲劇舞臺上予以直接呈現的，

因此以往的戲劇家往往對於反映此類題材的劇作，採取由人物講述的間接暗示的「幕後戲」處理方式。這一話題，筆者在「中國古典戲劇中的幕後戲」部分已有詳述。但儘管如此，倘若通覽一番清代戲劇大家李漁的傳奇劇作，我們能夠十分驚異地發現：李漁對於戰爭場面的處理，更多屬於打破常規地予以直接正面展示的「幕前戲」方式，從而明顯有別於元雜劇對於戰爭題材多以「暗場」處理的「幕後戲」模式。此特點從一個側面，典型透露出明清傳奇作家的某些藝術創新性。

李漁生於明清之際，親身經歷了明末動亂和清初鼎革，對於戰爭情景十分熟悉，因此戰爭場面幾乎成爲其每部劇作必有的戲劇情節基本構件。當然寫很多戰爭場面，需要儘量避免雷同。李漁在洞察現實的基礎上，充分大膽發揮藝術想像力，描繪出多種多樣、形態各異的戰爭場景。諸如《風箏誤》中，「掀天大王」起兵時用猛象作戰，詹烈侯與韓世勳則借助「神獅」、「蠻征」，展開了一場「中國所少的」的獅象大戰。《意中緣》中有鎮海大將軍的「救美戰」，此即爲救才女林天素，將「斷八閩咽喉，爲一方之殘賊」的建寧草寇一舉殲滅。《蜃中樓》中則有錢塘君與涇河龍之間的「龍神大戰」，其間有電母、火將、水兵甚至魚、蝦、蟹等相繼參戰，一時間雷電交加、水火並進，堪稱戰場上罕見之奇觀。《奈何天》中還出現女子帶兵造反，驚擾國朝大臣，甚至於四處劫掠俊男，以充當「壓寨官人」，實乃軍中奇聞。《比目魚》中有「山大王」以虎、熊、象等爲兵，展開了一場「猛獸戰」。《玉搔頭》中不僅內有太監謀反，而且外有藩王「弄兵」，以「鐵騎三千，精兵兩萬」、「艨艟千艘」，氣勢洶洶地與朝廷展開「水陸大戰」。《巧團圓》中描寫了波及大半個中國、給明王朝帶來滅頂之災的農民起義，並以此作爲全劇背景，爲觀眾演繹了一個悲歡離合的故事。各種光怪陸離的戰爭場面的設置與呈現，不僅使李漁喜劇在纏綿之情中平添雄壯熱鬧的鼓聲號角，避免了舞臺場面的沉悶單調，而且還能令觀眾耳目一新、備感稀奇，大大增強觀眾的觀賞興趣。

結　語

　　筆者在「引論」部分，首先對中西方敘事學理論進行一番追根溯源，闡述了戲劇藝術兼容「代言體」與「敘述體」等多種因素的綜合性特徵，強調戲劇藝術並非只有「代言體」，敘述體亦爲其不可或缺的重要組成部分。借助對元雜劇與古希臘戲劇文本體制的解析，具體考察與辨析了中西古典戲劇藝術中實際存在的敘述體及其敘事性的特徵。通過梳理戲劇敘事學理論的發展歷史，指出已有一些學者關注戲劇領域敘事問題，並且進行了卓有成效的的研究，比如郭英德、劉彥君、蘇永旭等學者關於中國戲曲敘事性、早期東西方戲劇敘事的相近特性、戲劇敘事學等問題的一系列論文，周寧、陳建森、董上德等學者探究諸如戲劇話語模式、元雜劇演述形態、戲曲與小說敘事共通性等問題的一些論著。但總體說來，上述學者的研究對戲劇敘事藝術的整體性把握成就斐然，令人欽佩；對戲劇敘事藝術中更爲具體細化的敘事技巧問題則涉及較少。筆者對戲劇敘事藝術，尤其是其中的敘事技巧問題一直很感興趣。眾所週知，敘事學試圖探究和解決的核心問題，不在於「作品說了什麼（即故事內容的要素）」，而在於「作品怎樣說（即鋪敘故事的形式要素）」。從本質而言，敘事並非故事的一種靜態的呈現和反映過程，而是故事的講述者通過故事文本而與故事的接受者之間形成的一種動態的雙向交流過程。必須依賴某種媒介作爲載體，借助某些敘事技巧，才能實現故事的敘述和傳播這一敘事目的及其敘事效果。因此單就戲劇範疇來講，敘事技巧作爲鋪敘故事的形式因素，對於戲劇藝術而言具有不可或缺的重要作用。以往有些學者對敘事技巧有所關注，但多限於對個別作家作品的零散化探究，針對中國古典戲劇敘事技巧進行的專題性研究尚爲缺乏。假如我們換取一種更爲宏闊的

學術視野予以觀瞻，儘管古今中外的敘事文學具有不同的文化淵源與表現形式，但許多結構技巧卻是相通的，這爲中外敘事學的相互促進和相互溝通提供了一種平臺，有利於中國敘事學研究與國際敘事學研究的逐步接軌。中國戲劇藝術與西方戲劇藝術之間在敘事技巧方面，具有一定的相通性。以西方戲劇藝術爲參照去觀照與探究中國戲劇藝術，不但很有意義，而且還是必不可缺的一項研究工作。

有鑒於此，筆者嘗試借鑒、吸納敘事學與戲劇敘事學的相關研究成果，運用比較研究的方法，注重整體把握之宏觀研究與文本解讀之微觀研究兩者的有機結合，遴選以元雜劇、明清傳奇爲代表的中國古典戲劇爲研究對象，以古希臘戲劇、莎士比亞與莫里哀等所代表的西方古典戲劇爲參照，從「停敘」、「戲中戲」、「幕後戲」、「預敘」與「延敘」、「發現」與「突轉」、「巧合」與「誤會」等幾種敘事技巧切入，以解讀大量中西方古典戲劇文本爲依據，就中國古典戲劇藝術中的敘事技巧問題，展開深入細緻的專題性探究。

縱觀古今中外劇壇，哪一位富有藝術追求且心繫觀眾的戲劇家，不曾爲如何演述戲劇中的故事而煞費苦心呢？無論誰創作戲劇，總是無法脫離、規避對一個或多個故事的演述——就在某時、某地、某人（或某些人）身上，發生了某一（或某些）事件！敘事對於戲劇何其重要，而承載並完成這一敘事重任的主要「角色」，便是多種多樣的敘事技巧。這是戲劇家們之所以必須依賴並使用敘事技巧的根本緣由。如果說兩種不同體系的中西方戲劇藝術，在題材上的相同可能帶有很大的巧合、暗合的偶然性因素，那麼在戲劇敘事技巧方面的相似甚至類同（儘管可能在名稱術語上未必相同與一致），則絕非純粹的偶然性所致。中西方古典戲劇家們在使用許多敘事技巧上的不謀而合，揭示出的正是某些具有普遍性的戲劇創作規律。而大量運用某些敘事技巧的成功劇作，無疑是在向人們彰顯這些技巧乃屬於契合戲劇敘事規律的行之有效的寶貴經驗，是促使戲劇藝術從稚嫩走向成熟的關鍵因素，體現出中西古典戲劇家在戲劇敘事學領域的可貴探索與重要實績。

需要稍加說明的是，筆者努力探究的各種敘事技巧，它們之間其實並非彼此隔絕、各行其道的，而往往具有一定的內在關聯。比如「發現」與「突轉」、「巧合」與「誤會」之間，多構成某種因果性聯繫（即因「發現」而引致「突轉」、由「巧合」而衍生「誤會」）；「戲中戲」與「幕後戲」、「預敘」與「延敘」之間，則能夠形成相當緊密的某種邏輯性聯繫：「戲中戲」與「幕

後戲」，屬於對舞臺空間截然不同的兩種處理方式——「戲中戲」充分利用舞臺空間並直接通過舞臺空間予以展示；「幕後戲」則有意隱遁於舞臺空間之外，僅僅借助劇中人物的敘述予以間接暗示。因此，從「幕後戲」與「戲中戲」的對立角度而論，我們不妨可以將「幕後戲」稱爲「戲外戲」；「預敘」與「延敘」，則屬於對舞臺時間判然有別的兩種處理方式——「預敘」是對未來某一時間內即將發生事件的有意預先披露，「延敘」則是對未來某一時間內可能發生的事件的阻隔與延遲。換言之，「預敘」在時間上比較「超前」，而「延敘」在時間上卻相當「滯後」。假如再從虛擬性與逼眞性（即寫實性）的戲劇表演視角來看，「幕後戲」主要體現出虛擬性的特徵——即借助人物的敘述而間接暗示，對於觀眾而言乃是雖可以聽到卻無法直觀的虛擬性的事物（如某些人物、事件、場景等等）；而包括「停敘」、「戲中戲」、「預敘」與「延敘」、「發現」與「突轉」、「巧合」與「誤會」等在內的幾種敘事技巧，則主要體現出逼眞性（即寫實性）的特徵——它們涉及的是需要呈現於舞臺之上的直接展示的劇情內容，而且往往也正是吸引觀眾觀賞興趣的最具有「戲劇性」的那些人物動作、事件、場景等的「當場」搬演。有鑑於此，從相當於「幕後戲」之反面的另一層角度而論，我們不妨又可以將這些敘事技巧統稱爲「幕前戲」。所以，運用這些敘事技巧的背後，其實正是戲劇家對於舞臺時空的靈活駕馭和對於戲劇表演虛實原則的適度調控。

　　敘事技巧是創作主體把握主客觀世界的獨特方式與手段，體現了作家以及批評家對於藝術創作之特殊技藝與特定能力的掌控與駕馭。每一種敘事技巧的形成，都是其所處時代和地域文化特徵的反映。如果從中西方對照的視角而論，西方戲劇敘事技巧相關理論具有邏輯思維的嚴謹性特徵，而中國古典戲劇理論中涉及敘事技巧相關闡釋，則獨具中國古代形象思維的發散性特徵，亦即大多屬於具象性的體悟，感性色彩頗強，涵蓋話題的容量伸縮性很大，相比之下缺乏邏輯的嚴密性，科學性與實證性相對較爲薄弱甚至明顯不足。因此，筆者儘量使用現代戲劇語境中更爲常用、便於中西戲劇理論範疇融通接軌的術語，諸如「發現」、「突轉」、「預敘」、「巧合」「誤會」等等。

　　收尾之際尚需說明的一點是，戲劇敘事技巧多種多樣，在諸如元雜劇、明清傳奇與古希臘戲劇、莎士比亞戲劇等中西方古典戲劇中，其所實際運用到的敘事技巧，肯定遠不止限於筆者所涉及的這幾種。加之筆者學識所限，實事求是地說，筆者在此針對中國古典戲劇敘事技巧的一番探究，充其量只

能算是一種初步的嘗試而已，更爲深入而全面的相關研究則有待日後的繼續努力了。有鑒於此，筆者誠懇地期望，能夠得到方家學者及廣大讀者的不吝指教！

參考文獻

一、參考書目

1. 《敘事話語・新敘事話語》，熱奈特著，中國社會科學出版社 1990 年。

2. 《敘事虛構作品》，里蒙・凱南著，中國社會科學出版社 1991 年。

3. 《中國敘事學》，楊義著，人民出版社 1997 年。

4. 《敘事學導論》，羅綱著，雲南人民出版社 1994 年。

5. 《敘事學與小說文體學研究》，申丹著，北京大學出版社 2001 年。

6. 《英美小說敘事理論研究》，申丹、韓加明等著，北京大學出版社 2005 年。

7. 《講故事的奧秘——文學敘述論》，傅修延著，百花洲文藝出版社 1993 年。

8. 《先秦敘事研究：關於中國敘事傳統的形成》，傅修延著，東方出版社 1999 年。

9. 《苦惱的敘述者：中國小說的敘述形式與中國文化》，趙毅衡著，北京十月文藝出版社 1993 年。

10. 《當說者被說的時候——比較敘述學導論》，趙毅衡著，中國人民大學出版社 1998 年。

11. 《中國古代小說敘事研究》，王平著，河北人民出版社 2001 年。

12. 《話本小說敘事研究》，羅小東著，學苑出版社 2002 年。

13. 《中國小說敘事模式的轉變》，陳平原著，上海人民出版社 1988 年。

14. 《元雜劇演述形態研究》，陳建森著，南方出版社 1999 年。

15. 《古代戲曲小說敘事研究》，董上德著，廣東高等教育出版社 2007 年。

16. 《印象：東方戲劇敘事》，孟昭毅等著，崑崙出版社 2006 年。

17. 《敘事學的中國之路：全國首屆敘事學學術研討會論文集》，祖國頌等主編，中國社會科學出版社 2006 年。

18. 《元明家庭家族敘事文學研究》，王建科著，中國社會科學出版社 2004 年。

19. 《編劇理論與技巧》，顧仲彝著，中國戲劇出版社 1981 年。

20. 《古典戲曲編劇六論》，顧仲彝著，中國戲劇出版社 1986 年。

21. 《戲曲編劇技巧淺論》，范鈞宏著，中國戲劇出版社 1984 年。

22. 《戲曲編劇論集》，范鈞宏著，上海文藝出版社 1982 年。

23. 《戲劇手法例話》，謝成功、梁志勇著，上海文藝出版社 1987 年。

24. 《中國古典編劇理論資料彙輯》，秦學人、侯作卿編著，中國戲劇出版社 1984 年。

25. 《中國古代編劇理論初探》，陳衍編著，湖北人民出版社 1984 年。

26. 《中國歷代劇論選注》，陳多、葉長海編著，湖南文藝出版社 1987 年。

27. 《中國古代劇作學史》，陳竹著，武漢出版社 1999 年。

28. 《古代戲曲創作理論與批評》，劉奇玉著，中國社會科學出版社 2010 年。

29. 《元雜劇作法論》，黃士吉著，青海人民出版社 1983 年。

30. 《宋元戲曲史》，王國維撰，葉長海導讀，上海古籍出版社 1998 年。

31. 《王國維戲曲論文集》，王國維著，中國戲劇出版社 1984 年。

32. 《中國近世戲曲史》，（日本）青木正兒著，王吉廬譯，臺灣商務印書館 1967 年。

33. 《中國古典戲曲論著集成》，中國戲曲研究院編，中國戲劇出版社 1959 年。

34. 《中國戲曲觀眾學》，趙山林著，華東師範大學出版社 1990 年。

35. 《中國古典戲劇理論史》，譚帆、陸煒著，華東師範大學出版社 2005 年。

36. 《古典戲曲美學資料集》，隗芾、吳毓華編，文化藝術出版社 1992 年。

37. 《戲曲詞語彙釋》，陸澹安著，上海錦繡文章出版社 2009 年。

38. 《中國古典戲曲概念範疇研究》，趙建偉主編，文化藝術出版社 2010 年。

39. 《戲曲本質論》，呂效平著，南京大學出版社 2003 年。

40. 《戲劇本質新論》，吳戈著，雲南大學出版社 2001 年。

41. 《元雜劇史》，李修生著，江蘇古籍出版社 2002 年。

42. 《元雜劇研究概述》，寧宗一、陸林、田桂民編著，天津教育出版社 1987 年。

43. 《元雜劇研究》，吳國欽、李靜、張筱梅編，湖北教育出版社 2003 年。

44. 《錄鬼簿》，鍾嗣成著，臺北洪氏出版社 1982 年。

45. 《元曲選》（八冊），臧晉叔編，王學奇校注，河北教育出版社 1994 年。

46. 《元曲選外編》（1～3 冊），隋樹森編，中華書局 1967 年。

47. 《全元戲曲》，王季思主編，人民文學出版社 1999 年。

48. 《關漢卿全集》，吳國欽校注，廣東高等教育出版社 1988 年。

49. 《關漢卿戲曲集》（上下冊），臺北里仁書局 1970 年。

50. 《笠翁十種曲》，李漁著，浙江古籍出版社 1982 年。

51. 《六十種曲》（明人傳奇六十種），毛晉編，臺北復興書局 1970 年。

52. 《明清傳奇戲曲文體研究》，郭英德著，商務印書館 2004 年。

53. 《金聖歎評西廂記》，陳德芳校點，四川文藝出版社 2000 年。

54. 《談藝錄》，錢鍾書著，中華書局 1984 年。。

55. 《說唱藝術簡史》，中國藝術研究院曲藝研究所編，文化藝術出版社 1988 年。

56. 《互通·因襲·衍化——宋元小說、講唱與戲曲關係研究》，范麗敏著，齊魯書社 2009 年。

57. 《古希臘神話與傳說》，斯威布編，楚圖南譯，人民文學出版社 1984 年。

58. 《荷馬史詩·伊利亞特》，陳中梅譯，中國戲劇出版社 2005 年。

59. 《荷馬史詩·奧德賽》，陳中梅譯，中國戲劇出版社 2005 年。

60. 《古希臘悲劇喜劇全集》，張竹明、王煥生譯，譯林出版社 2007 年。

61. 《羅念生全集》，〔希臘〕埃斯庫羅斯等著，羅念生譯，上海人民出版社 2004 年。

62. 《莎士比亞全集》，朱生豪等譯，人民文學出版社 1994 年。

63. 《莫里哀戲劇全集》，蕭熹光譯，文化藝術出版社 1999 年。

64. 《高乃依戲劇選》，張秋紅、馬振聘譯，吉林出版集團有限責任公司 2012 年。

65. 《歐洲戲劇文學史》，鄭傳寅、黃蓓編著，長江文藝出版社 2002 年。

66. 《西歐戲劇史》，廖可兌著，中國戲劇出版社 2002 年。

67. 《西方演劇史論稿》，吳光耀著，中國戲劇出版社 2002 年。

68. 《古希臘喜劇藝術》，〔英〕凱瑟琳·勒維著，傅正明譯，北京大學出版社 1988 年。

69. 《古希臘戲劇史》，〔蘇聯〕謝·伊·拉齊克著，俞久洪、臧傳真譯校，南開大學出版社 1988 年。

70. 《古希臘三大悲劇家研究》，陳洪文、水建馥編選，中國社會科學出版社 1986 年。

71. 《論古希臘戲劇》，羅念生著，中國戲劇出版社 1985 年。

72. 《祭壇與競技場——藝術王國裏的華夏與古希臘》，劉成林著，社會科學文獻出版社 2001 年。

73. 《西歐劇作研究》，廖可兌著，中國戲劇出版社 2003 年。

74. 《西方戲劇理論史》，周寧主編，廈門大學出版社 2008 年。

75. 《第四堵牆：戲劇的結構與解構》，孫惠柱著，上海書店出版社 2006 年。

76. 《戲劇結構》，〔蘇聯〕霍洛道夫著，李明琨等譯，華東師範大學出版社 1981 年。

77. 《論戲劇性》，譚霈生著，北京大學出版社 1981 年。

78. 《文藝對話錄》，柏拉圖著，朱光潛譯，人民文學出版社 1988 年。

79. 《柏拉圖詩學和藝術思想研究》，陳中梅譯，商務印書館 1999 年。

80. 《詩學·詩藝》，亞里士多德、賀拉斯著，羅念生、楊周翰譯，人民文學出版社 1962 年。

81. 《詩學》，亞里士多德著，陳中梅譯，商務印書館 1996 年。

82. 《詩的藝術》，布瓦洛著，任典譯，人民文學出版社 2009 年。

83. 《漢堡劇評》，萊辛著，上海譯文出版社 1981 年。

84. 《狄德羅美學論文選》，狄德羅著，艾珉等譯，人民文學出版社 1984 年。

85. 《西歐戲劇理論》，阿·尼柯爾著，中國戲劇出版社 1985 年。

86. 《外國現代劇作家論劇作》，外國文學研究資料叢刊編輯委員會編，中國社會科學出版社 1982 年。

87. 《西方文論關鍵詞》，趙一凡等主編，外語教學與研究出版社 2006 年。

88. 《戲劇技巧》，喬治·貝克著，余上沅譯，中國戲劇出版社 2004 年。

89. 《劇作法》，威廉·阿契爾著，中國戲劇出版社 1964 年。

90. 《戲劇與電影的劇作理論與技巧》，約翰·霍華德·勞遜著，中國電影出版社 1978 年。

91. 《戲劇理論與戲劇分析》，曼弗雷德·普菲斯特著，周靖波、李安定譯，北京廣播學院出版社 2004 年。

92. 《同源而異派：中國古代小說戲曲比較研究》，沈新林著，鳳凰出版社 2007 年。

93. 《中國古今戲劇史》，李萬鈞主編，廣東高等教育出版社 1997 年。

94. 《中西戲劇比較教程》，饒芃子主編，廣東高等教育出版社 1989 年。

95. 《中西戲劇比較論稿》，藍凡著，學林出版社 1992 年。

96. 《比較研究：古劇結構原理》，李曉著，中國戲劇出版社 1989 年。

97. 《比較戲劇學——中西戲劇話語模式研究》，周寧著，上海社會科學出版

社 1992 年。

98. 《中外劇詩比較通論》（上下），李強著，中國社會科學出版社 2006 年 9 月。

99. 《東西方戲劇進程》，劉彥君著，文化藝術出版社 1997 年。

100. 《東西方戲劇的對峙與解構》，廖奔著，上海辭書出版社 2007。

101. 《中外戲劇文化交流史》，李強著，人民音樂出版社 2002 年。

102. 《戲劇性戲劇與抒情性戲劇：中西戲劇比較研究》，何輝斌著，中國社會科學出版社 2004 年。

103. 《地球村中的戲劇互動：中西戲劇影響比較研究》，榮廣潤、姜萌萌、潘薇著，上海三聯書店 2007 年。

104. 《國外中國古典戲曲研究》，孫歌、陳燕谷、李逸津著，江蘇教育出版社 1999 年。

105. 《英語世界中中國古典文學之傳播》，黃鳴奮著，學林出版社 1997 年。

106. 《碰撞與融會：比較文學與中國古典文學》，周發祥、魏崇新編，外語教學與研究出版社 2006 年。

二、參考文章

1. 戲劇敘事學芻議——蘇永旭／河南教育學院學報 1997 年第 1 期。

2. 筆談戲劇敘事學研究——學報編輯部／河南教育學院學報 1998 年第 1 期。

3. 戲劇敘事學研究筆談——學報編輯部／河南教育學院學報 1999 年第 2 期。

4. 戲劇敘事學研究的五個重要的理論突破——蘇永旭／大舞臺 2003 年第 1 期。

5. 中國戲劇敘事學淵源考析——譚帆／華東師範大學學報 1990 年第 2 期。

6. 中國古典戲曲敘述論——王亞菲、朱黎明／藝術百家 2007 年第 6 期。

7. 中國古代小說戲曲中的分層敘述——宋常立／天津師範大學學報 2006 年第 5 期。

8. 論中國戲曲文學的敘述者——馬建華／文藝研究 2003 年第 4 期。

9. 古典戲曲敘事結構中的時空處理——韓軍／藝術百家 1999 年第 2 期。

10. 中國古代戲曲的敘述性特徵——韓麗霞／藝術百家 2000 年第 4 期。

11. 從元雜劇體制看中國戲曲顯在敘述模式的若干基本特性——韓麗霞／河南教育學院學報 1997 年第 2 期。

12. 元雜劇主唱人的變換原則——徐大軍／中華戲曲第 25 輯

13. 元雜劇演述體制中的說書人敘述質素——徐大軍／山東師範大學學報

2003 年第 1 期。

14. 元雜劇的演唱體制及其敘事學意義——陳維昭／戲劇藝術 2000 年第 3 期。

15. 試論關漢卿雜劇敘事的時空控制機制——韓麗霞／河南教育學院學報 1997 年第 4 期。

16. 古代戲曲程序化的敘事結構形式和格局——韓軍／齊魯學刊 1999 年第 4 期。

17. 簡論戲曲藝術的敘述性特徵及其對戲曲審美特徵之影響——陳友峰／戲曲藝術 2004 年第 4 期。

18. 中國古代曲論中的敘事結構論——丁淑梅／伊犁師範學院學報 2002 年第 2 期。

19. 中國古代戲曲的敘事時空——韓麗霞／藝術百家 2004 年第 2 期。

20. 戲劇時間藝術論——王志明／廣西師院學報 1998 年第 4 期。

21. 戲劇空間藝術簡論——王志明、黃日貴／廣西民族學院學報 1997 年第 1 期。

22. 時間和空間：戲劇的原型結構——胡志毅／戲劇 2002 年第 2 期。

23. 東方智慧：中國古典戲曲結構藝術論——鄭傳寅／戲劇 1999 年第 4 期。

24. 試論元雜劇賓白的敘事體特徵——孫吉民、楊秋紅／廊坊師範學院學報 2002 年第 2 期。

25. 論元雜劇敘事的抒情化特徵——張英／藝術百家 2006 年第 4 期。

26. 《西廂記》與元雜劇「一人主唱」體制問題——蔣星煜／藝術百家 2003 年第 1 期。

27. 論元雜劇「探子主唱「模式的表演本質——趙建坤／戲曲藝術 2003 年第 1 期。

28. 元雜劇「演述者」身份的轉換與「代言性演述干預」——陳建森／華南師範大學學報（社會科學版）2001 年第 6 期。

29. 民間敘事模式與古代戲劇——程薇／文學遺產 2000 年第 5 期。

30. 試論元雜劇的情節結構模式——韓麗霞／許昌師專學報 1998 年第 3 期。

31. 試論李漁戲曲改編的敘事策略——駱兵／藝術百家 2002 年第 2 期。

32. 多種藝術手段的巧妙結合：讀關漢卿雜劇偶得——曉魯／河北戲劇 1983 年第 2 期

33. 宋元南戲的顯在敘事策略——韓麗霞／河南教育學院學報 1999 年第 2 期。

34. 試論明清傳奇的顯在敘述特性和敘事策略——韓麗霞／河南教育學院學報 1998 年第 3 期。

35. 中國近代戲曲的敘述方式——韓麗霞／河南教育學院學報 2001 年第 2 期。

36. 中國敘事學的文化闡釋——楊義／廣東技術師範學院學報 2003 年第 3 期。

37. 論中國古典敘事學的嬗變——李劍平／淮陰師院學報 2000 年第 5 期。

38. 試論中國傳統敘事中的歷史敘述——何彬／鹽城師院學報 2001 年第 1 期。

39. 簡述神話以幻為真的敘事範型及古代志怪小說的敘事傳統——墨白／中國文學研究 1998 年第 1 期。

40. 傳統戲曲話語模式新論——何輝斌／藝術百家 2005 年第 4 期。

41. 敘事為本：李漁「賓白」新論——孫福軒／華中科技大學學報 2005 年第 4 期。

42. 李漁「結構第一」新論——孫福軒／戲劇藝術 2003 年第 6 期。

43. 禪官為傳奇藍本：論李漁小說戲曲的敘事技巧——郭英德／文學遺產 1996 年第 5 期。

44. 敘事性：古代小說與戲曲的雙向滲透——郭英德／文學遺產 1995 年第 1 期。

45. 淺析戲曲的「歌舞演故事」——于建剛／戲曲藝術 2001 年第 2 期。

46. 中國古典戲劇情節藝術的孤獨高峰：從歐洲傳統戲劇情節理論看《西廂記》——呂效平／文學遺產 2002 年第 6 期。

47. 元雜劇代言體敘事結構的形成——李日星／佛山科學技術學院學報 2003 年第 2 期。

48. 中國戲曲本體論質疑——錢久元／藝術百家 1999 年第 3 期。

49. 試論元雜劇的抒情詩本質——呂效平／戲劇藝術 1998 年第 6 期。

50. 論元雜劇的文體特點——董上德／戲劇藝術 1998 年第 3 期。

51. 戲曲「代言體」論——陳建森／文學評論 2002 年第 4 期。

52. 元雜劇科範的文學功能——賈學清／學術交流 2003 年第 7 期。

53. 元雜劇「折」的結構功能及其藝術淵源——李日星／中國文學研究 2003 年第 2 期。

54. 元雜劇「楔子」簡論——黎傳緒／江西社會科學 2003 年第 7 期。

55. 論戲劇的補敘藝術——田子馥／戲劇論叢 1982 年第 3 輯

56. 敘述與展示的合謀——葉志良／當代戲劇 2000 年第 4 期。

57. 敘述與時間——周霞／江西社會科學 2003 年第 4 期。

58. 場與流：關於戲劇的敘事性問題——張先／戲劇 2001 年第 2 期。

59. 試論戲劇中的敘事性因素──孫浩／戲劇 1998 年第 1 期。

60. 激變型的藝術與史傳式的藝術：中西戲劇的結構比較──何輝斌／戲劇藝術 2001 年第 4 期。

61. 中西戲劇的時空與劇場經驗──周寧／戲劇 1992 年第 3 期。

62. 中西戲劇所表現的時間意識──鄭傳寅／武漢大學學報 1993 年第 6 期。

63. 戲劇的「音律焦慮」與「時空焦慮」：從「湯沈之爭」和《熙德》之爭看中、歐戲劇的不同質──呂效平／文學評論 2002 年第 3 期。

64. 戲劇時間的敘事學分析──陳建娜／戲劇藝術 2003 年第 6 期。

65. 劇本‧表演‧劇場：中西戲劇文本觀比較──施旭升／藝術百家 1997 年第 1 期。

66. 莎士比亞悲劇與中國古典悲劇的結局比較──章子仁／浙江師大學報 1992 年第 4 期。

67. 比較文學視點下的莎士比亞與中國戲劇──李萬鈞／文學評論 1998 年第 3 期。

68. 中國古典悲劇與法國古典主義悲劇──董路／西北師範學院學報 1983 年第 3 期。

69. 人的神化與神的人化：元雜劇中的包公現象和古希臘戲劇中的神比較──章子仁/浙江師範大學學報（社會科學版）1994 年第 2 期。

70. 中西戲劇情節論之比較──張曉軍／解放軍外國語學院學報 2000 年第 6 期。

71. 敘事的還原與敘事的風格：關於中西文學敘事方式的比較──陳浩／文藝評論 1998 年第 2 期。

72. 紀實與紀虛：中西敘述學的兩大走向──王成軍／江西社會科學 2002 年第 4 期。

73. 尋求中西敘事理論的對話與溝通──吳文薇／安徽大學學報 2001 年第 2 期。

74. 文史哲：中西敘事的內在旨趣與知識眼界──余虹／外國文學評論 1997 年第 4 期。

75. 從敘述體向代言體過渡的幾種形態──黃竹三／藝術百家 1999 年第 4 期。

76. 論明清之際戲曲敘事的類型化──孫書磊／齊魯學刊 2004 年第 6 期。

77. 明清傳奇戲曲敘事結構的演化──郭英德／求是學刊 2004 年第 1 期。

78. 關於李笠翁的「結構第一」：戲曲編劇理論漫筆──一峰／戲劇 1997 年第 3 期。

79. 敘事中懸念的類型──黃曉紅／湘潭師範學院學報 2004 年第 6 期。

80. 懸念：戲劇結構的重要藝術手段——張生筠／牡丹江師院學報 1987 年第 2 期。

81. 中國古典小說的預敘敘事——吳建勤／江淮論壇 2004 年第 6 期。

82. 論話本小說中的預敘——伍雪平／河南科技學院學報 2005 年第 2 期。

83. 《左傳》之預言敘述模式——潘萬木、黃永林／華中師範大學學報 2004 年第 5 期。

84. 《史記》中的預敘及其敘事效果——劉衛華／渭南師範學院學報 2004 年第 1 期。

85. 論鬼魂與夢兆情節在關漢卿戲劇創作中的作用——林岊／首都師範大學學報 2004 年第 5 期。

86. 試論元雜劇中「夢境」的基本類型和藝術功用——田剛健／黑龍江社會科學 2007 年第 4 期。

87. 元雜劇的「背供」及其美學意蘊——陳建森／廣東農工商管理幹部學院學報 2000 年第 4 期。

88. 論敘事速度中的慢敘——趙炎秋、謝國求／中國文學研究 1997 年第 1 期。

89. 再論敘事速度中的慢敘：兼論熱奈特的慢敘觀——趙炎秋／文藝理論研究 2003 年第 4 期。

90. 論戲劇中的幕和場——程慰世、田洪英／齊魯藝苑 1993 年第 3 期。

91. 人物關係中的「突轉」、「發現」——徐聞鶯／新劇作 1981 年第 6 期。

92. 亞里士多德的《詩學》——余上沅／戲劇藝術 1983 年第 3 期。

93. 富有活力的催化劑：論「突轉」——李振遠／劇本 1985 年第 5 期。

94. 《西廂記‧賴婚》的「突轉」藝術——沈繼常／南通師專學報 1986 年第 2 期。

95. 論亞里士多德《詩學》中的古典敘事理論——李志雄／湘潭大學學報 2006 年第 6 期。

96. 人物的講述‧像詩人‧歌手：論荷馬史詩的不籲請敘事——陳中梅／外國文學評論 2003 年第 3 期。

97. 略論古希臘戲劇的宗教性——魏鳳蓮／齊魯學刊 2004 年第 1 期。

98. 古希臘悲劇中的技巧因素——羅曉帆／安徽新戲 1997 年第 6 期。

99. 論古希臘悲劇的敘事模式——李雲峰／河南教育學院學報 1997 年第 1 期。

100. 敘事學——申丹／外國文學 2003 年第 3 期。

101. 試論西方戲劇的潛在敘事——李雲峰／河南教育學院學報 1999 年第 3 期。

102. 西方戲劇的舞臺敘述——李雲峰／河南教育學院學報 2000 年第 1、3 期。

103. 亞里士多德的悲劇情節論——徐蕾／安徽師範大學學報 1999 年第 2 期。

104. 談中西敘事理論——劉謀、劉豔／徐州教育學院學報 2002 年第 3 期。

105. 情感高潮與情節高潮：中西戲劇高潮比較——楊文華／山西師範大學學報 1992 年第 1 期。

106. 意志決定情節與情同境轉：談中西戲劇的主觀精神與故事情節的關係——何輝斌／戲劇 2002 年第 2 期

107. 古希臘悲劇審美特徵漫筆——丁楊忠／劇本 1988 年第 12 期。

108. 《普羅米修斯》與《腓尼基婦女》——廖可兌／劇本 1979 年第 9 期。

109. 論古希臘悲劇藝術的和諧美性質——杜衛／戲劇文學 1988 年 5 期。

110. 希臘古劇的啓示——丁修詢／藝術百家 1998 年第 3 期。

111. 《詩學》論史詩與悲劇的異同——劉萍／安徽教育學院學報 1999 年第 3 期。

112. 《俄狄浦斯王》對亞里士多德悲劇理論的體現——唐玉芬／松遼學刊 1989 年第 3 期。

113. 此曲只應天上有：試論希臘悲劇中的歌隊——李兵／西南民族大學學報 2003 年第 6 期。

114. 與神靈相通的族類：再論希臘悲劇中的歌隊——李兵／西南民族大學學報 2004 年第 2 期。

115. 從《俄狄浦斯王》看古希臘悲劇中歌隊的抒情功能——孫吉民、楊秋紅、詹愛軍／河北科技師範學院學報 2004 年第 3 期。

116. 阿里斯托芬喜劇評介——羅念生／河北師院學報 1989 年第 1 期。

117. 「三一律」的產生及發展——夏彤／理論界 2005 年第 9 期。

118. 鬼魂與預言：關漢卿與莎士比亞比較研究之一——沈鴻鑫／齊魯藝苑 1994 年第 4 期。

119. 鐐銬下的美麗：論三一律的美學意義——盧普玲、楊正和／南昌大學學報 2004 年第 6 期。

120. 試論表現主義戲劇反戲劇式的意象性敘述方式和敘述手段——蘇永旭//河南教育學院學報 1998 年第 3 期。

121. 古典主義戲劇敘事話語模式的特殊意義——李雲峰／河南教育學院學報 1998 年第 2 期。

122. 試論法國古典戲劇中的顯在敘事——楊國政／河南教育學院學報 1998 年第 1 期。

123. 歐洲兩種戲劇文本形態之比較——朱偉華／戲劇藝術 2004 年第 2 期。

附　錄

表一：古希臘戲劇運用「三一律」情況統計表

　　爲辨析古希臘戲劇與「三一律」之間的關係，以作爲「引論」部分相關內容之佐證，筆者特地創編此統計表。從此統計表中我們不難見出：古希臘悲劇基本遵循並較好地體現出「情節整一律」的特點；雖然不像中國古典戲劇因與「三一律」無涉而具有時空上極大的靈活自由性，但同樣並無限於一天（或二十四小時）內的所謂「時間整一律」，與始終固定於某一處地點或場所的所謂「地點整一律」的約束。樣本來源：《古希臘悲劇喜劇全集》，張竹明、王煥生譯，譯林出版社 2007 年版。

劇目/作者	戲劇結構	情節（事件）	時間	地點
《乞援人》（埃斯庫羅斯）	一進場歌 二第一場 三第一悲歌 四第一合唱歌 五第二場 六第二悲歌 七第二合唱歌 八第三場 九退場	埃及國王達那奧斯女兒們爲躲避逼婚，逃至阿爾戈斯乞援，獲得國王佩拉斯戈斯及公民民主表決獲得庇護。	史前時期時間未確指，從劇情看事件發生與持續時間緊湊，不應太長	阿爾戈斯海邊，岸邊有阿波羅等神像，神像前有一祭壇（地點始終未變）
《波斯人》（埃斯庫羅斯	一進場 二第一場 三第一合唱歌	薩拉米斯戰役中入侵者波斯軍隊慘敗而歸。劇情	公元前 480 年薩拉米斯戰役後	波斯都城蘇薩王宮前，王宮附近有一座波斯

	四第二場 五第二合唱歌 六第三場 七第三合唱歌 八退場	主要是作爲逃兵的報信人向波斯王太后及長老稟報慘敗戰況。	時間未確指，從劇情看稟報慘敗事件不會時間太長	前國王大流士墳墓 （地點始終未變）
《普羅米修斯》 （埃斯庫羅斯）	一開場 二進場歌 三第一場 四第一合唱歌 五第二場 六第二合唱歌 七第三場 八第三合唱歌 九退場	普羅米修斯因盜取天火給人類，被宙斯派威力神、暴力神和匠神綁縛高加索山崖受懲，最終被打入地獄。	神話時代時間未確指，從劇情事件本身諸如被綁、伊奧對話、河神與神使先後勸誘看，時間不會太長	高加索山崖 （地點始終未變）
《七將攻忒拜》 （埃斯庫羅斯）	一開場 二進場歌 三第一場 四第一悲歌 五第一合唱歌 六第二場 七第二悲歌 八第二合唱歌 九第三場 十第三合唱歌 十一第三悲歌 十二退場	阿爾戈斯七位將領攻打忒拜的故事。	史前時期時間未確指，從劇情中事件看時間不會太長	忒拜衛城廣場，廣場立有眾神雕像和祭壇 （地點始終未變）
《阿伽門農》 （埃斯庫羅斯）	一開場 二進場歌 三第一場 四第一合唱歌 五第二場 六第二合唱歌 七第三場 八第三合唱歌 九第四場 十抒情歌 十一第五場 十二哀歌 十三退場	希臘聯軍統帥阿伽門農凱旋當日，被妻子謀殺於浴缸的故事。	英雄時代時間未確指，但劇情事件即謀殺本身涉及的時間不會太長	阿爾戈斯阿伽門農宮殿前，空場上設有神像和祭壇 （地點未變，但有一定靈活性）

《奠酒人》（埃斯庫羅斯）	一開場 二進場歌 三第一場 四哀歌 五第一合唱歌 六第二場 七第二合唱歌 八第三場 九第三合唱歌 十退場	俄瑞斯特斯為父親阿伽門農復仇而殺死母親及其姦夫埃吉斯托斯。	史前時期，《阿伽門農》劇情發生後的數年時間未確指，從俄來到王宮會合姐姐厄氏並成功殺母的核心事件本身涉及的時間不太長	阿爾戈斯阿伽門農墓前，遠處矗立著王宮（王宮可出入）（地點未有變化）
《報仇神》（埃斯庫羅斯）	一開場 二第一進場歌 三第一場 四第二場 五第二進場歌 六第一合唱歌 七第三場 八第二合唱歌 九第四場 十第一悲歌 十一第二悲歌 十二歡送曲	殺母后的俄瑞斯特斯被復仇女神追逐而從德爾斐逃全雅典，由雅典娜主持的公民大會審判而赦免無罪。	史前時期《奠酒人》劇後數年時間未確指，從劇情事件看時間不太長	（開場至第一場）：德爾斐阿波羅神廟前（可出入神廟）（第二場到最後）：雅典的雅典娜神廟前（地點有明顯改變）（德爾斐一雅典）
《俄狄浦斯王》（索福克勒斯）	一開場 二進場歌 三第一場 四第一合唱歌 五第二場 六第二合唱歌 七第三場 八第三合唱歌 九第四場 十第四合唱歌 十一退場	俄狄浦斯國王為消除瘟疫而調查兇手，真相大白後自行懲處。	英雄傳說時代時間未確指，從劇情事件即查凶看時間上不會太長	忒拜王宮前（宮殿可出入）（地點未有變化）
《俄狄浦斯在科洛諾斯》（索福克勒斯）	一開場 二進場歌 三第一場 四第一合唱歌	忒拜國王克瑞翁企圖將遭放逐的俄狄浦斯抓回國，得到雅典國	英雄傳說時代時間未確指從俄氏流落至科林斯並最終	雅典郊區科林斯聖林前（地點未有變化）

	五第二場 六第二合唱歌 七第三場 八第三合唱歌 九第四場 十第四合唱歌 十一退場	王提修斯庇護的俄在流落地科林斯平靜死去。	死去,其間有克氏欲抓和雅典王庇護等劇情事件看,時間不會發生太長久	
《安提戈涅》 (索福克勒斯)	一開場 二第一進場歌 三第一場 四第一合唱歌 五第二場 六第二進場歌 七第三場 八第二合唱歌 九第四場 十第四合唱歌 十一第五場 十二第五合唱歌 十三退場	俄狄浦斯女兒安提戈涅違抗克瑞翁禁令而葬兄,被抓捕並最終自殺。	英雄傳說時代時間未確指,從安氏違抗禁令被囚並自殺劇情看時間不太長	忒拜王宮前 (人物可出入) (地點未有變化)
《埃阿斯》 (索福克勒斯)	第一幕 一開場 二第一進場歌 三第一場 四第一合唱歌 五第二場 六第二進場歌 七第三場 第二幕 八後開場 九後進場歌 十第四場 十一第三合唱歌十二退場	希臘聯軍猛將埃阿斯憤激之下欲謀害阿伽門農和奧德修斯,在雅典娜干擾下未果(實際殺死的是一群羊),醒悟後悔過自殺。	特洛亞戰爭末期 從劇情事件所持續的過程看,時間不應太長	第一幕「開場」至「第三場」 特洛伊海岸埃阿斯營帳前 第二幕「後開場」到第四場 荒涼海岸一個偏僻處 (地點有明顯變化)

《厄勒克特拉》（索福克勒斯）	一開場 二進場歌 三第一場四第一合唱歌 五第二場六哀歌 七第三場八第二合唱歌 九第四場十第三合唱歌 十一退場	俄瑞斯特斯回到故鄉與姐姐會合，爲父復仇而殺死母親及其姦夫。	英雄傳說時代，特洛亞戰後 時間未確指，從俄前來與宮中姐姐埃會合而殺母及其姦夫的劇情事件看，時間不會太長	阿伽門農王宮前 （人物可出入） （地點未有變化）
《特拉基斯少女》（索福克勒斯）	一開場 二進場歌 三第一場 四第一合唱歌 五第二場 六第二合唱歌 七第三場 八第三合唱歌 九第四場 十第四合唱歌 十一退場	妻子得阿涅拉擔憂因侍妾伊奧勒而失去丈夫赫氏之愛，派送馬人涅蘇斯血液塗抹的襯袍，赫因此中毒身亡，妻子悔疚自盡。	英雄傳說時代 從劇情中妻子獲悉丈夫安然而派人送去沾染馬人血液衣物，到悔疚而自盡，事件發生的時間不會太長	特拉基斯赫拉克勒斯家 （地點未有變化）
《菲羅克忒忒斯》（索福克勒斯）	一開場 二進場歌 三第一場 四第一合唱歌 五第二場 六第一哀歌 七第三場 八第二哀歌 九退場	當年因蛇咬傷被遺棄利姆諾斯島的希臘將領菲羅克忒忒斯於戰爭第十年，被阿基琉斯兒子及赫拉克勒斯勸說返回軍中。	特洛亞戰爭第十年 從劇情奧德修斯讓阿基琉斯兒子涅奧普托勒摩斯出面，又由赫氏勸說菲氏同意返回希臘軍中的事件看，發生時間不太長	利姆諾斯島一處崖岸，附近有一山洞 （人物可出入山洞，主角隱居之所） （地點未有變化）
《伊菲革涅亞在奧利斯》（歐里庇得斯）	一開場 二進場歌 三第一場 四第一合唱歌 五第二場	希臘聯軍統帥阿伽門農爲遠征，以嫁給阿基琉斯爲由騙來女兒，欲作爲祭品宰殺獻神，最終女兒	特洛亞戰爭初期 從劇情看事件發生時間不太長	奧利斯海岸希臘軍營，阿伽門農營帳外（人物可以出入營帳） （地點未有變化）

	六第二合唱歌 七第三場 八第三合唱歌 九退場	伊被狩獵女神搭救。		
《俄瑞斯特斯》 （歐里庇得斯）	一開場 二進場歌 三第一場 四第一合唱歌 五第二場 六第二進場歌 七第三場 八第三合唱歌 九第四場 十第四合唱歌 十一第五場 十二第五合唱歌 十三退場	因殺母而瘋癲的俄瑞斯特斯，爲反抗公民死刑判決而與姐姐劫持海倫及女兒赫爾彌奧涅，最終阿波羅出面平息俄與墨涅拉俄斯的衝突。	特洛亞戰後若干年 從劇情開始於因殺母而瘋癲的俄瑞斯特斯，爲反抗公民死刑判決而與姐姐劫持海倫及女兒赫爾彌奧涅，到最終阿波羅出面平息俄與墨涅拉俄斯衝突，時間不長	阿爾戈斯王宮（人物可出入），開場奧在舞臺後方床上熟睡，爲王宮內景，「退場」里俄及劫持人質在王宮屋頂（地點未變，但有一定靈活性）
《赫卡柏》 （歐里庇得斯）	一、開場 二、進場歌 三、第一場 四、第一合唱歌 五、第二場 六、第二合唱歌 七、第三場 八、第三合唱歌 九、退場	特洛亞城池淪陷後王后赫卡柏及其子女慘遭宰割或淪落爲奴的遭際。	特洛亞戰爭結束時 從劇情涉及的王後赫卡柏及其子女被任意宰割的事件看，時間不會發射點太長	色雷斯的克爾尼西亞海岸，希臘兵營裏阿伽門農營帳前（人物可以出入營帳）（地點未有變化）
《伊昂》 （歐里庇得斯）	一、開場 二、進場歌 三、第一場 四、第一合唱歌 五、第二場 六、第二合唱歌 七、第三場 八、第三合唱歌 九、第四場 十、第四合唱歌 十一、退場	克瑞烏薩當年爲阿波羅所愛而將私生子遺棄，多年後因嫉妒而欲殺丈夫得到的兒子伊昂，最終憑對象認出伊昂是自己兒子，母子得以團圓。	神話傳說時代 從劇情涉及的母親克瑞烏薩與失散多年的兒子伊昂相認的團圓事件來看，時間發生的不太長	得爾斐的阿波羅神廟前院，廟前設有一個祭壇（地點未有變化）

《伊菲革涅亞在陶里克人中》（歐里庇得斯）	一、開場 二、進場歌 三、第一場 四、第一合唱歌 五、第二場 六、第二合唱歌 七、第三場 八、第三合唱歌 九、退場	因避難逃至陶里克的俄瑞斯特斯被抓，險些被身為女祭司的姐姐伊菲革涅亞當作祭品宰殺，最終姐弟相認並設計成功逃走。	特洛亞戰爭結束後若干年 從俄瑞斯特斯險些被伊菲革涅亞作為祭品宰殺，最終姐弟相認並成功逃走事件看，發生的時間不會太長	陶里克海邊狩獵女神 神廟前院（人物出入廟宇） （地點未有變化）
《海倫》（歐里庇得斯）	一、開場 二、進場歌 三、第一場 四、第一合唱歌 五、第二場 六、第二合唱歌 七、第三場 八、第三合唱歌 九、第四場 十、第四合唱歌 十一、退場	帕里斯拐走的是海倫幻影，由此引發戰爭。真正的海倫被神攝取到埃及，她與戰爭結束十年後流落到埃及的丈夫墨涅拉俄斯邂逅，設計成功逃離。	特洛亞戰後七年 從劇情海倫與流落至埃及的丈夫墨涅拉俄斯邂逅，設計擺脫埃及國王糾纏而成功逃離的事件而言，發生的時間不會太長	尼羅河口埃及王宮前，附近有埃及國王特奧克呂墨諾斯父親普羅透斯之墓。 （地點未有變化）
《赫拉克勒斯的兒女》（歐里庇得斯）	一、開場 二、進場歌 三、第一場 四、第一合唱歌 五、第二場 六、第二合唱歌 七、第三場 八、第三合唱歌 九、第四場 十、第四合唱歌 十一、退場	伊奧拉奧斯為避歐律斯透斯迫害，帶赫女兒瑪卡利亞等逃至雅典，得國王德摩豐庇護。伊奧拉奧斯參加雅典人抗擊阿爾戈斯人戰鬥並獲勝。	英雄傳說時代時間未確指，從劇情設計的事件來看，發生的時間不太長	馬拉松的宙斯神廟前院，院中立有大祭壇 （人物可以出入神廟） （地點未有變化）
《厄勒克特拉》（歐里庇得斯）	一、開場 二、進場歌 三、第一場 四、第一合唱歌 五、第二場 六、第二合唱歌 七、第三場	俄瑞斯特斯回到阿爾戈斯找到已婚配農夫的姐姐，設計合力殺母及姦夫埃吉斯托斯，完成替父親復仇重任。	特洛伊戰爭結束後若干年時間未確指，復仇事件應為當天，開場厄勒克特拉說：「昨夜我去到父親墳墓上」	阿爾戈斯邊境一所農舍前 （埃勒克特拉家，人物可出入農舍） （地點未有變化）

	八、第三合唱歌 九、退場			
《請願的婦女》 （歐里庇得斯）	一、開場 二、進場歌 三、第一場 四、第一合唱歌 五、第二場 六、第二合唱歌 七、第三場 八、第三合唱歌 九、第四場 十、第四合唱歌 十一、退場	阿爾戈斯七位陣亡將領的母親們攜子女以及侍女。向國王提修斯請願，要求安葬亡靈，最終獲准。	英雄傳說時代時間未確指，從劇情涉及的婦女請願到安葬陣亡七將士，事件發生的時間不會太長	埃琉西斯的得墨忒爾母女廟宇前，中央有祭壇 1、第4場隊伍走向火葬地 2、退場歐阿德涅站在丈夫火葬堆上方一塊懸岩上 （地點有明顯更換）
《瘋狂的赫拉克勒斯》 （歐里庇得斯）	一、開場 二、進場歌 三、第一場 四、第一合唱歌 五、第二場 六、第二合唱歌 七、第三場 八、第三合唱歌 九、退場	英雄大力士赫拉克勒斯陷入一時瘋癲而虐殺了妻兒，醒悟後勇敢自裁。	英雄傳說時代時間未確指，從劇情赫氏發瘋虐殺妻兒，醒悟後自裁事件看，發生時間不太長	忒拜王宮前，宮殿前有一座帶有臺階的宙斯祭壇 （地點未有改變）
《腓尼基婦女》 （歐里庇得斯）	一、開場 二、進場歌 三、第一場 四、第一合唱歌 五、第二場 六、第二合唱歌 七、第三場 八、第三合唱歌 九、第四場 十、第四合唱歌 十一、退場	俄狄浦斯兩個兒子血拼，母親前往欲加勸止，見到兒子兩敗俱亡後痛苦自盡，厄則被國王克瑞翁驅逐。	英雄傳說時代時間未確指從劇情兩子血拼、母親自盡，及俄遭克瑞翁驅逐事件看，發生時間不會太長	忒拜王宮前 （地點未有改變）
《美狄亞》 （歐里庇得斯）	一、開場 二、進場歌 三、第一場 四、第一合唱歌	美狄亞被丈夫遺棄、國王驅逐之下奮起抗爭，設計報復情敵、國	英雄傳說時代時間未確指，從劇情美狄亞在面臨丈夫遺	美狄亞住宅前（人物可出入）（地點未有改變）

	五、第二場 六、第二合唱歌 七、第三場 八、第三合唱歌 九、第四場 十、第四合唱歌 十一、第五場 十二、五合唱歌 十三、退場	王及丈夫，殺死兩個兒子而駕飛車逃離。	棄、國王驅逐絕境下復仇事件看，發生時間不太	
《希波呂托斯》 （歐里庇得斯）	一、開場 二、進場歌 三、第一場 四、第一合唱歌 五、第二場 六、第二合唱歌 七、第三場 八、第三合唱歌 九、退場	希波呂托斯被繼母暗戀，表白後遭到拒絕，以自殺製造蒙羞受辱的假象誣陷希挑逗繼母，這種報復導致希氏被父冤枉而屈死。	英雄傳說時代時間未確指，從劇情繼母向繼子示愛遭拒，以自盡施以誣陷報復，導致其蒙冤屈死事件看發生時間不會太長	特羅曾王宮前（人物可出入）（宮門可打開，展示王宮內景）（地點未有改變）
《瑞索斯》 （歐里庇得斯）	一、進場歌 二、第一場 三、第一合唱歌 四、第二場 五、第二合唱歌 六、第三場 七、第三合唱歌 八、第四場 九、第四合唱歌 十、退場	色雷斯國王瑞索斯馳援特洛伊，駐紮赫克托爾營帳附近，雅典娜吩咐希臘軍師奧德修斯當夜偷襲殺死他。	特洛伊戰爭期間 時間未確指，從劇情瑞索斯馳援特洛伊、被奧德修斯夜間偷襲而身亡時間看，發生時間不長	特洛伊人軍營中赫克托爾營帳前（人物可出入）（地點未有改變）
《特洛伊婦女》 （歐里庇得斯）	一、開場 二、進場歌 三、第一場 四、第一合唱歌 五、第二場 六、第二合唱歌 七、第三場 八、第三合唱歌 九、退場	戰後特洛伊婦女被希臘人宰割遭遇（集中寫海倫將被丈夫押回處死；王后赫卡柏孫被殺，為奴將遠離故土。	特洛亞戰爭結束後 時間未確指，從劇情王后赫卡柏及特洛伊婦女任由希臘人宰割事件看，發生的時間不太長	特洛伊城下希臘軍營（人物可出入營帳）（地點未有改變）

《獨目巨人》 （歐里庇得斯）	一、開場 二、進場歌 三、第一場 四、第一合唱歌 五、第二場 六、第二合唱歌 七、第三場 八、第三合唱歌 九、退場	奧德修斯在戰爭結束後返鄉途中流落至西西里島，被巨人囚禁山洞，最終設計燒瞎巨人眼睛而成功逃離。	特戰結束後數年 時間未確指，從劇情奧流落被巨人抓進山洞，設計燒瞎巨人眼睛逃脫事件看，發生時間不長	西西里埃特納山腳一個岩洞外（人物可出入山洞） （地點未有改變）
《酒神的伴侶》 （歐里庇得斯）	一、開場 二、進場歌 三、第一場 四、第一合唱歌 五、第二場 六、第二合唱歌 七、第三場 八、第三合唱歌 九、第四場 十、第四合唱歌 十一、第五場 十二、抒情歌 十三、退場	酒神借助化裝成外邦人士，遭受監禁令其對不敬奉他的人們施以報復性的懲罰，最終贏得人們的俯首稱臣。	英雄傳說時代 時間未確指，從劇情化裝外邦人士的酒神遭監禁，對不敬酒神的人們施以懲罰性報復，令信徒臣服的事件來看，發生的時間不會太長	忒拜王宮前，旁邊有塞墨勒之墓（人物可出入，酒神甚至可出現於屋頂） （地點未有改變）
《安德洛瑪刻》 （歐里庇得斯）	一、開場 二、進場歌 三、第一場 四、第一合唱歌 五、第二場 六、第二合唱歌 七、第三場 八、第三合唱歌 九、第四場 十、第四合唱歌 十一、退場	安淪爲涅奧普托勒摩斯之妾，涅妻赫爾彌奧涅嫉妒欲害安。涅父欲殺安母子未果。涅妻與奧瑞斯特斯逃走，奧借得爾斐人力量在神廟裏殺死涅。	特戰結束後時間未確指，從劇情奧瑞帶走涅妻，涅奧遭遇謀殺，佩琉斯節哀葬孫事件來看，發生時間不會很長	特薩利亞的佛提斯，涅奧普托勒摩斯王宮旁，忒提斯廟裏（廟裏有一帶臺階祭壇，祭壇乃安氏避難處） （地點未有改變）
《阿爾克斯提斯》 （歐里庇得斯）	一、開場 二、進場歌 三、第一場 四、第一合唱歌	國王阿德墨托斯尋代死者，唯妻子甘願，行爲感動赫拉克勒斯，	英雄傳說時代 從劇情死神催逼，阿氏痛苦死去、赫氏戰	斐賴城國王阿德墨托斯王宮前（人物可出入）

	五、第二場 六、第二合唱歌 七、第三場 八、第三合唱歌 九、退場	出面戰勝死神而救回阿氏，使其夫妻團圓。	勝死神救回陽間事件看，發生時間不長	（地點未有改變）
《阿卡奈人》 （阿里斯托芬）	一、開場 二、進場 三、第一場 四、第二場 五、第三場（對駁） 六、插曲 七、第四場 八、第一合唱歌 九、第五場 十、第二合唱歌 十一、第六場 十二、第三合唱歌 十三、退場	阿卡奈農民狄凱奧波利斯參加公民大會辯論，與主戰派拉馬科斯爭執，與斯巴達人單獨媾和，去自由市場買賣，高興而歸，而拉馬科斯吃了敗仗落荒而回。	時間未確示 從劇情涉及的諸事件看，有一定的時間過程，不應太短，難以一天或更短來判定	舞臺背景三所房子，中為狄家，左為歐家，右為拉家三所房子代表不同地點；前臺是雅典公民大會會場，開場時的會場轉為第四場的市場 （地點有明顯變化）
《騎士》 （阿里斯托芬）	一、開場 二、進場 三、第一場（第一次對駁） 四、第一插曲 五、第二場 六、第三場（第二次對駁） 七、第四場 八、第一合唱歌 九、第五場 十、第二合唱歌 十一、第六場 十二、第二插曲 十三、退場	由欺騙主人、壓迫僕人的管家克里昂暴露當權者的假民主嘴臉；代表人民化身的老邁主人德謨斯，被臘腸販置於鍋裏煮後而返老還童，歌頌民主政體。	時間未明確標示 從劇情涉及的諸事件看，有一定的時間過程，不應太短，難以一天或更短暫來判定	前臺散放一些石頭，代表雅典公民大會會場普倪克斯山崗；後臺中間有一所房子，為德謨斯家 （地點有明顯改變）

《雲》 （阿里斯托芬）	一、開場 二、進場 三、第一場 四、第一插曲 五、第二場 六、第三場（第一次對駁） 七、第二插曲 八、第四場 九、合唱歌 十、第五場 十一、第六場（第二次對駁） 十二、退場	以蘇格拉底訓導公民斯特瑞普西阿得斯父子如何爲抵賴債務找藉口爲事件，譏諷了詭辯派在對青年教育問題上搬弄口舌、誤人子弟的惡劣影響。	時間未確示從劇情涉及的諸事件看，有一定時間過程，不應太短，難以一天或更短暫來判定（大約應超過一天）	舞臺背景有兩所房子，左爲斯特瑞普西阿得斯家，右爲蘇格拉底的「思想所」 1、旋轉平臺展示斯住宅內景 2、「退場」斯爬屋頂，蘇氏 則從思想所窗戶內出現 （地點未有變化）
《馬蜂》 （阿里斯托芬）	一、開場 二、進場 三、第一場（對駁） 四、第二場 五、第一插曲 六、第三場 七、第二插曲 八、第四場 九、退場	抨擊克里昂之類鯨吞國家歲入、假借陪審和津貼等小恩小惠的貪官污吏。	時間有變化：從拂曉到天亮：開場「兩個奴隸在屋前守了一夜，天快亮了」，顯示時間爲拂曉。	舞臺布景雅典某街道，菲洛克里昂家，屋頂罩一張網，菲兒子躺於網上。（人物可出入房間，窗口能滑下人） （地點未變，但有一定靈活性）
《和平》 （阿里斯托芬）	一、開場 二、第一場 三、第二場 四、進場 五、第一插曲 六、第三場 七、第四場 八、第二插曲 九、第五場 十、第六場 十一、退場	人們合力救出被戰神囚禁於地牢的和平女神農民歡天喜地要回家種地，指望發戰爭財的武器商們垂頭喪氣。	時間未確示從劇情涉及的諸事件看，有一定的時間過程，不應太短，難以一天或更短來判定	舞臺布景農民特律蓋奧斯家外，家奴攪拌飼料，蜣螂關於戶外院內，院牆很高觀眾無法看見裏面 （地點未有變化）

《鳥》 (阿里斯托芬)	一、開場 二、進場 三、第一場 四、第二場（對駁） 五、第一插曲 六、第三場 七、第二插曲 八、第四場 九、合唱歌 十、第五場 十一、退場	雅典兩位公民厭棄訴訟成風、欺詐迷信盛行的城市生活，與鳥類構建出一個沒有剝削壓迫、沒有金錢財富之分的理想化社會。	時間有明確標示 「第二插曲」歌隊道出「今天城裏出一布告」，「第五場」佩答覆「正午剛過一會」。但劇情涉及事件與人物繁雜，確切時間仍難判定	舞臺布景爲：荒山中，背景裏有一棵樹和一石崖 （地點未有變化）
《蛙》 (阿里斯托芬)	一、開場 二、進場 三、第一場 四、第一場 五、第三場 六、插曲 七、第四場 八、第五場 九、第六場（對駁） 十、退場	批評歐里庇得斯的悲劇降低了悲劇的格調，描寫婦女的激情，鼓吹無神論思想，產生不良社會影響。	時間未有確指從劇情兩位悲劇家的辯論事件看，發生的時間不曾太長，但尚難判定是否在一天內？	1、「開場」舞臺背景赫拉克勒斯之廟 2、「第五場」換爲冥府殿內 （地點有明顯變化）
《呂西斯特拉特》 (阿里斯托芬)	一、開場 二、進場 三、第一場 四、第二場（對駁） 五、插曲 六、第三場 七、第四場 八、第五場 九、合唱歌 十、第六場 十一、退場	提洛同盟與伯羅奔尼撒同盟之間爆發的內戰爲背景，女主人公呂西斯特拉特動員全體希臘婦女，聯合起來強迫男人議和。	時間有確指「開場」標明「黎明時分」「退場」標明「一群閒漢手持火把，試圖闖入宴飲大廳」從劇情涉及事件看發生時間不長，或在當日內	1、「開場」舞臺背景：雅典，近處爲兩民房，呂在家門徘徊 2、「開場」後「進場」前舞臺提示：前臺雅典城門 3、「退場」換爲宴飲廳」 （地點有明顯改變）

《地母節婦女》（阿里斯托芬）	一、開場 二、進場（對駁） 三、插曲 四、第一場 五、舞歌 六、第二場 七、合唱歌 八、退場	歐里庇得斯風聞婦女們在地母節大會上聲討並將判其死刑，勸說朋友或家僕冒充女人去會場辯解，最終和解。	時間未有確指從劇情地母節大會聲討歐氏、歐氏派人混入會場申辯到和解事件看，發生時間難定一天內	開場布景：雅典街道有一房子爲阿伽同住宅；「進場」時更換爲地母廟（地點有明顯改變）
《公民大會婦女》（阿里斯托芬）	一、開場 二、進場 三、第一場 四、第二場 五、第三場（對駁） 六、第四場 七、第五場 八、退場	披露貧富分化現象，但認爲貧富之分屬一種社會必然。	時間有確指「淩晨到晚上」（當日） 1、「開場」「淩晨」 2、「退場」裏歌隊長說到「趕緊去吃晚飯」	開場布景：雅典街道上三所房子分屬布、赫、婦女乙家 第五場換爲：街道上兩棟住宅隔街相望（分屬女青年、老婦甲）（地點有明顯改變）
《財神》（阿里斯托芬）	一、開場 二、進場 三、第一場 四、第二場（對駁） 五、第三場 六、第四場 七、第五場 八、第六場 九、第七場 十、退場	劇作家爲好人受窮壞人發財深表憤慨，將財神喻爲一個瞎子。	時間有確指第三場提示「這是第二天，卡里昂從天醫廟回來，向歌隊報告好消息。」	雅典街道上克的家，「開場」舞臺說明爲：主僕從阿波羅神廟祭壇回來（地點未有變化）
《恨世者》（米南德）	第一幕 第二幕 第三幕 第四幕 第五幕	一位孤僻古怪的老人因意外落井被救，而改變離群索居的習慣，與家人和解，同意女兒的婚事。	開場第一幕標明「清晨」 從劇情看事件過程肯定不止一個清晨，但也不會有太長時間	雅典郊外一山麓下，克與繼子住房分立左右，中間一條通道通嚮背景山洞，洞內設潘神和眾女神祭壇，洞內有一口水井。（地點未變，但有一定靈活性）

表二：元雜劇主唱人情況統計表

　　為更清晰地辨析元雜劇中「一角主唱」及主唱人變換的特點，以作為「引論」中「元雜劇文本體制的敘事性」相關內容的佐證，筆者特地創編此元雜劇主唱人情況統計表。根據此表得出的統計結果為：現存完整傳世的 162 部元雜劇中，主唱人出現變換情形者有 75 部，占 46.3%。樣本來源：《全元戲曲》，王季思主編，人民文學出版社 1999 年版。對於多本數十折的長篇形制的《西廂記》與《西遊記》，為便於辨析而仍按每本四折來標示。

劇目//作者	位置	行當	角色	主唱者
《蝴蝶夢》 （關漢卿）	楔子	正旦	女主角	王母
	第一折	正旦	女主角	王母
	第二折	正旦	女主角	王母
	第三折	正旦、丑	女主角、男配角	王母、王三
	第四折	正旦	女主角	王母
《魯齋郎》 （關漢卿）	楔子	正末	男主角	張珪
	第一折	正末	男主角	張珪
	第二折	正末	男主角	張珪
	第三折	正末	男主角	張珪
	第四折	正末	男主角	張珪
《裴度還帶》 （關漢卿）	第一折	正末	男主角	裴度
	第二折	正末	男主角	裴度
	第三折	正末	男主角	裴度
	楔子	正末	男主角	裴度
	第四折	正末	男主角	裴度
《五侯宴》 （關漢卿）	楔子	正旦	女配角	李氏（王屠妻）
	第一折	正旦	女配角	李氏（王屠妻）
	第二折	正旦	女配角	李氏（王屠妻）
	第三折	正旦	女配角	李氏（王屠妻）
	第四折	正旦	女主角	劉夫人
	第五折	正旦	女配角	李氏（王屠妻）
《單鞭奪槊》 （關漢卿）	楔子	正末	男配角	李世民
	第一折	正末	男配角	李世民
	第二折	正末	男配角	李世民
	第三折	正末	男配角	李世民
	第四折	正末	男配角	探子

《竇娥冤》 （關漢卿）	楔子	沖末	男配角	竇天章
	第一折	正旦	女主角	竇娥
	第二折	正旦	女主角	竇娥
	第三折	正旦	女主角	竇娥
	第四折	魂旦	女主角	竇娥鬼魂
《單刀會》 （關漢卿）	第一折	正末	男配角	喬國老
	第二折	正末	男配角	司馬徽
	第三折	正末	男主角	關羽
	第四折	正末	男主角	關羽
《玉鏡臺》 （關漢卿）	第一折	正末	男主角	溫嶠
	第二折	正末	男主角	溫嶠
	第三折	正末	男主角	溫嶠
	第四折	正末	男主角	溫嶠
《西蜀夢》 （關漢卿）	第一折	正末	男配角	使臣
	第二折	正末	男配角	諸葛亮
	第三折	正末	男主角	張飛鬼魂
	第四折	正末	男主角	張飛鬼魂
《拜月亭》 （關漢卿）	楔子	正旦	女主角	王瑞蘭
	第一折	正旦	女主角	王瑞蘭
	第二折	正旦	女主角	王瑞蘭
	第三折	正旦	女主角	王瑞蘭
	第四折	正旦	女主角	王瑞蘭
《陳母教子》 （關漢卿）	楔子	正旦	女主角	陳母
	第一折	正旦	女主角	陳母
	第二折	正旦	女主角	陳母
	第三折	正旦	女主角	陳母
	第四折	正旦	女主角	陳母
《調風月》 （關漢卿）	第一折	正旦	女主角	燕燕
	第二折	正旦	女主角	燕燕
	第三折	正旦	女主角	燕燕
	第四折	正旦	女主角	燕燕
《救風塵》 （關漢卿）	第一折	正旦	女主角	趙盼兒
	第二折	正旦	女主角	趙盼兒
	第三折	正旦	女主角	趙盼兒
	第四折	正旦	女主角	趙盼兒

《哭存孝》 （關漢卿）	第一折 第二折 第三折 第四折	正旦 正旦 正旦 正旦	女主角 女主角 女配角 女主角	鄧夫人 鄧夫人 莽古歹 鄧夫人
《望江亭》 （關漢卿）	第一折 第二折 第三折 第四折	正旦 止旦 正旦 正旦	女主角 女主角 女主角 女主角	譚記兒 譚記兒 譚記兒 譚記兒
《金錢池》 （關漢卿）	楔子 第一折 第二折 第三折 第四折	正旦 正旦 正旦 正旦 正旦	女主角 女主角 女主角 女主角 女主角	杜蕊娘 杜蕊娘 杜蕊娘 杜蕊娘 杜蕊娘
《謝天香》 （關漢卿）	楔子 第一折 第二折 第三折 第四折	止旦 正旦 正旦 止旦 正旦	女主角 女主角 女主角 女主角 女主角	謝大香 謝天香 謝天香 謝天香 謝天香
《緋衣夢》 （關漢卿）	第一折 第二折 第三折 第四折	正旦 正旦 正旦 正旦	女主角 女主角 女配角 女主角	王閏香 王閏香 茶三婆 土閏香
《牆頭馬上》 （白樸）	第一折 第二折 第三折 第四折	正旦 正旦 正旦 正旦	女主角 女主角 女主角 女主角	李千斤 李千斤 李千斤 李千斤
《梧桐雨》 （白樸）	楔子 第一折 第二折 第三折 第四折	正末 正末 正末 正末 正末	男主角 男主角 男主角 男主角 男主角	唐玄宗 唐玄宗 唐玄宗 唐玄宗 唐玄宗
《東牆記》 （白樸）	楔子 第一折 第二折 第三折 第四折 第五折	沖末 正旦 正旦；貼旦 正旦、沖末、貼旦 正旦 正旦；沖末	男主角 女主角 女主角；女配角 女主角、男主角、女配角 女主角 女主角；男主角	馬彬 董秀英 董秀英；梅香 董秀英、馬彬、梅香 董秀英 董秀英；馬彬

《雙獻功》 （高文秀）	第一折	正末	男主角	李逵
	楔子	正末	男主角	李逵
	第二折	正末	男主角	李逵
	第三折	正末	男主角	李逵
	第四折	正末	男主角	李逵
《遇上皇》 （高文秀）	第一折	正末	男主角	趙元
	第二折	正末	男主角	趙元
	第三折	正末	男主角	趙元
	第四折	正末	男主角	趙元
《襄陽會》 （高文秀）	第一折	正末	男配角	劉琪
	第二折	正末	男配角	王孫
	楔子	正末	男配角	徐庶
	第三折	正末	男配角	徐庶
	楔子	正末	男配角	徐庶
	第四折	正末	男配角	徐庶
《誶范叔》 （高文秀）	楔子	正末	男主角	范雎
	第一折	正末	男主角	范雎
	第二折	正末	男主角	范雎
	第三折	正末	男主角	范雎
	第四折	正末	男主角	范雎
《澠池會》 （高文秀）	楔子	正末	男主角	藺相如
	第一折	正末	男主角	藺相如
	第二折	正末	男主角	藺相如
	第三折	正末	男主角	藺相如
	楔子	正末	男主角	藺相如
	第四折	正末	男主角	藺相如
《楚昭公》 （鄭廷玉）	第一折	正末	男主角	楚昭公
	第二折	正末	男主角	楚昭公
	第三折	正末	男主角	楚昭公
	第四折	正末	男主角	楚昭公
《忍字記》 （鄭廷玉）	楔子	正末	男主角	劉均佐
	第一折	正末	男主角	劉均佐
	第二折	正末	男主角	劉均佐
	第三折	正末	男主角	劉均佐
	第四折	正末	男主角	劉均佐

《金鳳釵》 （鄭廷玉）	楔子	正末	男主角	趙鄂
	第一折	正末	男主角	趙鄂
	第二折	正末	男主角	趙鄂
	第三折	正末	男主角	趙鄂
	第四折	正末	男主角	趙鄂
《看錢奴》 （鄭廷玉）	楔子	正末	男配角	周榮祖
	第一折	正末	男配角	增福神
	第二折	正末	男配角	周榮祖
	第三折	正末	男配角	周榮祖
	第四折	正末	男配角	周榮祖
《冤家債主》 （鄭廷玉）	楔子	正末	男主角	張善友
	第一折	正末	男主角	張善友
	第二折	正末	男主角	張善友
	第三折	正末	男主角	張善友
	第四折	正末	男主角	張善友
《後庭花》 （鄭廷玉）	第一折	正末	男配角	李順
	第二折	正末	男配角	李順
	第三折	正末	男配角	包拯
	第四折	正末	男配角	包拯
《破苻堅》 （李文蔚）	第一折	正末	男配角	王猛
	第二折	正末	男主角	謝玄
	楔子	正末	男主角	謝玄
	第三折	正末	男主角	謝玄
	第四折	正末	男主角	謝玄
《燕青博魚》 （李文蔚）	楔子	正末	男主角	燕青
	第一折	正末	男主角	燕青
	第二折	正末	男主角	燕青
	第三折	正末	男主角	燕青
	第四折	正末	男主角	燕青
《圯橋進履》 （李文蔚）	第一折	外末、正末	男配角、男主角	喬仙、張良
	第二折	正末	男主角	張良
	楔子	正末	男主角	張良
	第三折	正末	男主角	張良
	第四折	正末	男主角	張良

《青衫淚》（馬致遠）	第一折	正旦	女主角	裴興奴
	楔子	正旦	女主角	裴興奴
	第二折	正旦	女主角	裴興奴
	第三折	正旦	女主角	裴興奴
	第四折	正旦	女主角	裴興奴
《薦福碑》（馬致遠）	第一折	正末	男主角	張鎬
	楔子	正末	男主角	張鎬
	第二折	正末	男主角	張鎬
	第三折	正末	男主角	張鎬
	第四折	正末	男主角	張鎬
《陳摶高臥》（馬致遠）	第一折	正末	男主角	陳摶
	第二折	正末	男主角	陳摶
	第三折	正末	男主角	陳摶
	第四折	正末	男主角	陳摶
《岳陽樓》（馬致遠）	第一折	正末	男主角	呂洞賓
	第二折	正末	男主角	呂洞賓
	楔子	正末	男主角	呂洞賓
	第三折	正末	男主角	呂洞賓
	第四折	正末	男主角	呂洞賓
《黃粱夢》（馬致遠）	第一折	正末	男配角	鍾離
	楔子	正末	男配角	高太尉
	第二折	正末	男配角	院公
	第三折	正末	男配角	樵夫
	第四折	正末、正末	男配角、男配角	孛老、鍾離
《任風子》（馬致遠）	第一折	正末	男主角	任屠
	第二折	正末	男主角	任屠
	第三折	正末	男主角	任屠
	第四折	正末	男主角	任屠
《漢宮秋》（馬致遠）	楔子	正末	男主角	漢元帝
	第一折	正末	男主角	漢元帝
	第二折	正末	男主角	漢元帝
	第三折	正末	男主角	漢元帝
	第四折	正末	男主角	漢元帝
《虎頭牌》（李直夫）	第一折	正末	男主角	山壽馬
	第二折	正末	男配角	金住馬
	第三折	正末	男主角	山壽馬
	第四折	正末	男主角	山壽馬

《張天師》 （吳昌齡）	第一折	正旦	女主角	桂花仙子
	第二折	正旦	女配角	嬤嬤
	楔子	正末	男主角	陳世英
	第三折	正旦	女主角	桂花仙子
	第四折	正旦	女主角	桂花仙子
《東坡夢》 （吳昌齡）	第一折	正末	男配角	佛印（僧人）
	第二折	正末、旦	男配角、女配角	佛印、四位花仙
	第三折	正末	男配角	廬山松神
	第四折	正末	男配角	佛印
《麗春堂》 （王實甫）	第一折	正末	男主角	完顏樂善
	第二折	正末	男主角	（即四丞相）
	第三折	正末	男主角	完顏樂善
	第四折	正末	男主角	完顏樂善
《破窯記》 （王實甫）	第一折	正旦	女主角	劉月娥
	第二折	正旦	女主角	劉月娥
	第三折	正旦	女主角	劉月娥
	第四折	正旦	女主角	劉月娥
《西廂記》 （王實甫） 第一本： 張君瑞鬧道場	楔子	外、正旦	女配角、女主角	老夫人、崔鶯鶯
	第一折	正末	男主角	張君瑞
	第二折	正末	男主角	張君瑞
	第三折	正末	男主角	張君瑞
	第四折	正旦、正末、旦	女主角、男主角、女配角	崔鶯鶯、張君瑞、紅娘
《西廂記》 （王實甫） 第二本： 崔鶯鶯夜聽琴	第一折	正旦	女主角	崔鶯鶯
	楔子	正末	男配角	惠明和尚
	第二折	旦	女配角	紅娘
	第三折	正旦	女主角	崔鶯鶯
	第四折	正旦	女主角	崔鶯鶯
《西廂記》 （王實甫） 第三本： 張君瑞害相思	楔子	旦	女配角	紅娘
	第一折	旦	女配角	紅娘
	第二折	旦	女配角	紅娘
	第三折	旦	女配角	紅娘
	第四折	旦	女配角	紅娘
《西廂記》 （王實甫） 第四本： 草橋店夢鶯鶯	楔子	旦	女配角	紅娘
	第一折	正末	男主角	張君瑞
	第二折	旦	女配角	紅娘
	第三折	正旦	女主角	崔鶯鶯
	第四折	正末	男主角	張君瑞

《西廂記》 （王實甫） 第五本： 張君瑞慶團圓	楔子 第一折 第二折 第三折 第四折	正末、正旦 正末 旦 正末 旦、正旦	男主角、女主角 男主角 女配角 男主角 女配角、女主角	張君瑞、崔鶯鶯 張君瑞 紅娘 張君瑞 紅娘、崔鶯鶯
《老生兒》 （武漢臣）	楔子 第一折 第二折 第三折 第四折	正末 正末 正末 正末 正末	男主角 男主角 男主角 男主角 男主角	劉從善 劉從善 劉從善 劉從善 劉從善
《生金閣》 （武漢臣）	楔子 第一折 第二折 第三折 第四折	正末 正末 正旦 正末 正末	男主角 男主角 女配角 男配角 男配角	郭成 郭成 嬤嬤（正末改正旦，罕見） 包拯 包拯
《救孝子》 （王仲文）	第一折 楔子 第二折 第三折 第四折	正旦 正旦 正旦 正旦 正旦	女主角 女主角 女主角 女主角 女主角	楊母（李氏） 楊母（李氏） 楊母（李氏） 楊母（李氏） 楊母（李氏）
《伍員吹簫》 （李壽卿）	第一折 第二折 第三折 楔子 第四折	正末 正末 正末 正末 正末	男主角 男主角 男主角 男主角 男主角	伍子胥 伍子胥 伍子胥 伍子胥 伍子胥
《度翠柳》 （李壽卿）	楔子 第一折 第二折 第三折 第四折	正末 正末 正末 正末 正末	男主角 男主角 男主角 男主角 男主角	月明和尚 月明和尚 月明和尚 月明和尚 月明和尚
《三奪槊》 （尚仲賢）	第一折 第二折 第三折 第四折	正末 正末 正末 正末	男配角 男配角 男主角 男主角	劉文靜 秦瓊 尉遲恭 尉遲恭

《柳毅傳書》 （尚仲賢）	楔子 第一折 第二折 第三折 第四折	正旦 正旦 正旦 正旦 正旦	女主角 女主角 女配角 女主角 女主角	龍女三娘 龍女三娘 電母 龍女三娘 龍女三娘
《氣英布》 （尚仲賢）	第一折 第二折 第三折 第四折	正末 正末 正末 正末 正末	男主角 男主角 男主角 男配角 男主角	英布 英布 英布 探子 英布
《秋胡戲妻》 （石君寶）	第一折 第二折 第三折 第四折	正旦 正旦 正旦 正旦	女主角 女主角 女主角 女主角	羅梅英 羅梅英 羅梅英 羅梅英
《曲江池》 （石君寶）	楔子 第一折 第二折 第三折 第四折	末 正旦 正旦、末、 淨 正旦 正旦	男主角 女主角 女主角、男主角 女主角 女主角	鄭元和 李亞仙 李亞仙、鄭元和 李亞仙 李亞仙
《紫云亭》 （石君寶）	楔子 第一折 第二折 第三折 第四折	正旦 正旦 正旦 正旦 正旦	女主角 女主角 女主角 女主角 女主角	韓楚蘭 韓楚蘭 韓楚蘭 韓楚蘭 韓楚蘭
《瀟湘雨》 （楊顯之）	楔子 第一折 第二折 第三折 第四折	正旦 正旦 淨、正旦 正旦 正旦、搽旦	女主角 女主角 男配角、女主角 女主角 女主角、女配角	翠鸞 翠鸞 試官趙錢、翠鸞 翠鸞 翠鸞、趙錢之女
《酷寒亭》 （楊顯之）	楔子 第一折 第二折 第三折 第四折	正末 正末 正末 正末 正末	男配角 男配角 男配角 男配角 男配角	宋彬 趙用 趙用 張保 宋彬

《趙氏孤兒》 （紀君祥）	楔子	沖末	男配角	趙朔
	第一折	正末	男配角	韓厥
	第二折	正末	男配角	公孫杵臼
	第三折	正末	男配角	公孫杵臼
	第四折	正末	男主角	程勃
	第五折	正末	男主角	程勃
《風光好》 （戴善甫）	第一折	正旦	女主角	秦弱蘭
	第二折	正旦	女主角	秦弱蘭
	第三折	正旦	女主角	秦弱蘭
	第四折	正旦	女主角	秦弱蘭
《蝴蝶夢》 （史九敬人）	第一折	末	男配角	太白金星
	楔子	末	男配角	道士
	第二折	末、旦	男配角、女配角	李府尹、四位仙女
	第三折	末	男配角	三曹官
	第四折	末	男配角	太白金星
《張生煮海》 （李好古）	第一折	正旦	女主角	龍女
	第二折	正旦	女配角	仙姑
	第三折	正末	男配角	長老
	第四折	正旦	女主角	龍女
《薛仁貴》 （張國賓）	楔子	正末（李老）	男配角	薛大伯（薛父）
	第一折	正末	男配角	杜如晦
	第二折	正末	男配角	薛大伯
	第三折	丑（禾旦）、 正末	女配角、男配角	鄉姑、伴哥
	第四折	正末	男配角	薛大伯
《合汗衫》 （張國賓）	第一折	正末	男配角	張義
	第二折	正末	男配角	張義
	第三折	正末	男配角	張義
	第四折	正末	男配角	張義
《黃粱夢》	紅字李二 作第四折	花李郎 作第三折	李時中 作第二折	詳見馬致遠同名劇本
《貶夜郎》 （王伯成）	第一折	正末	男主角	李白
	第二折	正末	男主角	李白
	第三折	正末	男主角	李白
	第四折	正末	男主角	李白

《勘頭巾》 （孫仲章）	第一折	正末	男配角	劉員外
	楔子	正末	男配角	劉員外
	第二折	正末	男主角	張鼎
	第三折	正末	男主角	張鼎
	第四折	正末	男主角	張鼎
《鐵拐李岳》 （岳伯川）	第一折	正末	男主角	岳孔目（岳壽）
	第二折	正末	男主角	岳孔目（岳壽）
	楔子	正末	男主角	岳孔目（鬼魂）
	第三折	正末	男主角	岳孔目（還魂）
	第四折	正末	男主角	岳孔目（岳壽）
《李逵負荊》 （康進之）	第一折	正末	男主角	李逵
	第二折	正末	男主角	李逵
	第三折	正末	男主角	李逵
	第四折	正末	男主角	李逵
《貶黃州》 （費唐臣）	第一折	正末	男主角	蘇軾
	第二折	正末	男主角	蘇軾
	第三折	正末	男主角	蘇軾
	楔子	正末	男主角	蘇軾
	第四折	正末	男主角	蘇軾
《竹塢聽琴》 （石子章）	楔子	正旦	女主角	鄭彩鸞
	第一折	正旦	女主角	鄭彩鸞
	第二折	正旦	女主角	鄭彩鸞
	第三折	正旦	女主角	鄭彩鸞
	第四折	正旦	女主角	鄭彩鸞
《魔合羅》 （孟漢卿）	楔子	正末	男主角	李德昌
	第一折	正末	男主角	李德昌
	第二折	正末	男主角	李德昌
	第三折	正末	男配角	張鼎
	第四折	正末	男配角	張鼎
《灰闌記》 （李行甫）	楔子	正旦	女主角	張海棠
	第一折	正旦	女主角	張海棠
	第二折	正旦	女主角	張海棠
	第三折	正旦	女主角	張海棠
	第四折	正旦	女主角	張海棠

《介子推》 （狄君厚）	第一折	正末	男主角	介子推
	第二折	正末	男配角	閹官王安
	第三折	正末	男主角	介子推
	楔子	正末	男主角	介子推
	第四折	正末	男配角	樵夫
《東窗事犯》 （孔文卿）	楔子	正末	男主角	岳飛
	第一折	正末	男主角	岳飛
	第二折	正末	男配角	地藏神呆行者
	第三折	正末	男主角	岳飛魂子
	第四折	正末	男配角	何宗立
《紅梨花》 （張春卿）	第一折	正旦	女主角	謝金蓮
	第二折	正旦	女主角	謝金蓮
	第三折	正旦	女配角	賣花三婆
	第四折	正旦	女主角	謝金蓮
《七里灘》 （宮天挺）	第一折	正末	男主角	嚴子陵
	第二折	正末	男主角	嚴子陵
	第三折	正末	男主角	嚴子陵
	第四折	正末	男主角	嚴子陵
《降桑椹》 （劉唐卿）	第一折	正末	男主角	蔡順
	第二折	正末、正淨、淨	男主角、男配角、男配角	蔡順、宋太醫、胡突蟲
	第三折	正末	男主角	蔡順
	第四折	正末	男主角	蔡順
	第五折	正末	男主角	蔡順
《范張雞黍》 （宮天挺）	楔子	正末	男主角	範巨卿
	第一折	正末	男主角	範巨卿
	第二折	正末	男主角	範巨卿
	第三折	正末	男主角	範巨卿
	第四折	正末	男主角	範巨卿
《智勇定齊》 （鄭光祖）	第一折	正旦	女主角	鍾離春
	第二折	茶旦、正旦	女配角、女主角	鄒氏（鍾嫂子）、鍾離春
	楔子	正旦	女主角	鍾離春
	第三折	正旦	女主角	鍾離春
	第四折	正旦	女主角	鍾離春

《伊尹耕莘》 （鄭光祖）	楔子	正末	男配角	文曲星（下凡爲伊尹）
	第一折	正末	男配角	伊員外（致祥）
	第二折	正末	男主角	伊尹
	楔子	正末	男主角	伊尹
	第三折	正末	男主角	伊尹
	第四折	正末	男主角	伊尹
《㑳梅香》 （鄭光祖）	楔子	正旦	女主角	樊素
	第一折	正旦	女主角	樊素
	第二折	正旦	女主角	樊素
	第三折	正旦	女主角	樊素
	第四折	正旦	女主角	樊素
《王粲登樓》 （鄭光祖）	楔子	正末	男主角	王粲
	第一折	正末	男主角	王粲
	第二折	正末	男主角	王粲
	第三折	正末	男主角	王粲
	第四折	正末	男主角	王粲
《周公攝政》 （鄭光祖）	楔子	正末	男主角	周公旦（太師）
	第一折	正末	男主角	周公旦（太師）
	第二折	正末	男主角	周公旦（太師）
	第三折	正末	男主角	周公旦（太師）
	第四折	正末	男主角	周公旦（太師）
《倩女離魂》 （鄭光祖）	楔子	正旦	女主角	張倩女
	第一折	正旦	女主角	張倩女
	第二折	正旦（魂旦）	女主角	倩女（離魂）
	第三折	正旦	女主角	張倩女
	第四折	魂旦、正旦	女主角	倩女魂、張倩女
《三戰呂布》 （鄭光祖）	第一折	正末	男主角	張飛
	第二折	正末	男主角	張飛
	楔子	正末	男主角	張飛
	第三折	正末	男主角	張飛
	楔子	正末	男主角	張飛
	第四折	正末	男主角	張飛
《老君堂》 （鄭光祖）	楔子	正末	男主角	秦王李世民
	第一折	正末	男主角	秦王李世民
	第二折	正末	男主角	秦王李世民
	楔子	正末	男主角	秦王李世民
	第三折	正末	男主角	秦王李世民
	第四折	正末	男主角	秦王李世民

《追韓信》 （金仁傑）	第一折	正末	男主角	韓信
	第二折	正末	男主角	韓信
	第三折	正末	男主角	韓信
	第四折	末	男配角	呂馬童
《豫讓吞炭》 （楊梓）	第一折	正末	男主角	豫讓
	第二折	正末	男配角	張孟談
	第三折	正末	男主角	豫讓
	第四折	正末	男主角	豫讓
《霍光鬼諫》 （楊梓）	第一折	正末	男主角	霍光
	第二折	正末	男主角	霍光
	第三折	正末	男主角	霍光
	第四折	正末	男主角	霍光（鬼魂）
《不伏老》 （楊梓）	第一折	正末	男主角	尉遲恭
	第二折	正末	男主角	尉遲恭
	第三折	正末	男主角	尉遲恭
	第四折	正末	男主角	尉遲恭
《竹葉舟》 （范康）	楔子	沖末	男主角	陳季卿
	第一折	正末	男配角	呂洞賓
	第二折	正末	男配角	呂洞賓
	第三折	正末	男配角	漁翁
	第四折	外末	男配角	列禦寇
		正末	男配角	呂洞賓
《揚州夢》 （喬吉）	楔子	正末	男主角	杜牧
	第一折	正末	男主角	杜牧
	第二折	正末	男主角	杜牧
	第三折	正末	男主角	杜牧
	第四折	正末	男主角	杜牧
《兩世姻緣》 （喬吉）	第一折	正旦	女主角	韓玉蕭
	第二折	正旦	女主角	韓玉蕭
	第三折	正旦	女配角	張玉蕭
	第四折	正旦	女配角	張玉蕭
《金錢記》 （喬吉）	第一折	正末	男主角	韓正卿
	第二折	正末	男主角	韓正卿
	第三折	正末	男主角	韓正卿
	第四折	正末	男主角	韓正卿

《東堂老》 （秦簡夫）	楔子	正末	男主角	李茂卿（即東堂老）
	第一折	正末	男主角	李茂卿
	第二折	正末	男主角	李茂卿
	第三折	正末	男主角	李茂卿
	第四折	正末	男主角	李茂卿
《趙禮讓肥》 （秦簡夫）	第一折	正末	男主角	趙禮
	第二折	正末	男主角	趙禮
	第三折	正末	男主角	趙禮
	第四折	正末	男主角	趙禮
《剪髮待賓》 （秦簡夫）	第一折	正旦	女主角	陶母
	第二折	正旦	女主角	陶母
	第三折	正旦	女主角	陶母
	第四折	正旦	女主角	陶母
《殺狗勸夫》 （蕭德祥）	楔子	正末	男主角	孫華
	第一折	正末	男主角	孫華
	第二折	正末	男主角	孫華
	第三折	正末	男主角	孫華
	第四折	正末	男主角	孫華
《孟良盜骨》 （朱凱）	第一折	正末	男配角	楊令公（鬼魂）
	第二折	正末	男主角	孟良
	第三折	正末	男主角	孟良
	第四折	正末	男配角	楊和尚（王郎）
《黃鶴樓》 （朱凱）	第一折	正末	男配角	趙雲
	第二折	淨（禾旦）； 正末	女配角；男配角	村姑；村童（伴哥）
	第三折	正末	男配角	姜維
	第四折	正末	男配角	張飛
《桃花女》 （王曄）	楔子	正旦	女主角	桃花女
	第一折	正旦	女主角	桃花女
	第二折	正旦	女主角	桃花女
	第三折	正旦	女主角	桃花女
	第四折	正旦	女主角	桃花女
《風雲會》 （羅貫中）	楔子	末	男配角	石守信
	第一折	正末	男主角	趙匡胤
	第二折	正末	男主角	趙匡胤
	第三折	正末	男主角	趙匡胤
	第四折	末；合唱（結尾）	男配角；男配角	趙普；眾將

《城南柳》 （穀子敬）	楔子 第一折 第二折 第三折 第四折	正末 正末 正末 正末 末	男主角 男主角 男主角 男配角 男主角	呂洞賓 呂洞賓 呂洞賓 漁翁 呂洞賓
《劉行首》 （楊景賢）	第一折 第二折 第三折 第四折	正末 正末 正末 正末	男配角 男主角 男主角 男主角	王重陽 馬丹陽 馬丹陽 馬丹陽
《西遊記》 （楊景賢） 第一本	第一齣 第二齣 第三齣 第四齣	旦 旦 旦 旦	女主角 女主角 女主角 女主角	殷氏（即陳光蕊妻子） 殷氏 殷氏 殷氏
《西遊記》 （楊景賢） 第二本	第五齣 第六齣 第七齣 第八齣	末 禾旦 末 末	男配角 女配角 男配角 男配角	尉遲恭 胖姑 木叉行者 華光天王
《西遊記》 （楊景賢） 第三本	第九齣 第十齣 第十一齣 第十二齣	旦 末 末 旦	女配角 男配角 男配角 女配角	金鼎國王女 花果山神 劉太公 鬼子母
《西遊記》 （楊景賢） 第四本	第十三齣 第十四齣 第十五齣 第十六齣	旦 旦 旦、末 末	女配角 女配角 男配角、女配角 男配角	裴海棠 裴海棠 行者、裴海棠 二郎神
《西遊記》 （楊景賢） 第五本	第十七齣 第十八齣 第十九齣 第二十齣	旦、末 末 旦 旦	女配角、男配角 男配角 女配角 女配角	女人國國王、孫行者 採藥偫人 鐵扇公主 電母（電神）
《西遊記》 （楊景賢） 第六本	第二十一齣 第二十二齣 第二十三齣 第二十四齣	旦、末 末 末 末	女配角、男配角 男配角 男配角 男配角	貧婆、給孤長者 成基 飛仙 佛（釋迦牟尼）
《梧桐葉》 （李唐賓）	楔子 第一折 第二折 第三折 第四折	正旦 正旦 正旦 正旦 正旦	女主角 女主角 女主角 女主角 女主角	李云英 李云英 李云英 李云英 李云英

《兩團圓》 （高茂卿）	楔子	正末	男主角	韓弘道
	第一折	正末	男主角	韓弘道
	第二折	正末	男主角	韓弘道
	第三折	正末	男配角	院公
	第四折	正末	男主角	韓弘道
《來生債》 （劉君錫）	楔子	正末	男主角	龐居士
	第一折	正末	男主角	龐居士
	第二折	正末	男主角	龐居士
	第三折	正末	男主角	龐居士
	第四折	正末	男主角	龐居士
《誤入桃源》 （王子一）	第一折	正末	男主角	劉晨
	第二折	正末	男主角	劉晨
	楔子	正末	男主角	劉晨
	第三折	正末	男主角	劉晨
	第四折	正末	男主角	劉晨
《玉梳記》 （賈仲明）	第一折	正旦	女主角	顧玉香
	楔子	正旦	女主角	顧玉香
	第二折	正旦	女主角	顧玉香
	第三折	正旦	女主角	顧玉香
	第四折	正旦	女主角	顧玉香
《升仙夢》 （賈仲明） （該劇每折出現旦、末同唱，爲元雜劇中所罕見）	第一折	正末；正旦	男主角；女主角	翠柳（樹仙）； 嬌桃（樹仙）
	第二折	正末；正旦	男主角；女主角	柳春；陶氏
	第三折	正末；正旦	男主角；女主角	柳春；陶氏
	第四折	正末；正旦	男主角；女主角	柳春；陶氏
《玉壺春》 （賈仲明）	第一折	正末	男主角	李文武
	楔子	正末	男主角	李文武
	第二折	正末	男主角	李文武
	第三折	正末	男主角	李文武
	第四折	正末	男主角	李文武
《金童玉女》 （賈仲明）	第一折	正末	男主角	金安壽
	第二折	正末	男主角	金安壽
	第三折	正末	男主角	金安壽
	第四折	正末；正旦	男主角；配角	金安壽；八仙（合唱）

《菩薩蠻》（賈仲明）	第一折	正旦	女主角	蕭淑蘭
	第二折	正旦	女配角	嬤嬤
	第三折	正旦	女主角	蕭淑蘭
	第四折	正旦	女主角	蕭淑蘭
《留鞋記》（無名氏）	楔子	正旦	女主角	王月英
	第一折	正旦	女主角	王月英
	第二折	正旦	女主角	王月英
	第三折	正旦	女主角	王月英
	第四折	正旦	女主角	王月英
《替殺妻》（無名氏）	楔子	正末	男主角	張千
	第一折	正末	男主角	張千
	第二折	正末	男主角	張千
	第三折	正末	男主角	張千
	第四折	正末	男主角	張千
《焚兒救母》（無名氏）	楔子	正末	男主角	張屠
	第一折	正末	男主角	張屠
	第二折	正末	男主角	張屠
	第三折	正末	男配角	李能（鬼急腳）
	第四折	正末	男主角	張屠
《博望燒屯》（無名氏）	第一折	正末	男主角	諸葛亮
	第二折	正末	男主角	諸葛亮
	第三折	正末	男主角	諸葛亮
	第四折	正末	男主角	諸葛亮
《鴛鴦被》（無名氏）	楔子	正旦	女主角	李玉英
	第一折	正旦	女主角	李玉英
	第二折	正旦	女主角	李玉英
	第三折	正旦	女主角	李玉英
	第四折	正旦	女主角	李玉英
《獨角牛》（無名氏）	第一折	正末	男主角	劉千
	第二折	正末	男主角	劉千
	第三折	正末	男主角	劉千
	第四折	正末	男配角	出山彪
《衣襖車》（無名氏）	第一折	正末	男配角	王環
	第二折	正末	男配角	劉慶
	楔子	正末	男配角	劉慶
	第三折	正末	男配角	探子
	第四折	正末	男配角	劉慶

《飛刀對箭》 （無名氏）	第一折	正末	男主角	薛仁貴
	第二折	正末	男主角	薛仁貴
	楔子	正末	男主角	薛仁貴
	第三折	正末	男配角	探子
	第四折	正末	男主角	薛仁貴
《抱妝盒》 （無名氏）	楔子	沖末	男配角	殿頭官
	第一折	正末	男主角	陳琳
	第二折	正末；旦兒	男主角；女配角	陳琳；寇承御
	楔子	正末	男主角	陳琳
	第三折	正末	男主角	陳琳
	第四折	正末	男主角	陳琳
《千里獨行》 （無名氏）	楔子	正旦	女配角	甘夫人
	第一折	正旦	女配角	甘夫人
	第二折	正旦	女配角	甘夫人
	第三折	正旦	女配角	甘夫人
	第四折	正旦	女配角	甘夫人
《舉案齊眉》 （無名氏）	第一折	正旦	女主角	孟光
	第二折	正旦	女主角	孟光
	第三折	正旦	女主角	孟光
	第四折	正旦	女主角	孟光
《凍蘇秦》 （無名氏）	楔子	正末	男主角	蘇秦
	第一折	正末	男主角	蘇秦
	第二折	正末	男主角	蘇秦
	第三折	正末	男主角	蘇秦
	第四折	正末	男主角	蘇秦
《賺蒯通》 （無名氏）	第一折	正末	男配角	張良
	第二折	正末	男主角	蒯文通
	第三折	正末	男主角	蒯文通
	第四折	正末	男主角	蒯文通
《馬陵道》 （無名氏）	楔子	正末	男配角	孫臏
	第一折	正末	男配角	孫臏
	楔子	正末	男配角	孫臏
	第二折	正末	男配角	孫臏
	第三折	正末	男配角	孫臏
	第四折	正末	男配角	孫臏

《連環記》 （無名氏）	第一折	正末	男主角	王允
	第二折	正末	男主角	王允
	第三折	正末	男主角	王允
	第四折	正末	男主角	王允
《赤壁賦》 （無名氏）	第一折	正末	男主角	蘇軾
	第二折	正末	男主角	蘇軾
	楔子	正末	男主角	蘇軾
	第三折	正末	男主角	蘇軾
	第四折	正末	男主角	蘇軾
《雲窗夢》 （無名氏）	第一折	正旦	女主角	鄭月蓮
	第二折	正旦	女主角	鄭月蓮
	第三折	正旦	女主角	鄭月蓮
	第四折	正旦	女主角	鄭月蓮
《貨郎擔》 （無名氏）	第一折	正旦	女配角	劉氏（李彥和之妻）
	第二折	副旦	女配角	張三姑
	第三折	副旦	女配角	張三姑
	第四折	副旦	女配角	張三姑
《朱砂擔》 （無名氏）	楔子	正末	男主角	王文用
	第一折	正末	男主角	王文用
	第二折	正末	男主角	王文用
	第三折	正末	男配角	東嶽太尉
	第四折	正末	男主角	王文用（魂子）
《黃花峪》 （無名氏）	第一折	旦	女配角	李幼奴
	第二折	正末	男配角	楊雄
	第三折	正末	男主角	李逵
	第四折	正末	男主角	李逵
		正末	男配角	魯智深
《鎖魔鏡》 （無名氏）	第一折	正末	男配角	那吒
	第二折	末	男配角	天神
	第三折	末	男配角	那吒
	第四折	末	男配角	探子
	第五折	正末	男配角	那吒
《藍采和》 （無名氏）	第一折	正末	男主角	許堅（藍采和）
	第二折	正末	男主角	許堅（藍采和）
	第三折	正末	男主角	許堅（藍采和）
	第四折	正末	男主角	許堅（藍采和）

《符定錠》 （無名氏）	楔子	正旦	女主角	符定錠
	第一折	正旦	女主角	符定錠
	第二折	正旦	女配角	趙滿堂
	第三折	正旦	女主角	符定錠
	楔子	正旦	女配角	趙滿堂
	第四折	正旦	女主角	符定錠
《九世同居》 （無名氏）	第一折	正末	男主角	張公藝
	第二折	正末	男主角	張公藝
	第三折	正末	男主角	張公藝
	第四折	正末	男主角	張公藝
《認父歸朝》 （無名氏）	第一折	正末	男配角	宇文慶（院公）
	第二折	淨；正末	男配角；男配角	李道宗；尉遲恭
	第三折	正末	男配角	尉遲恭
	第四折	正末	男配角	尉遲恭
《劉弘嫁婢》 （無名氏）	楔子	正末	男主角	劉弘
	第一折	正末	男主角	劉弘
	第二折	正末	男主角	劉弘
	第三折	正末	男主角	劉弘
	第四折	正末	男主角	劉弘
《漁樵記》 （無名氏）	第一折	正末	男主角	朱買臣
	第二折	正末	男主角	朱買臣
	楔子	正末	男主角	朱買臣
	第三折	正末	男配角	張撇古
	第四折	正末	男主角	朱買臣
《村樂堂》 （無名氏）	第一折	正末	男配角	張孝友
	第二折	正末	男配角	曳刺（衙役）
	楔子	正末	男配角	曳刺（衙役）
	第三折	正末	男配角	張本（令史）
	第四折	正末	男主角	張仲
《延安府》 （無名氏）	第一折	正末	男主角	李圭（廉使官）
	第二折	正末	男主角	李圭（廉使官）
	第三折	正末	男主角	李圭（廉使官）
	第四折	正末	男主角	李圭（廉使官）
《三虎下山》 （無名氏）	楔子	正旦	女主角	李千嬌
	第一折	正旦	女主角	李千嬌
	第二折	正旦	女主角	李千嬌
	第三折	正旦	女主角	李千嬌
	第四折	正旦	女主角	李千嬌

《謝金吾》 （無名氏）	楔子 第一折 第二折 第三折 第四折	淨 正旦 正旦 正旦 正旦	男配角 女主角 女主角 女配角 女配角	王樞密（賀驢兒） 佘太君 佘太君 長國姑（六郎岳母） 長國姑（六郎岳母）
《隔江鬥智》 （無名氏）	第一折 第二折 第三折 楔子 第四折	正旦 正旦 正旦 末？ 正旦	女主角 女主角 女主角 男配角 女主角	孫安小姐 孫安小姐 孫安小姐 張飛 孫安小姐
《百花亭》 （無名氏）	第一折 楔子 第二折 第三折 第四折	正末 正末 正末 正末 正末	男主角 男主角 男主角 男主角 男主角	王煥 王煥 王煥 王煥 王煥
《碧桃花》 （無名氏）	楔子 第一折 第二折 第三折 第四折	正旦 正旦 正旦 正旦 正旦	女主角 女主角 女配角 女主角 女主角	徐碧桃 徐碧桃（鬼魂） 嬤嬤 徐碧桃（鬼魂） 徐碧桃（還魂）
《蕤丸記》 （無名氏）	第一折 第二折 楔子 第三折 第四折	正末 正末 正末 正末 正末	男配角 男主角 男主角 男主角 男主角	唐介（御史） 延壽馬 延壽馬 延壽馬 延壽馬
《羅李郎》 （無名氏）	楔子 第一折 楔子 第二折 第三折 第四折	正末 正末 正末 正末 淨；正末 正末	男主角 男主角 男主角 男主角 男配角；男主角 男主角	羅李郎 羅李郎 羅李郎 羅李郎 孛籃；羅李郎 羅李郎
《存孝打虎》 （無名氏）	楔子 第一折 第二折 第三折 第四折	正末 正末 正末 正末 正末	男配角 男配角 男主角 男主角 男配角	陳敬思 陳敬思 安敬思（李存孝） 李存孝 探子

《還牢末》 （無名氏）	楔子 第一折 第二折 第三折 第四折	正末 正末 正末 正末 正末	男主角 男主角 男主角 男主角 男主角	李榮祖（都孔目） 李榮祖（都孔目） 李榮祖（都孔目） 李榮祖（都孔目） 李榮祖（都孔目）
《玩江亭》 （無名氏）	第一折 第二折 第三折 第四折	正旦 正旦 正旦 正旦	女主角 女主角 女主角 女主角	趙江梅（員外妻） 趙江梅（員外妻） 趙江梅（員外妻） 趙江梅（員外妻
《野猿聽經》 （無名氏）	第一折 第二折 第三折 楔子 第四折	正末 正末 正末 正末 正末	男主角 男主角 男主角 男主角 男主角	樵夫（野猿幻化） 猿猴 袁遜（猿猴幻化） 袁遜（猿猴幻化） 袁遜（猿猴幻化）
《馮玉蘭》 （無名氏）	第一折 第二折 第三折 第四折	正旦 正旦 正旦 正旦	女主角 女主角 女主角 女主角	馮玉蘭 馮玉蘭 馮玉蘭 馮玉蘭
《陳州糶米》 （無名氏）	楔子 第一折 第二折 第三折 第四折	沖末 正末 正末 正末 正末	男配角 男配角 男主角 男主角 男主角	范仲淹 張撇古 包拯 包拯 包拯
《合同文字》 （無名氏）	楔子 第一折 第二折 第三折 第四折	正末 正末 正末 正末 正末	男配角 男配角 男主角 男主角 男主角	劉天瑞 劉天瑞 （張）劉安住 劉安住 劉安住
《盆兒鬼》 （無名氏）	楔子 第一折 第二折 第三折 第四折	正末 正末 正末 正末 正末	男主角 男主角 男配角 男配角 男配角	楊國用 楊國用 窯神 張撇古 張撇古
《神奴兒》 （無名氏）	第一折 楔子 第二折 第三折 第四折	正末 正末 正末 正末 正末	男配角 男配角 男配角 男配角 男配角	李德仁 院公 院公 院公 包拯

表三：古希臘戲劇運用「幕後戲」情況統計簡表

　　爲清晰地辨析與說明古希臘戲劇對於「幕後戲」的使用情況，以作爲「中國古典戲劇中的『幕後戲』」相關內容之佐證，筆者這裏嘗試以「戰爭」與「死亡」題材爲例，創編此統計簡表。根據此表得出的統計結果爲：運用「幕後戲」劇作達 20 部以上，占古希臘傳世 32 部劇作的一半以上（62.5%）。樣本來源：《古希臘悲劇喜劇全集》，張竹明、王煥生譯，譯林出版社 2007 年版。

「戰爭」或「死亡」類型	「幕後戲」在古希臘戲劇中的使用情況
戰爭（大規模）：埃斯庫羅斯《波斯人》	身爲逃兵的送信人向波斯王太后及長老們講述希波戰爭薩拉米斯戰役波軍慘敗景況
戰爭（大規模）：埃斯庫羅斯《七將攻忒拜》	七將攻打忒拜以及俄狄浦斯兩子兩敗俱亡的廝殺由報信人敘述出來
戰爭（戰役）：索福克勒斯《赫拉克勒斯的兒女》	雅典人打敗阿耳戈斯人的戰鬥情景，由僕人講述出來
	報信人敘述國王提修斯獲勝的消息
戰爭（戰役）：歐里庇得斯《請願的婦女》	色雷斯國王瑞索斯當夜被希臘軍師奧德修斯偷襲暗殺的情景，由其身邊馭者敘述出來
戰爭（戰役）：歐里庇得斯《瑞索斯》	赫拉克勒斯爲救回願意代夫而死（阿德墨托斯國王）的王后阿爾克斯提斯，而與死神展開
戰爭（戰役）：歐里庇得斯《阿爾克斯提斯》	一場激烈廝殺並獲得勝利，此搏鬥情景由當事人赫拉克勒斯講述
戰爭（戰役）+死亡（自殺）：歐里庇得斯《腓尼基婦女》	俄狄浦斯兩子爲爭奪王位決鬥身亡戰況由報信人甲講述；伊俄卡斯忒自殺由報信人乙敘述
死亡（殺人）：埃斯庫羅斯《阿伽門農》	阿伽門農以及卡桑德拉被殺置於幕後，死後有場景展示，王后講述殺夫情景
死亡（殺人）：埃斯庫羅斯《奠酒人》	俄瑞斯特斯在宮內殺死母親及埃葵斯托斯，之後有死亡場景的展示
死亡（殺人）：索福克勒斯《俄狄浦斯王》	俄狄浦斯「殺父娶母」事件由相關知情者追憶披露出來
	僕人向克呂泰墨斯特拉講述俄瑞斯特斯意外身亡事件（儘管是虛構的）；
死亡（殺人）：索福克勒斯《厄勒克特拉》	結尾處俄瑞斯特斯連同姐姐於王宮內殺死了母親及其姦夫
死亡（殺人）：歐里庇得斯《厄埃勒克特拉》	報信人敘述埃葵斯托斯被殺的情景；俄姐弟殺母親於王宮內，殺後有死亡場景展示
死亡（殺人）：歐里庇得斯《俄瑞斯特斯》	姐姐在外面望風，俄瑞斯特斯在宮內殺死海倫

死亡（殺人）：歐里庇得斯《瘋狂的赫拉克勒斯》	報信人講述一時瘋癲的赫拉克勒斯虐殺妻兒的慘案
死亡（殺人）：歐里庇得斯《美狄亞》	新娘、國王克瑞翁死亡通過報信人講述；美狄亞殺子事件借助兒子屋內發出呼叫間接表現
死亡（殺人）：歐里庇得斯《安德洛瑪克》	涅奧普托勒摩斯被刺死於神廟前慘案由報信人向祖父佩琉斯敘述
死亡（安樂死）：索福克勒斯《俄狄浦斯在科洛諾斯》	俄狄浦斯在雅典國王忒修斯庇護下，於流落地科林諾斯聖林安詳死去由報信人敘述出來
死亡（自殺）：索福克勒斯《特拉基斯少女》	德阿涅拉以馬人血浸泡衣服送給丈夫，赫拉克勒斯中毒而死。得氏懊悔自殺由保姆講述
死亡（自殺）：歐里庇得斯《希波呂托斯》	受繼母挑逗而被父親冤枉的希波呂托斯死訊由報信人講出；繼母上弔由女僕自屋內喊出
死亡（自殺）：索福克勒斯《安提戈涅》	安提戈涅、海蒙及其母親的自殺，均由報信人講出
特例：以「幕前戲」直接表現「自殺」事件 索福克勒斯《埃阿斯》	主人公埃阿斯的自殺是當眾、在舞臺上發生的

表四：元雜劇與「三一律」關係抽樣分析統計表

爲辨析元雜劇與「三一律」之間的關係，以作爲「引論」部分相關闡釋之佐證，筆者特地創編此抽樣分析統計表。從此表中可以明顯見出：以元雜劇爲代表的中國古典戲劇，具有時空上的極大靈活自由性，以及演述故事情節上基本遵循「情節整一律」（如李漁強調的「一人一事」那樣）的顯著特徵。因此從根本上講，與西方古典主義者崇奉的所謂「三一律」法則無涉，當然也就無從談起受「時間整一律」和「地點整一律」之類法則的制約問題。樣本來源：《中國古代戲劇選》，寧希元、寧恢選注，人民文學出版社 2003 年版，其中包括 22 部元雜劇；其餘明清時期的劇作則忽略不計。

劇目	作者	結構	時間	地點	故事情節	核心事件
《竇娥冤》	關漢卿	楔子	某日	蔡婆婆家	竇天章賣女抵債併入京赴考	青年寡婦竇娥蒙冤屈死並最終得以伸冤昭雪。
		第一折	13 年後某日	賽盧醫家、郊外、蔡婆家	蔡婆上門索債險些遇害，救命恩人上門賴婚未果	
		第二折	次日（接第一折）受審後第三日	賽盧醫家（藥鋪）、蔡婆婆家、楚州衙門	張驢兒湯內下毒誤死父親，狀告竇娥殺人，法庭審判定罪	
		第三折	三年後某夜至次日早上	法場途中、法場	法場問斬，竇娥發下三椿奇誓	
		第四折		楚州府衙	竇天章夜審案宗、鬼魂訴冤；次日陞堂審案、鬼魂出庭斷案雪昭	
《救風塵》	關漢卿	第一折	某一天	汴梁宋引章家、趙盼兒家	周舍上門求婚獲允，安秀實找趙盼兒勸阻未成	妓女趙盼兒以賣弄風情的手段戰勝無賴周舍，救出落難的宋引章。
		第二折	某一天（王貨郎捎信次日）	鄭州周捨家，宋引章家、趙盼兒家	宋引章婚後受虐求援，宋母告知趙盼兒，趙捎信給宋，欲予營救	
		第三折	兩天後	汴梁、客店	趙盼兒來到鄭州客店見周舍，以許婚爲由讓周休棄宋	
		第四折	第二天	周捨家、客店、回汴梁途中、鄭州衙府	宋被休與趙逃走，半路被追上，最終周舍狀告官司敗訴	

《單刀會》	關漢卿	第一折	某一天	東吳魯肅家、喬公家	魯肅設計向關羽索要荊州，事先徵詢喬公意見被否決	關羽赴宴挫敗魯肅欲索討荊州陰謀，勝利返回。
		第二折	當日	東吳司馬徽家	魯肅登門又徵詢司馬徽意見，忍讓遭拒	
		第三折	次日（也許）	荊州關羽府	關羽接請柬赴宴，決計過江赴約	
		第四折	某日（未確指）	江邊宴廳，江中、船上	宴席上智鬥魯肅，勝利返回	
《牆頭馬上》	白樸	第一折	三日初八	長安裴府、洛陽李府，城外、李府後花園	裴少俊與李千金在李府花園牆頭邂逅相愛	李千斤跟隨裴少俊大膽私奔的自由愛情故事。
		第二折	當天夜裏	李府、館驛、花園、閨房	當夜裴越牆入閨房幽會，被嬤嬤發現後私奔	
		第三折	七年後清明節	裴府、後花園，書房	千金隱居後花園生有兒女，裴父發現將李驅逐，逼子應舉	
		第四折	某天（中舉後）	洛陽李府	中舉任洛陽縣尹的少俊找到李氏，裴向書道歉，夫妻團圓	
《梧桐雨》	白樸	楔子	征討失敗次日；押安赴京某日	幽州張桂府，京都王宮	安祿山平叛失敗被押入京，皇帝不殺而封漁陽節度使	唐玄宗與楊玉環之間生離死別、纏綿悱惻的帝妃愛情故事。
		第一折	七月七夕	京都王宮長生殿	楊貴妃與皇帝長生殿慶賞	
		第二折	叛亂前日、當日	漁陽，京都王宮御園	貴妃跳霓裳羽衣舞，安叛亂即到長安，帝欲出逃	
		第三折	叛亂次日	京城王宮，馬嵬坡	兵變殺楊國忠，逼帝賜貴妃自盡	
		第四折	平叛後的某天	西宮	平叛後回京且退位的玄宗於西宮思念貴妃	
《瀟湘雨》	楊顯之	楔子	某日	淮河渡口驛亭，淮河上	貶辰張商英乘船落水，獲救女兒被漁夫崔文遠收為義女	崔通欲害死結髮妻子張翠鸞的「富貴易妻」故事。

		第一折	事發幾天後	途中，崔家，考場、縣府	侄子崔通與翠鸞成婚，趙錢復試崔嫁女，當日赴任秦川縣令
		第二折	3年後某日	秦川縣令府、臨江驛	來秦尋夫的翠鸞被丈夫崔通誣爲竊奴而刺配，欲害死翠鸞
		第三折	三年後某秋日	赴沙門島途中	張父尋女，翠鸞被押來到臨江驛
		第四折	當晚至次日晨	臨江驛，秦川縣府	張父、翠鸞寄宿江驛，父女相認，斷案抓崔，夫妻團聚
《柳毅傳書》	尚仲賢	楔子	某日	涇河龍王府	龍女三娘與涇河小龍夫妻不和，被涇河老龍王罰去河邊牧羊	受夫虐待的小龍女與代傳書信的書生柳毅之間的愛情故事。
		第一折	某日	柳毅家，涇河邊	小龍女委託上朝應舉路過的書生柳毅捎信向龍王求援
		第二折	隨後（不確）	湖口廟宇，龍王府，涇河	龍王弟火龍與涇河小龍對打，電母述說戰況
		第三折	隨後（不確）	洞庭湖老龍王府	小龍被火龍吞食，龍女欲嫁柳遭拒，但柳繼而後悔了
		第四折	隨後某些時候	柳家、洞庭湖畔	回家當日母爲其娶范陽盧氏之女（龍女三娘假扮）
《倩女離魂》	鄭光祖	楔子	某一天	（衡州）倩女家	指腹爲婚的王文舉上京應舉，路過探望岳母	貴族少女張倩女魂離軀體而跟隨王文舉赴京趕考的離奇愛情故事。
		第一折	隨後某天	倩女家，折柳亭	母女到折柳亭爲王送別
		第二折	隨後某天	倩女家，艤舟江岸	倩女離魂到江岸船上會王而一同赴京
		第三折	某天	狀元府，倩女家，繡房	王遣岳母中舉信；倩女生病在家
		第四折	入京三年後某日	京都，回鄉途中，倩女家	赴任衡州府判的王攜魂且回倩女家，倩女魂魄附體後甦醒

《王粲登樓》	鄭光祖	楔子	某天	王粲家	母親讓子上京求職	漢末落魄士子王粲得岳父蔡邕丞相暗助而發迹。
		第一折	一月後某日	酒店、京都蔡邕府	王粲典劍以暫居酒店，蔡請曹植暗中相助，推薦投荆王劉表	
		第二折	幾天後	荆州	王粲投劉表未得重用	
		第三折	重陽節	荆州溪山風月樓	王粲應許安道之邀來風月樓，慨歎懷才不遇	
		第四折	某天	蔡邕府，王粲元帥府	王旨任兵馬大元帥兼左丞相，曹植說明真相，王與岳父和解	
《東堂老》	秦簡夫	楔子	某天	趙國器家、東堂老家	鬱悶成疾的趙國器託付鄰居李茂卿（東堂老）監管浪子揚州奴	鄰居東堂老成功勸誡富商趙國器之子揚州奴浪子回頭。
		第一折	趙死10年後某日	茶房、東堂老家	狐朋狗友柳、胡唆使揚州奴賣房，東堂老用500錠買房	
		第二折	賣房不久某日	東堂老家、月明樓	揚妻翠哥透露揚州奴以房錢飲酒作樂，東堂老去月明摟斥責	
		第三折	花掉房錢某日	瓦窯、茶房、東堂老家	揚州奴落魄，遭柳、胡抛棄，去東堂老家乞食遭訓省悟	
		第四折	次日	東堂老家	東堂老壽日宴請鄉鄰，將房產等歸還揚州奴，浪子回頭	
《貨郎旦》	無名氏	第一折	某天	長安張玉娥家、李彥和家	李彥和所娶妓女張玉娥氣死李妻，張與魏合謀害死李彥和	心狠手辣的妓女張玉娥勾結姦夫魏邦彥，謀害李彥和，使其家破人亡。
		第二折	一月後的當晚	李彥和家，洛河岸邊	李家失火逃離，「假艄公」魏推李下河，艄公救春郎與奶媽張三姑，坐船千戶買走春郎，貨郎張撇古代立賣子文書，收張三姑爲義女	
		第三折	13年後某一天	千戶家，古門三岔路口	千戶告春郎實情後病故，李彥和認出問路的三姑而一起過活	

		第四折	某天	河南府館驛	春郎尋父來館驛留宿，爲娛樂喚唱貨郎人三姑與李，李發現春郎賣身文書。三姑吟唱李家遭遇所編曲子，與春郎相認。	
《漁樵記》	無名氏	第一折	某暮多雪天	江邊漁船上，會稽城外	樵夫朱買臣與漁夫王安道聚會酒後遇司徒嚴助，獻萬言策	落魄才子朱買臣被妻假休、岳父暗助其盤纏而應舉發迹。
		第二折	某一天	劉二公家，朱買臣家	劉二公讓女兒向朱討得休書，將朱驅逐出門	
		楔子	寫休書次日	王安道家	劉二公交漁夫王盤纏暗助朱上朝取應	
		第三折	某天	賣貨郎途中、劉二公家	貨郎張向劉二公訴說會稽城內見到新任太守朱買臣情景	
		第四折	某天	王安道家	劉氏父母見朱被拒認，王道實情和解。朱夫妻奉旨令完聚	
《陳州糶米》	無名氏	楔子	某天	中書省（廳內廳外）	范奉旨商議賑災，劉衙內薦子、婿爲欽差	包拯嚴懲利用饑荒搜刮災民、大撈橫財的劉衙內及其子、婿等貪官污吏。
		第一折	某天	陳州米倉處	張撇古被小衙內打死，臨終囑子小撇古向包公告狀	
		第二折	某天	議事堂內外，京師大街上	范再派官員，小撇古議事堂門口向包告狀，包欽差前往陳州	
		第三折	某天	途中，城外，接官廳	包公微服替妓女王粉蓮牽驢打探消息，被劉楊弔樹上	
		第四折	某天	陳州知州府衙	包公審案由小撇古錘殺小衙內，衙內赦書送到，小撇古免死	
《趙氏孤兒》	紀君祥	楔子	某日	屠府、駙馬府	屠氏遣人假傳聖旨逼駙馬趙朔自殺，囚禁公主	姦佞屠岸賈陷害趙盾並滿門抄斬，程嬰等舍身取義救下「趙氏孤兒」，最終復仇伸冤。

		第一折	楔子後某時日	駙馬府	公主託孤後自殺，守門將軍韓厥放程嬰攜孤逃後自盡	
		第二折	第二天	賈府，呂呂太平莊	賈氏下誅殺令，程嬰找公孫商議定計	
		第三折	第三天	賈府、太平莊	程嬰到賈府告發，帶賈去太平莊拷問公孫並殺假孤	
		第四折	二十年後一天	屠府，書房	程嬰遺畫卷並訴說家史，告之程勃真相	
		第五折	第二天	魏府、鬧市	程勃奏知主公，鬧市智擒屠氏而為家族伸冤雪恥	
《麗春堂》	王實甫	第　折	端陽節	御園	义武自員到御園赴射柳會，右丞相射中三箭贏得錦袍玉帶	四丞相樂善於射柳會毆打李圭被貶，復職，與李言歸於好。
		第二折	次日	杏山	右丞相香山宴會和李圭賭博，輸而打後者	
		第三折	打人之後某日	濟南府府尹，京都，溪邊	被貶濟南府歇馬的右丞相被告復職還朝	
		第四折	次日	丞相府麗春堂	右丞相奉旨於玉春堂設宴，與負荊請罪的李圭和解	
《漢宮秋》	馬致遠	楔子	一天	射獵沙堤，王宮	單于進貢並欲請娶公主，毛延壽建議漢元帝廣選宮女	漢元帝與宮女王昭君相愛，因單于逼婚昭君請命和番，投江殉國。
		第一折	來秭歸第二天	秭歸縣，後宮	毛索賄未成點破美人圖被打入後宮的昭君夜彈琵琶，被帝封明妃	
		第二折	入宮某日	單于帳內，西宮	毛逃獻圖，單于兵逼求婚；昭君請行	
		第三折	敗露後約半月	灞陵橋，黑龍江邊	元帝送行；昭君行至江邊投江	
		第四折	求婚次日、江邊；和番百日某天	王宮	元帝夜思昭君，使者押來毛犯並告王死訊	

《陳摶高臥》	馬致遠	第一折	某天	汴梁州橋邊；僻靜酒肆	趙大舍與鄭恩到州橋邊問算卦先生陳摶，道出趙「帝王」相	陳摶摒棄功名謝絕發迹登基的宋太祖盛邀一心隱居華山。
		第二折	數年後某日	西華山隱居處	趙（宋太祖）登基後遣人請陳摶出山	
		第三折	次日	皇宮、客館、殿廷	宋太祖請陳入朝爲官被辭拒	
		第四折	當日退朝回館	客館	趙恩見陳摶，以女色迷惑未果，擬奏請封陳爲「一品眞人」	
《虎頭牌》	李直夫	第一折	某天	山壽馬住宅、圍獵場	叔嫂探望山壽馬，冊封元帥，叔央求當千戶守護山口	銀住馬嗜酒失守山口，侄兒山壽馬執法嚴明而予以杖責。
		第二折	就任之日	金住馬家村前	弟銀住馬赴任時與哥喝酒辭行，攜家去山口鎮守	
		第三折	中秋節	銀住馬營帳、元帥府	銀住馬貪酒失守山口，元帥屢喚後才去，元帥判斬，後免死杖	
		第四折	挨打次日	銀住馬家	侄兒山壽馬登門謝罪	
《看錢奴》	鄭庭玉	楔子	科考前夕	曹州周榮祖家	榮祖家爲上朝應試攜妻兒離家外出	財主賈仁買秀才周榮祖之子長壽，死後長壽與父終得團圓。
		第一折	某日	東嶽廟	賈仁去廟拜求富，神靈借他二十年福力，夢中神示	
		第二折	暴富幾年後某日	解典庫、酒店、賈仁家	周榮祖窮途潦倒來酒店避寒，賣兒給賈氏（陳德甫作保人）	
		第三折	10 年後的 3 月 27 日	賈仁家、東嶽廟	周夫妻與長壽來東嶽廟歇息擬來日燒香，發生衝突	
		第四折	次日燒香後	酒店、藥鋪（陳德甫所開）	周妻犯病到藥鋪遇陳德甫，陳告知長壽內情，周氏父子團聚	

《秋胡戲妻》	石君寶	第一折	新婚第三日	秋胡家	新婚宴上秋胡被抓從軍	新婚被抓從軍的秋胡省親回家，於桑園調戲妻子梅英。
		第二折	十年後某天	李大戶家，秋胡家	李大戶逼羅大戶將女嫁他以抵債，李上門逼婚遭拒未果	
		第三折	幾天後	途中、秋胡家、桑園	還鄉途經桑園的秋胡調戲羅梅英未果	
		第四折	當天	秋胡家	羅認出秋後索要休書，婆母苦勸勉強認夫，李大戶搶親受懲	
《魔合羅》	孟漢卿	楔子	某日	李彥實家、絨線鋪	李德昌為避百日內災禍而赴千里之外的南昌經商	張鼎破解李德昌命案，為劉四娘伸冤昭雪。
		第一折	七月七日	絨線鋪五道將軍廟	李德昌避雨將軍廟時染病，委託躲雨的高山捎信給妻四娘	
		第二折	七月七日（同日）	藥鋪、絨線鋪、將軍廟、河南府縣衙	高山問路時先遇李文道，再遇李妻轉告，文道先去廟讓其服用毒藥，四娘接夫到家不久立死，文道誣告嫂因姦情害夫，屈打成招	
		第三折	七月四日	縣衙、李文道家、李彥實家		
		第四折	七月六日	河南府衙、劉四娘家	張鼎使計逐一盤問，由發現送信人高山查明真凶，成功斷案	

後　記

　　冬去春來，光陰荏苒，恍然間數載已彈指揮去。回首當初讀博的情形，不禁感慨良多！思考與撰寫論文的過程，其實正是磕磕絆絆一路摸索的一段自我人生歷程。其中雖不乏「柳暗花明又一村」的有所「發現」的某種興奮與喜悅，亦自然會歷經「為伊消得人憔悴」的一番酸楚與辛勞，但更多的也許還是「樓高不見章台路」的諸多困惑與迷惘。而最難以忘懷的，當屬導師吳國欽教授的諄諄教誨與殷切關懷。先生在論文選題、論證、撰寫與修改過程中，時時為我點撥迷津，從大至思路框架小到細枝末節，提出細緻入微的指導意見。業師的敬業精神與嚴謹學風，令弟子欽佩不已；同時受到莫大激勵與鞭策。先生溫柔敦厚的性情，含蓄儒雅的風度，嚴謹扎實的治學，不擺花架子、於細微處彰顯大手筆的學者風範，將成為弟子受益一生的寶貴財富。師恩巍巍，永志難忘！在論文開題、初稿審閱（預答辯）、通訊評審與論文答辯的過程中，學生還十分榮幸地得到蔣述卓教授、吳承學教授、羅斯甯教授、董上德教授、林崗教授、劉偉林教授、左鵬軍教授、彭玉平教授、陳建森教授、吳晟教授的不吝賜教。卓有建樹的諸位專家學者針對論文提出許多寶貴的意見，對於自己不斷糾謬匡誤與豐富、補充和完善論文中的相關問題，起到非常重要的引導與點撥作用。在此，學生願一併致以最由衷敬意與最誠摯謝忱！

　　這篇論文只是自己對於中國古典戲劇敘事技巧問題思考的開始，而遠非終結。需要深入探究的問題很多，難免存在某些不成熟、疏漏甚至謬誤之處。誠請方家學者與廣大讀者不吝指教！

胡健生

2015 年 7 月 16 日